I0611012

DE KRINAR-ONTHULLING

Een roman in de Krinar-kronieken

ANNA ZAIRES & HETTIE IVERS

♠ Mozaika Publications ♠

Dit boek is fictie. Alle namen, personages, plaatsen en incidenten komen voort uit de verbeelding van de auteur of worden fictief gebruikt. Iedere gelijkenis met bestaande personen, levend of dood, of met bedrijven, gebeurtenissen of plaatsen, berust volledig en uitsluitend op toeval.

Copyright © 2020 Anna Zaires en Dima Zales
www.annazaires.com/book-series/nederlands/

Alle rechten voorbehouden.

Buiten gebruik voor een recensie mag geen enkel deel van dit boek zonder toestemming worden vermenigvuldigd, gescand of verspreid, in geprint dan wel elektronisch formaat.

Uitgegeven door Mozaika Publications, onderdeel van Mozaika LLC.
www.mozaikallc.com

Coverontwerp: Najla Qamber Designs
www.najlaqamberdesigns.com

Vertaling: Parel Blokken

ISBN e-book: 978-1-63142-581-3
Print ISBN: 978-1-63142-582-0

DE X-CLUB

HOOFDSTUK EEN

De invasie was twee jaar geleden.

Ik kon niet geloven dat het alweer twee jaar geleden was dat de aliens de aarde overnamen, en dat we nog altijd zo weinig over ze wisten.

Gefrustreerd deed ik mijn bril af en ik wreef over mijn vermoeide ogen, die de hele dag naar het computerscherm hadden gestaard. De afgelopen twee weken, sinds ik had besloten mezelf te bewijzen door een doorwrocht stuk te schrijven over de Krinar, had ik alles wat er op internet over die soort te vinden was opgezocht, maar het enige wat ik had waren geruchten, onbetrouwbare ooggetuigenverslagen, een paar korrelige YouTube-filmpjes, en nog evenveel vraagtekens als voorheen.

K-day was twee jaar geleden, maar de K waren nog steeds net zo'n groot mysterie als op de dag van hun aankomst.

Mijn computer liet een ploing horen en ik werd uit

mijn gedachten getrokken. Het was een mail was van de hoofdredacteur, Richard Gable, die wilde weten wanneer het artikel over Siamese tweelingpuppy's af was.

Goed, het was in elk geval niet de zoveelste 'het einde van de wereld nadert!'-mail van mijn moeder.

Ik zuchtte en wreef opnieuw in mijn ogen. De gedachten aan mijn doorgedraaide ouders duwde ik weg. Het was erg genoeg dat mijn carrière nog altijd een lachertje was. Ik begreep niet waarom alle onzinonderwerpen op mijn bordje belandden. Zo ging het al sinds ik hier drie jaar geleden in dienst was gekomen, en ik was het meer dan beu. Ik was nu vierentwintig, maar ik had geen enkele ervaring met het schrijven van serieus nieuws.

Fuck dat, besloot ik vorige maand. Als Gable mij geen echt werk wilde geven, zou ik zelf wel een verhaal vinden. En wat was er interessanter en controversiëler dan de mysterieuze wezens die nu zij aan zij met ons leefden? Als ik een nieuw feit kon ontdekken over de K, wat dan ook, dan zou dat heel erg helpen om te bewijzen dat ik klaar was voor grotere verhalen.

Ik deed mijn bril weer op en schreef een mail terug aan de hoofdredacteur waarin ik vroeg om een paar dagen extra tijd om te werken aan het puppyartikel. Mijn smoes was dat ik nog een dierenarts wilde interviewen, maar dat die moeilijk te bereiken was. Een leugen natuurlijk – ik had zowel de dierenarts als het baasje van de Siamese tweelingpuppy's meteen geïnterviewd toen ik de opdracht kreeg – maar ik wilde voorkomen dat ik me de komende dagen weer zou moeten bezighouden met zo'n zinloos stuk. Als ik wat extra tijd kreeg, kon ik een interessant lijntje volgen waar ik vandaag op was gestuit: de zogeheten X-clubs.

'Hé daar, schoonheid, heb je al plannen voor vanavond?'

Ik keek op bij het horen van de bekende stem en grijnsde naar Jay, mijn collega en beste vriend, die net mijn piepkleine kantoortje was binnengestapt. 'Nee,' zei ik vrolijk. 'Ik denk dat ik wat achterstallig werk doe en daarna lekker ga bankhangen.'

Hij zuchtte theatraal en keek me zogenaamd bestraffend aan. 'Amy, Amy, Amy… Wat moet er toch van jou worden? Het is vrijdagavond en jij bent van plan om de deur niet uit te gaan?'

'Ik ben nog aan het bijkomen van vorig weekend,' zei ik en mijn grijns werd breder. 'Dus denk maar niet dat je me weer kunt meeslepen. Eén avond uitgaan à la Jay per maand is genoeg voor mij.'

Uitgaan à la Jay was een onvergelijkbare ervaring die bestond uit meerdere wodkashotjes om de avond te beginnen, gevolgd door urenlang clubhoppen en afgesloten met eten bij een Koreaanse *diner*. Het was geen grapje dat ik nog aan het bijkomen was van vorig weekend. De combinatie van wodka en Koreaans eten had me een kater bezorgd zo ernstig dat hij deed denken aan voedselvergiftiging. Afgelopen maandag uit bed komen en naar mijn werk gaan was een helse uitdaging geweest.

'Ah, toe nou,' smeekte hij met puppyogen. Met zijn bruine ogen, volle wimpers, hoofd vol bruine krullen en fijne gelaatstrekken was Jay haast te mooi voor een jonen. Als hij niet zo gespierd was geweest, zou hij vrouwelijk hebben geleken. Met zijn uiterlijk trok hij zowel mannen als vrouwen aan – en hij genoot van allebei.

'Sorry, Jay. Een andere keer misschien.' Ik moest me nu concentreren op mijn artikel over de K… en de geheime clubs die ze blijkbaar onderhielden.

Jay zuchtte weer. 'Goed dan. Waar werk je momenteel aan? Siamese tweelingpuppy's?'

Ik aarzelde. Ik had Jay nog niet verteld over mijn project, vooral omdat ik geen modderfiguur wilde slaan als het verhaal niet lukte. Jay kreeg ook weinig interessante opdrachten, maar hem maakte dat niet zoveel uit. Zijn doel in het leven was lol hebben. Al het andere – zijn carrière in de journalistiek inbegrepen – was van ondergeschikt belang. Hij vond ambitie slechts in beperkte mate nodig, en bediende zich dus ook van precies die mate en niet meer dan dat.

'Het enige wat ik wil is dat ik geen totale loser ben. Mijn ouders moeten wel een beetje trots kunnen zijn, snap je,' had hij eens aan me uitgelegd, en dat vatte precies samen hoe hij zijn werk deed.

Ik daarentegen wilde meer bereiken. Het zat me dwars dat de hoofdredacteur na één blik op mijn blonde haar en popperige trekken had besloten dat ik thuishoorde in de koetjes-en-kalfjesjournalistiek. Je zou bijna denken dat Richard Gable een seksist was, maar hij had bij Jay precies hetzelfde gedaan. Onze hoofdredacteur achtte vrouwen niet minderwaardig; hij dacht gewoon dat uiterlijke kenmerken gelijkstonden aan capaciteiten.

Ik besloot mijn vriend op de redactie in vertrouwen te nemen. 'Nee,' zei ik, 'niet dat over de puppy's. Ik ben in een eigen researchproject gedoken.'

Jays perfect gevormde wenkbrauwen gingen omhoog. 'O?'

'Heb je ooit gehoord van X-clubs?' Ik keek snel om me heen om zeker te weten dat we niet werden afgeluisterd. Gelukkig waren de kantoren om het mijne heen grotendeels leeg; alleen aan de andere kant van de werkvloer zat een stagiaire achter zijn bureau. Het was bijna vier uur op een vrijdagmiddag, en de meeste collega's hadden een excuus weten te vinden om vroeg weg te gaan op deze zonnige zomerdag.

Zijn ogen werden groot. 'X-clubs als in xenoclubs?'

'Ja.' Mijn hartslag versnelde. 'Heb je ervan gehoord?'

'Zijn dat niet die clubs waar iedereen die geobsedeerd is met aliens naartoe gaat om het aan te leggen met de K?'

'Blijkbaar.' Ik glimlachte naar hem. 'Ik heb er vandaag pas voor het eerst van gehoord. Ken je iemand die naar zo'n club is geweest?'

Jay fronste, een gezichtsuitdrukking die niet bij hem paste. 'Nee, niet echt. Ik bedoel, er is altijd wel een vriend van een vriend, maar niemand die ik persoonlijk ken.'

Ik knikte. 'Hmm. En jij kent half Manhattan, dus

deze clubs, als ze al bestaan, zijn niet zo drukbezocht. Kun je je voorstellen wat voor verhaal daaruit komt?' Ik zette een stem op alsof ik een krantenverkoper op straat was: 'Alienclubs in hartje New York City? Je leest er alles over in *The New York Herald*!'

'Weet je het zeker?' Hij keek twijfelachtig. 'Ik heb gehoord dat die clubs zich in de buurt van de K-Centers bevinden. Maar jij beweert dus dat ze er ook in New York City zijn?'

'Ik vermoed het. Er wordt op internet gepraat over een club in Manhattan. Ik wil die vinden en met eigen ogen zien wat daar gebeurt.'

'Amy... Ik weet niet of dat wel zo'n goed idee is.' Tot mijn verbazing was Jay meer ongerust dan opgetogen, en zijn frons werd nog dieper. 'Je moet je niet inlaten met de K.'

'Niemand wil zich met ze inlaten, daarom weten we nu nog steeds haast niks over ze.' Mijn frustratie kwam weer terug. Ik vond het vervelend dat iedereen nog altijd zo bang was voor dat stelletje aliens. 'Het enige wat ik wil doen, is een artikel over ze schrijven, gebaseerd op feiten. Ik wil vooral inzoomen op de plekken waar ze veel komen. Dat mag toch zeker wel? We hebben in dit land persvrijheid.'

'Misschien,' zei Jay. 'Maar misschien ook niet. Persoonlijk denk ik dat ze alles wat ze niet in de openbaarheid willen, uitwissen. Vroeger was het zo dat alles wat online stond daar voor eeuwig bleef staan, maar dat is veranderd.'

'Denk je dat ze mijn artikel op de een of andere

manier zouden verbieden?' vroeg ik bezorgd.

Jay haalde zijn schouders op. 'Ik heb geen idee, maar als ik jou was, zou ik me richten op het puppyartikel en de K vergeten.'

HET LIEP AL TEGEN ACHT UUR DIE AVOND TOEN IK HET VOND: een vermelding van de locatie van de New Yorkse X-club op een obscuur seksforum, verborgen in het langdradige en nogal onwaarschijnlijk klinkende verhaal over een seksuele ontmoeting met een groep K. De extase die de man beschreef klonk alsof hij high was door een drug. Er stonden op internet meerdere van dergelijke verhalen, waardoor er geruchten gingen dat de aliens vampiers waren.

Ik geloofde er niks van, maar goed, ik had door mijn moeders krankzinnige complottheorieën dan ook een natuurlijke weerstand tegen geruchten. Ik hield van feiten. Daarom was ik journalist en geen schrijver.

Volgens deze man was hij naar de club gegaan na een etentje in het Meatpacking District. Hij noemde het restaurant waar hij had gegeten en zei dat de club er recht tegenover lag.

En zo had ik ineens een spoor.

Ik sprong op, pakte mijn tas en rende het kantoor uit, met een knikje naar de conciërge op mijn weg naar buiten.

Het zag ernaar uit dat mijn vrijdagavond een stuk interessanter zou worden dan verwacht.

HOOFDSTUK TWEE

'JE HOEFT NIET MEE TE GAAN,' ZEI IK VOOR DE VIJFDE keer en ik keek Jay vermoeid aan. Ik had de fout gemaakt hem over mijn avondplan te appen en hij was twintig minuten later bij me aan de deur verschenen in een uitgaansoutfit, om mij te overtuigen juist níét uit te gaan.

'Als jij gaat, ga ik,' zei hij koppig. 'Ik vind het voor ons allebei geen goed idee, maar schat, je bent knettergek als je denkt dat ik je daar in je eentje naartoe laat gaan.'

'Je wilt gewoon dat jouw naam ook boven het stuk komt,' grapte ik en ik gooide mijn hoofd voorover om wat mousse in mijn schouderlange haar te kneden. Van nature waren mijn blonde lokken steil en dun, maar als ik er genoeg spul in deed, kon ik sexy golvend haar creëren. Sexy was een look waar ik normaal niet voor ging, maar in dit geval was het belangrijk. De K zagen er niet gewoon menselijk uit, maar bloedmooi. Als ik mocht geloven wat ik online had gelezen, vielen ze op mensen die bijna net zo mooi waren als zij.

Ik wist vrij zeker dat ik daar niet aan voldeed, maar ik hoopte dat ik met genoeg make-up en met contactlenzen in plaats van mijn bril mooi genoeg zou zijn om te worden binnengelaten.'

'Onze namen wórden het verhaal,' zei Jay grimmig. 'Ik zie het al voor me: "Twee vermiste journalisten voor het laatst gesignaleerd op alienjacht in het Meatpacking District."'

'O, kom nou.' Ik kwam weer overeind en begon mascara op mijn lange, bruine wimpers te doen. 'Sinds wanneer ben jij bang om naar een club te gaan? Je doet altijd rare dingen...'

'Ja, maar voor de lol, niet om mezelf te bewijzen aan onze idioot van een baas. En hoe hard je ook feest, het komt nooit in de buurt van infiltreren bij een alienseksclub. Je ziet het verschil toch wel tussen een beetje recreatief drugsgebruik en dit?'

'Ja, ja,' mompelde ik en ik poederde mijn bleke wangen. 'Zoals ik al zei heb ik je alleen maar een berichtje gestuurd om je te informeren. Het leek me handig als iemand wist waar ik was. Je hoeft niet mee.'

'Jawel.' Jay keek me aan met een blik die zei: doe normaal. 'Je bent mijn enige vrouwelijke vriend. Ik laat je niet ontvoeren door een ruimteschip.'

'Ze wonen in K-Centers hier op aarde, sufkop.' Ik grijnsde naar hem via de spiegel. 'Waarom zouden ze me ontvoeren met een ruimteschip?'

'Het zou kunnen,' zei hij en hij ging op mijn bank

zitten. 'Misschien houden ze wel van pittige blondjes met groene ogen die een bril opdoen naar hun werk om intelligenter te lijken.'

'Hmm, ja, ik ben echt hun type.' Lachend liet ik mijn handen over mijn blauwe bodyconjurk glijden. Met mijn brede heupen was ik niet echt modelmateriaal, maar ik was over het algemeen tevreden met mijn figuur. Al mijn ex-vriendjes prezen mijn volle kont; een van hen zei zelfs dat het zijn favoriete lichaamsdeel van mij was.

'Je weet maar nooit,' hield Jay vol. 'Ik meen dit serieus, Amy. Ik zou willen dat je niet ging. Realiseer je je wel dat ze in die club letterlijk alles met je kunnen doen en dat niemand ze zou tegenhouden? Onze wetten gelden niet voor hen. Ze kunnen je vermoorden en niemand zou ervan verblikken of verblozen. Dat verdrag stelt niets voor. Je weet dit toch wel?'

'Natuurlijk.' Ik begon dit gesprek beu te worden. Soms was Jay net een haperende elpee. 'Ik ben niet van gisteren. Ik weet hoe gevaarlijk de K kunnen zijn. Ook ik heb gezien dat ze mensen aan stukken kunnen scheuren en ik heb de ooggetuigenverhalen gelezen. Maar wij zijn journalisten. Het is onze taak om verhalen te onderzoeken, om belangrijke waarheden boven tafel te krijgen, ook als het risicovol is. We zijn niet dit vak in gegaan om te schrijven over Siamese puppytweelingen of trouwerijen van de celebs, of wat voor shit Gable ons ook maar te doen geeft. We moeten echte journalistiek bedrijven. Dit is onze kans.'

Ik pauzeerde even en keek hem strak aan. 'Ik ga dit doen, en je kunt meegaan, of je kunt naar huis gaan.'

HOOFDSTUK DRIE

'We zijn er,' zei ik toen onze taxi voor een chic ogend hotel stopte. Volgens Google was het restaurant waar die man op internet had gegeten hier op het dak. 'En nu?'

'Nu gaan we naar een echte nachtclub en laten we deze heilloze missie achter ons,' zei Jay. Hij stapte uit de taxi en hield het portier voor me open. 'Je look is er al klaar voor. Het wordt geweldig, net als vorig weekend.'

Ik zuchtte vermoeid. 'Ik ga vorig weekend voorlopig niet overdoen, dat heb ik je al gezegd. En we zijn hier niet om te feesten, we zijn hier om te observeren.'

'Ja, natuurlijk.' Jay klonk spottend. 'We zoeken gewoon een observatiehut op en gaan rustig wachten tot de aliens zich aan ons tonen. Ze zullen het vast niet erg vinden dat we vervolgens al hun geheimen publiceren.'

Ik negeer hem en probeerde uit te vogelen waar de club 'aan de overkant' kon zijn. Overal om me heen liepen mensen. Het Meatpacking District was dé uitgaansbuurt van Manhattan. Modellen, beroemdheden, bankiers en wat al niet meer: iedereen kwam gekleed in designeroutfits samen in deze klinkerstraatjes en in de edgy clubs. Er kwam muziek uit verscheidene open deuren en er liepen aangeschoten meisjes over straat op torenhoge hakken, ondertussen flirtend met iedere man die ze tegenkwamen.

Ik moest toegeven dat de K een slimme locatie hadden gekozen voor hun club. Te midden van al dat uitgaanspubliek kon zelfs een Krinar onopgemerkt blijven.

Terwijl ik stond te kijken naar het gebouw aan de andere kant van de straat, zag ik een groepje langbenige vrouwen naar een simpele bruine deur toe lopen. Er hing geen bordje oven, niets om aan te geven wat voor etablissement het was. Een van de vrouwen klopte aan en de deur zwaaide open om het groepje binnen te laten. Meteen daarna ging de deur weer dicht.

Ik wist dat ik beet had. 'Daar,' zei ik, en ik pakte Jays arm beet en trok hem zo'n beetje de drukke straat over.

'Hoe weet je dat?' vroeg hij met een nerveuze ondertoon in zijn stem. 'Heb je een van hen gezien?'

'Nee.' Ik negeerde de toeterende taxi's terwijl we verschillende auto's afsneden. 'Maar ik zag een paar vrouwen naar binnen gaan die hun type lijken te zijn.'

'Hun type?'

'Krinar-achtig,' lichtte ik toe, me een weg banend door de menigte op de stoep. 'Lang, beeldschoon… een soort topmodellen.'

'Dat wil helemaal niks zeggen…'

'Laten we het gewoon proberen, dan zien we vanzelf,' onderbrak ik hem, en ik bleef stilstaan voor de bruine deur. Ik wendde me tot Jay en vroeg: 'Klaar voor?'

'Nee,' zei hij, maar ik klopte al aan.

Een paar seconden lang gebeurde er niets. Toen ging de deur zachtjes open en zag ik een smalle hal.

'Daar gaan we,' fluisterde ik tegen Jay en ik stapte naar binnen.

Hij kwam zonder nog iets te zeggen achter me aan.

Terwijl we in stilte door de entreehal liepen, voelde ik mijn hartslag versnellen. Zou ik ze nu echt gaan ontmoeten, de aliens die ik alleen kende van tv?

De hal kwam uit op een tweede deur, ditmaal metallic grijs. Hij zat op slot, dus ik klopte weer – ik wist niet wat ik anders moest doen.

Ik wachtte.

En wachtte.

En wachtte.

'Ik geloof niet dat ze ons gaan binnenlaten,' fluisterde Jay na een minuut. 'Misschien moeten we maar gaan.'

'Nog niet,' fluisterde ik terug. Ik wilde het niet toegeven, maar nu we hier waren, begon ik ook zenuwachtig te worden. Het begon tot me door te dringen wat we aan het doen waren. Als dit inderdaad de X-club was waarover ik had gehoord, dan bevonden zich aan de andere kant van die deur wezens van een andere planeet. Wezens afkomstig uit een antieke beschaving die volgens zeggen het leven op aarde had geplant.

Mijn hart klopte inmiddels in mijn keel.

Ik raapte mijn moed bijeen, klopte nog eens en riep: 'Hallo?'

Jay, naast me, slikte hoorbaar en trok bleek weg.

'Hallo?' riep ik opnieuw, harder nu. Zenuwen of niet, ik zou pas weggaan als ik alles had geprobeerd wat ik kon.

'Amy, we gaan...'

De deur ging zachtjes open.

Er stond een man voor ons. Zijn grote, breedgebouwde lichaam vulde de deuropening grotendeels op. In het gedimde licht zag ik niet méér van zijn gezicht dan zijn hoge jukbeenderen en een kaaklijn die uit graniet gehouwen leek te zijn. Zijn ogen schitterden duister onder een paar dikke wenkbrauwen en zijn kleding was lichtgekleurd, bijna wit.

Ik staarde naar hem. Kon het echt... Kon het zijn?

De man glimlachte. Zijn tanden flikkerden helderwit in zijn gebronsde gelaat. 'Welkom,' zei hij zachtjes en hij stapte opzij, waarna hij gebaarde dat we mochten binnenkomen.

HOOFDSTUK VIER

MET HEVIG BONZEND HART STAPTE IK DOOR DE DOORGANG, op de voet gevolgd door Jay.

Binnen trof ik een grote, spaarzaam verlichte en volkomen lege ruimte aan. Geen meubilair en geen mensen, behalve de man die de deur voor ons had opengedaan. Hij stond ons daar kalm aan te kijken met zijn donkere ogen.

'Hallo,' zei Jay en hij kwam naast me staan. Tot mijn verbazing was zijn stem helder en standvastig, en er lag een flirterig glimlachje om zijn lippen. 'We hebben gehoord dat er hier een feestje is. Klopt dat?'

De man reageerde niet gelijk en mijn zenuwen werden nog eens verergerd. Toen zei hij iets, en zijn diepe stem klonk geamuseerd. 'Zo zou je het kunnen noemen.'

'Geweldig.' Jay keek hem stralend aan. 'Daar komen wij voor.'

Er ging een vlaag van bewondering voor mijn

vriend door me heen. Ik had altijd geweten dat Jay goed was in sociale aangelegenheden, maar dit was verre van een normaal feestje. Ondanks de tegenzin waarmee hij hier was, zette Jay zich er volledig voor in.

'Jullie allebei?' vroeg de man, nog steeds met die geamuseerde ondertoon.

'Ja.' Ik dwong mezelf om vrolijk te glimlachen. Als Jay dit kon, kon ik het ook. 'We zijn heel erg... nieuwsgierig.'

'Ah.' De man lachte; een laag, sensueel geluid dat een rilling langs mijn ruggengraat deed gaan. 'Nieuwsgierig dus. Goed, volg mij maar.'

Hij draaide zich om en begon naar de andere kant van de kamer te lopen. Mijn hart sloeg een tel over. Net als de K die ik op tv had gezien, liep deze man niet gewoon – hij zweefde. Al zijn bewegingen straalden een bovenmenselijke kracht en souplesse uit.

Er kon geen twijfel meer over bestaan.

Ik had zojuist mijn eerste kennismaking met een Krinar gehad.

Jay raakte mijn arm aan en mijn blik schoot omhoog om de zijne te ontmoeten. Ik kon van zijn gezicht dezelfde verbazing en opwinding aflezen als ik voelde. 'O mijn god,' mimede ik naar hem, en hij knikte, met grote ogen van schrik.

'Kom,' mimede ik weer en ik wees met mijn kin naar de K. We haastten ons achter hem aan, wat betekende dat we bijna moesten rennen om hem bij te benen.

De K bleef stilstaan voor een muur aan de andere

kant van de ruimte en maakte een korte zwaaibeweging met zijn hand. Tot mijn schrik loste de muur op om een ovale opening te onthullen waar een mens doorheen paste. Ik kon een kreetje nauwelijks onderdrukken. Ik wist wel dat de K geavanceerdere technologie hadden, maar ik had het nog nooit in het echt gezien.

Dit moest hoe dan ook in mijn stuk.

Terwijl ik in gedachten de eerste alinea van mijn artikel schreef, stapte de K door de opening en verdween aan de andere kant. Ik wilde hem niet kwijtraken, dus ik stapte achter hem aan, en na mij kwam Jay.

We stonden in een verduisterde gang. Na een paar meter stonden we voor een volgende muur. De K wachtte op ons en maakte toen weer een opening. Daarachter zag ik gekleurde lampen en ik hoorde pulserende muziek.

'Hier is het,' zei hij in perfect Amerikaans Engels. Ik had me daar altijd over verbaasd, dat de aliens de talen van de aarde zo goed spraken. Er werd gespeculeerd dat ze een soort taalimplantaten in hun hersenen hadden, maar niemand wist precies hoe het zat.

Dat kon ik vanavond misschien ook eens nader onderzoeken.

'Wow, supercool,' zei Jay, die helemaal opging in zijn rol van opgewonden feestganger. 'Dat doe je echt sick, man.'

De K trok zijn wenkbrauwen op, maar reageerde verder niet op wat Jay zei. Hij liep gewoon naar binnen, opnieuw met die verwonderlijke, dierlijke gratie. Jay, die niet langer leek te vinden dat hij voorzichtig moest zijn, volgde de K zonder aarzelen. Na een kort moment wachten ging ik achter hen aan. In mijn lijf gonsde een mix van schroom en opwinding.

We waren nu officieel binnen bij een X-club.

Het eerste wat me opviel, was de muziek. Aan de andere kant van de opening in de muur had ik alleen de pulserende beat gehoord, maar zodra ik binnenstapte, hoorde ik de jankende ondertoon van een instrument dat ik niet kende, plus nog wat scherpere vibraties. De muziek stond niet echt hard, maar was toch overal om me heen, alsof ik in een cocon van geluid zat.

Boven de muziek uit hoorde ik gelach en het zoemen van gesprekken. Er waren veel mensen in de grote ruimte – al wist ik niet zeker of 'mensen' de juiste omschrijving was, aangezien veel van de aanwezige individuen Krinar waren. De aliens waren makkelijk te herkennen: ze waren lang, hadden donker haar en waren zo mooi dat ze stuk voor stuk modellen leken. Heel even waren er geruchten gegaan dat de K helemaal geen biologische wezens waren, en nu begreep ik hoe die geruchten tot stand waren gekomen. De K waren niet alleen ongelofelijk sterk en snel, ze waren ook nog eens haast te perfect om waar te zijn.

Of in elk geval te perfect om mens te zijn.

In de ruimte stond weinig meubilair, alleen in elke hoek een ronde tafel. Dit leek de Krinar-versie van een bar te zijn. Ik zag zowel mensen als K om die tafels heen staan, met glazen met verschillende drankjes in hun hand.

De ruimte was zacht verlicht, waarbij verschillende warme lichtkleuren samenkwamen tot een aangenaam geheel. Het licht accentueerde de lichte kleding die de K droegen. De kleding zelf was niet bijzonder exotisch – de vrouwen droegen lichte, zwierige jurken en de mannen droegen shorts en mouwloze shirts – maar ze pasten bij de aliens. Hun goudkleurige huid en hun fitte, soepele lichamen werden erdoor benadrukt.

Voordat ik nog meer details in me kon opnemen, draaide de K die ons hierheen had geleid zich om en keek me aan met een spottend glimlachje om zijn volle, perfect gevormde lippen.

'Is je nieuwsgierigheid bevredigd?' vroeg hij liefjes en hij staarde me aan. Mijn adem stokte in mijn keel toen ik voor het eerst goed naar hem keek.

De Krinar die voor me stond had een duistere, satyrachtige schoonheid die zowel aantrekkelijk was als verontrustend. Zijn zwarte, glanzende, steile haar was lang genoeg om over zijn oren te vallen en in Justin Bieber-stijl over zijn voorhoofd te vallen. Met zijn masculiene neus en sterke kaaklijn had hij wel een model kunnen zijn voor een legerwervingsadvertentie – behalve dat geen enkele soldaat zo'n bizar sensuele oogopslag had, of ogen waarin zoveel vleselijke lust schitterde.

Het waren oogverblindende zwartbruine ogen met dikke wimpers eromheen. Ze gingen over mijn lichaam, mijn rondingen, met onverhulde mannelijke interesse.

Voor het eerst in mijn volwassen leven bloosde ik. Ik kon het niet helpen. Ik had het gevoel dat de K me uitkleedde met zijn ogen, waardoor ik naakt en kwetsbaar voor hem stond. Mijn lichaam voelde oncomfortabel warm, mijn ademhaling versnelde en mijn hartslag ging in een hogere versnelling.

De K keek niet gewoon naar me, hij verslond me met zijn blik – en mijn lichaam reageerde daarop alsof hij me daadwerkelijk aanraakte. Mijn tepels werden hard en er verzamelde zich een vochtige hitte tussen mijn dijen. De lucht was zo vol seksuele spanning dat ik het haast kon proeven. Toen de ogen van de K mijn gezicht vonden, kon ik niets anders doen dan hem aanstaren. Ik was hopeloos gevangen in die donkere, allesverslindende blik.

'En wie mag dit zijn, Vair?' Een vrouwenstem verbrak het moment, prikte de sensuele bubbel die zich gevormd leek te hebben tussen mij en de K door.

Dankbaar voor de onderbreking ademde ik huiverend in, ik rukte mijn blik los van de Krinar en wendde me tot de vrouw die net was binnengekomen.

Ook zij was een K. De vrouw glimlachte verleidelijk, haar aandacht gericht op Jay – die naar haar staarde met dezelfde weerloze fascinatie die ik zojuist ook had meegemaakt.

Shit. Dit was geen goed nieuws. Dit was absoluut geen goed nieuws. Jay stond niet bepaald bekend om zijn zelfdiscipline als hij verleid werd – en de vrouwelijke Krinar die naast hem stond, was absoluut verleidelijk.

De vrouw, die gekleed ging in een korte, witte jurk, was bijna een meter tachtig lang en had gespierde, gebronsde benen die wel eindeloos lang leken. Haar lichaam had de perfecte proporties, ze was slank en vrouwelijk tegelijkertijd, met een taille die haast te dun leek voor haar lichaam. Alienbarbie, dacht ik.

Een supersexy alienbarbie.

'Dit zijn twee dolende mensen die ik heb opgepikt in de hal,' reageerde de K – Vair – op de vraag van de vrouw. Zijn volle lippen vormden een sardonische glimlach en hij zei: 'Shira, maak kennis met nieuwsgierig meisje en nieuwsgierige jongen. Om op te vreten, vind je niet?'

Voordat ik kon bepalen hoe ik moest reageren op die nogal alarmerende belediging, stapte Jay naar voren en stak zin hand uit. 'Ik ben Jay,' zei hij op hese toon. 'Leuk je te ontmoeten… Shira, toch?'

De vrouw lachte ingehouden. 'Ja, inderdaad, lieverd. Ik ben Shira. Zal ik je een rondleiding geven?' Ze pakte Jays hand vast met haar lange vingers en leidde hem naar een van de bars. Haar lichaam bewoog zo soepel als dat van een kat.

Jay ging zonder protest met haar mee, kennelijk te

opgetogen om zich te herinneren dat hij serieuze zorgen had omtrent deze plek – en hij was blijkbaar ook vergeten dat hij hier was om mij te helpen met mijn verhaal, niet om het seksspeeltje van een of andere K-barbie te zijn.

'Geen zorgen,' zei Vair alsof hij gedachten kon lezen. Zijn stem klonk geamuseerd. 'Hij is bij Shira in goede handen.'

Met tegenzin draaide ik me naar hem om. Mijn hartslag versnelde toen onze ogen elkaar weer ontmoetten. 'Ik maak me geen zorgen,' wist ik uit te brengen. 'We zijn hier om plezier te maken.'

'Natuurlijk, liefje.' Vairs tanden glommen wit op. 'En je zúlt plezier hebben. Wil je iets drinken, of wil je liever dansen?'

Ik knipperde met mijn ogen naar hem. 'Dansen?' De muziek was lekker uptempo, maar hij stond niet bepaald op dansvolume. En om ons heen was niemand aan het dansen.

Om nog maar te zwijgen over het feit dat ik me niet vrijwillig binnen aanrakingsafstand van Vair zou begeven. Deze club was weliswaar een plek om het aan te leggen met K, maar dat was niet de reden waarom ik hier was.

'Ja, dansen.' Zijn glimlach werd breder toen hij mijn ongelovige reactie zag. 'Zo.' Hij maakte een kleine handbeweging en plotseling werd het donkerder in de ruimte; het zachte licht kreeg een roodpaarse gloed. De muziek werd harder en de pompende beat trilde door mijn lijf. Om ons heen voelde ik de sfeer in de ruimte veranderen terwijl de gesprekken verstomden en de mensen paren vormden die begonnen te swingen in onmiskenbaar dansachtige bewegingen.

Ik stond versteld en deed een stap achteruit. 'Wat? Hoe...'

'Ik run deze tent,' mompelde Vair en hij deed een stap naar me toe. 'Had ik dat nog niet gezegd?'

Ik slikte. 'Eh, jawel, volgens mij wel.' Holy shit. Hij was de eigenaar van de club – en om de een of andere reden leek hij mij te willen. Dit was ofwel een groot probleem, ofwel een grote kans.

'Hoelang heb je deze club al?' vroeg ik toen mijn innerlijke verslaggever had besloten het te beschouwen als een kans. Dit was de perfecte manier om wat informatie te krijgen – zelfs als het betekende dat ik de seksuele toespelingen van een alien moest ondergaan.

Waar ik een stuk minder moeite mee had dan ik zou hebben gewild.

'Een tijdje.' Vair kwam nog dichterbij, op minder dan een halve meter afstand.

Ik zoog mijn adem naar binnen en keek naar hem omhoog. Het was alsof ik tegen een berg op moest kijken. Ik wist wel dat hij lang was, natuurlijk, maar ik had niet beseft hoe ongelofelijk gróót hij was. De K was minstens een meter negentig en zo gespierd als een bodybuilder. Hij torende boven mijn een meter vijfenzestig uit en ik voelde me een klein meisje. Zelfs als hij een mens was geweest, zou hij een van de sterkste mannen ter wereld zijn geweest – maar de K stonden erom bekend dat ze veel sterker waren dan mensen.

Mijn maag trok samen van angst en opwinding toen ik dacht aan het feit dat hij alles met me kon doen wat hij wilde. Wat dan ook. Zoals Jay had gezegd stonden de K boven de wet.

'Hoelang is een tijdje?' hield ik aan, en ik deed mijn best om mijn in de hoogste versnelling geraakte hartslag te negeren. 'Sinds jullie hier zijn?'

Hij lachte. 'Nee. Sinds alles tot rust is gekomen.'

Ah. Eindelijk begonnen we ergens te komen. Ik nam aan dat 'alles tot rust is gekomen' een eufemisme was voor het einde van de Great Panic, de afgrijselijke maanden na de aankomst van de K op aarde. Als dat klopte, bestond deze club nog geen anderhalf jaar.

Ik maakte een mentale aantekening van dat stukje informatie en glimlachte bemoedigend naar Vair. 'Wat geweldig. En waarom in New York? Ik dacht dat jullie onze steden niks vonden…'

'Waarom zou ik jullie steden niks vinden?' Hij trok zijn wenkbrauwen op.

'Niet jij persoonlijk, maar jouw soort. De Krinar.'

Hij keek geamuseerd. 'Ik kan niet voor alle Krinar spreken, schat, net zoals jij niet voor de volledige mensheid kunt spreken. Ik ben slechts één individu, en ik vind deze stad heel aangenaam. Het is hier… opwindend.' Zijn ogen gingen weer over mijn lichaam en ik twijfelde er niet aan wat voor soort opwinding hij bedoelde.

Een verraderlijke hitte steeg naar mijn wangen toen

mijn lichaam alweer reageerde op die blik. 'Ja, duidelijk,' mompelde ik, en ik pijnigde mijn hersenen op zoek naar een manier om dit gesprek naar minder seksueel getint gebied te sturen. 'Dus, waarom…'

'Waarom dansen we niet?' onderbrak Vair me, en ik realiseerde me dat iedereen om ons heen aan het bewegen was – inclusief Jay en zijn barbie aan de andere kant van de ruimte.

En voordat ik kon bedenken hoe ik most weigeren, overbrugde Vair het laatste beetje afstand tussen ons en trok me in zijn armen.

HOOFDSTUK VIJF

Toen Vairs sterke armen zich om me heen sloten en me tegen zijn gespierde lichaam trokken, werd mijn ademhaling sneller en onregelmatig. Ik voelde zijn warmte, rook zijn frisse, mannelijke geur, en er ging een golf van hitte door me heen waarbij mijn binnenste spieren zich aanspanden van verlangen.

Geschokt en beschaamd door hoe sterk ik reageerde, probeerde ik me terug te trekken. Ik duwde mijn handen tegen Vairs borstkas om hem op afstand te houden. 'Ik kan niet dansen...'

'Dat hoeft ook niet.' Hij glimlachte naar me en negeerde mijn poging om hem weg te duwen. 'Ik kan leiden.'

'Maar...'

'Ontspan, schatje,' mompelde hij, en hij begon te bewegen op de pulserende beat. Ik voelde de stalen spieren in zijn borstkas onder mijn vingertoppen en zijn dijen streken langs mijn benen, waardoor mijn hartslag weer versnelde. 'Is dit niet waar je voor gekomen bent?'

Ik ademde bevend in en mijn hersenen draaiden op volle toeren toen ik naar zijn donkere, sensuele ogen staarde. *Nee!*, wilde ik schreeuwen. Nee, dit was níét waar ik voor gekomen was.

'Ik wilde het gewoon eens in het echt zien,' fluisterde ik, hopend dat deze halve waarheid reden was om me eruit te kicken. Mijn stem klonk ademloos, alsof ik een kilometer had gesprint. 'Ik had nog nooit een van jullie soort in levenden lijve gezien en ik was nieuwsgierig, zoals ik al zei...'

'Ah, ja, die welbekende nieuwsgierigheid van je.' Zijn glimlach kreeg een spottend randje. 'Je weet wel wat dit voor plek is, toch, meisje?'

Ik bevochtigde mijn onderlip en dwong mijn hart om te bedaren. 'Natuurlijk. Maar ik wilde dit keer gewoon alleen even kijken. Ik hoop dat dat geen probleem is.' Als het wel een probleem was, moest ik vertrekken, want ik was niet van plan om met iemand naar bed te gaan alleen voor het verhaal.

Zó toegewijd was ik nu ook weer niet aan mijn carrière.

Bij die reactie werden Vairs ogen donkerder en verdween de glimlach van zijn lippen. 'Aha.'

Ik wachtte tot hij nog meer zou zeggen, maar dat deed hij niet. In plaats daarvan bleef hij me aanstaren, waardoor ik geen andere keus had dan met hem meebewegen op de muziek. Zijn handen lagen licht op mijn heupen, maar elke keer dat ik probeerde me los te maken, verstevigde hij zijn grip om duidelijk te maken dat ik nog niet mocht gaan. Na een paar pogingen om me discreet los te maken uit zijn omhelzing gaf ik het op, want ik wilde geen scène schoppen.

Het is maar dansen, zei ik tegen mezelf. *Alleen maar dansen.* Ik had geen problemen met dansen als hij niet méér van me eiste – en daar leek het niet op, althans niet nu. Hij hield me zorgvuldig op een door hem bepaalde afstand, dichtbij genoeg om me van zijn warme, gespierde lichaam bewust te zijn, maar niet zo dichtbij dat ik tegen hem aangeplakt zou zijn. Een paar keer had ik het idee dat ik iets hards langs mijn buik voelde gaan, maar ik kon het niet zeker weten omdat het maar zo kort was.

Toch was het idee dat dat zijn erectie geweest kon zijn – dat hij me op die manier wilde – bijna net zo opwindend als angstaanjagend.

Het stuk. Focus je op het stuk, Amy. 'Dus, Vair, vertel me eens wat over jezelf.' Ik hield mijn blik op zijn gezicht gericht, hopend dat praten me zou afleiden van het toenemende verlangen in mijn lijf. 'Waarom heb je besloten naar de aarde te komen?'

Hij glimlachte en zijn ogen glansden. 'Ik verveelde me.'

Dat had ik niet zien aankomen. 'Waarom?'

'Omdat ik me niet meer kon vermaken op Krina. Ik heb een hoop prikkels nodig, snap je.'

Ik bevochtigde mijn lippen weer. Ik had het gevoel dat we ons weer op gevaarlijk terrein aan het begeven waren. 'Wat deed je op Krina? Qua werk bedoel ik?'

Hadden de K überhaupt werk? Ik wist het niet, maar het leek een veiliger onderwerp dan vragen naar wat Vair deed om zich te 'vermaken'.

'Qua werk?' Zijn glimlach werd weer sardonisch. 'Niet veel. Of té veel. Dat hangt ervan af hoe je ernaar kijkt.'

'O.' Ik keek hem in verwarring aan. 'Bedoel je dat je een carrièreswitch hebt gemaakt?'

'Zo zou je het kunnen noemen.' Hij lachte zachtjes en keek naar me. 'En jij, meisje? Wat doe jij voor… werk?'

'Ik studeer,' loog ik. 'Ik ben bezig met mijn master Engelse literatuur.'

'Je master?' Hij trok zijn wenkbrauwen op.

Om de een of andere reden moest ik blozen. 'Een master is een hogere opleiding die je kunt halen nadat je klaar bent met het eerst deel van je studie,' lichtte ik toe, al wist ik niet of Vair daadwerkelijk niet wist wat het betekende, of dat hij gewoon wat met me dolde. 'Het is een stap hoger dan een bachelor.'

'Aha.' Zijn ogen schitterden en hij veranderde zijn grip op me, legde zijn handen wat lager op mijn heupen. 'Een stap hoger dan een bachelor. Ik begrijp het.'

Hij was met me aan het dollen, nu wist ik het zeker. 'Ja, precies,' zei ik soepeltjes, waarbij ik probeerde te negeren dat zijn handen zo goed als op mijn kont lagen. 'Wat voor opleidingen zijn er bij jullie? Hebben jullie ook universiteiten?'

Hij schudde zijn hoofd. 'Nee hoor. Wij leren gedurende ons leven.'

'Maar hoe bereid je je dan voor op het werkende leven?' hield ik aan. 'Je wordt vast niet geboren met kennis van hoe je alles moet doen. En hoe leer je dan wiskunde, natuurkunde, geschiedenis?'

'Je bent écht een nieuwsgierig schepseltje.' Hij keek me aan met een vreemde halve glimlach. 'Je wilt alles over ons weten, hè?'

'Natuurlijk.' Ik glimlachte vrolijk naar hem. 'Wie niet?'

'De meeste mensen die hier komen niet,' mompelde hij en hij keek me aan. 'Bijna allemaal. Ze zijn op maar één ding uit – en dat heeft niets van doen met ons leersysteem.'

'Goed, dan zal ik wel een uitzondering zijn,' zei ik, en mijn hart sloeg een slag over bij de vreemde intensiteit die in zijn blik kwam. Kon het zijn dat hij me doorhad? 'Ik heb het altijd heel interessant gevonden om te leren over andere culturen. Hoe exotischer, hoe beter.'

Hij lachte zachtjes en liet me toen los. Voordat ik opgelucht kon ademhalen, zag ik dat we voor een van de bars stonden. Vair had me hier op de een of andere manier naartoe geleid zonder dat ik het doorhad.

'Iets te drinken?' vroeg hij, en hij pakte een glas met een paarse vloeistof erin.

Ik aarzelde. 'Wat is dat? Wijn?'

'Nee, een soort vruchtensap met alcohol. Mensen kunnen dit drinken.'

Ik moest er even over nadenken en nam het drankje toen aan, proberend niet te reageren toen zijn vingers langs de mijne streken. Maar ik kon het niet helpen dat mijn ademhaling even haperde en ik zag zijn lippen licht omkrullen omdat hij het merkte.

Vair had door wat hij voor invloed op me had, en hij genoot er merkbaar van.

In een poging mijn ongemak te verbergen bracht ik het glas naar mijn lippen en nam een slokje. Mijn smaakpapillen explodeerden bij het proeven van de zoete, maar toch pittige smaak. De bite van de alcohol was duidelijk, maar subtiel genoeg om niet af te leiden van de aparte smaak van het sap. 'Wat voor vrucht is dit?' vroeg ik, en Vair grinnikte en nam zelf ook een slokje.

'Je zou de naam niet herkennen. Het is een plant die we van Krina hebben meegebracht.'

'Wauw.' Ik nam nog een slok en probeerde de complexe smaak in mijn geheugen op te slaan zodat ik die later in mijn stuk zou kunnen omschrijven. Mijn mond ging ervan tintelen en mijn keel werd warm, maar dat kon ook door de alcohol komen. Ergens vroeg ik me af of ik niet wat voorzichtiger zou moeten zijn met zo'n exotisch drankje – en überhaupt om samen met Vair te drinken – maar ik zag dat andere mensen in de club het ook deden, dus het zou verdacht zijn als ik weigerde ook maar een slokje te nemen.

Zeker gezien mijn act als feestbeest dat zich interesseerde voor de Krinar.

Ik keek snel de ruimte rond en zag Jay dansen, nu

niet alleen meer met de K-barbie – Shira – maar ook met een mannelijke Krinar. Ze schuurden met z'n drieën tegen elkaar aan en Jays gezichtsuitdrukking maakte duidelijk dat hij in de zevende hemel was en dat hij al zijn zorgen was vergeten.

'Heb je wat met hem?' Vair ging voor me staan en blokkeerde mijn zicht. Zijn toon was ontspannen, maar hij keek me vreemd aan. 'Met die mooie mensenjongen?'

Ik knipperde met mijn ogen. 'Met Jay? Nee.'

'Waarom niet?'

'Geen idee,' zei ik naar waarheid. 'We voelen ons gewoon niet op die manier tot elkaar aangetrokken, denk ik.'

Ik had Jay ontmoet tijdens onze stage bij de krant en had hem beter leren kennen toen we daar na onze studie allebei fulltime aan de slag gingen. Om de een of andere reden had Jay – die graag seks had met alles wat twee benen had – nooit een move gemaakt, en naarmate we elkaar langer kenden, was ik hem om advies gaan vragen op ieder vlak van vakantiebestemmingen tot relatieperikelen. Als dank mocht hij altijd bij mij komen klagen over zijn overambitieuze familie en gaf ik mijn vrouwelijk perspectief op onenightstands die meer van hem wilden. Zo waren we goede vrienden geworden – zonder de aantrekkingskracht die daar vaak mee gepaard ging.

'Dat is mooi,' mompelde Vair en hij zette zijn lege glas op een tafel in de buurt. 'Ik ben blij dat te horen.'

Ik had mijn drankje bijna op, maar nu verslikte ik me er bijna in. Iets aan hoe Vair naar me keek leek haast bezitterig. Zijn blik was verhit, en nog iets – iets waar ik ernstig door van slag raakte.

Ik zette mijn glas op de tafel, glimlachte voorzichtig naar hem en deed een paar passen bij hem vandaan. 'Bedankt voor het drankje en het dansen. Ik moet er nu vandoor.' Mijn stem klonk helder, ook al bonsde mijn hart in mijn keel. 'Het wordt al laat en ik moet morgen vroeg aan de slag.'

'Ik dacht dat je studeerde.' Vair deed een stap dichterbij, en negeerde daarbij mijn duidelijke wens om meer afstand te creëren. 'Bezig met je master, toch?'

Ik slikte. 'Ja, natuurlijk. Ik bedoelde gewoon dat ik vroeg aan de slag moet met mijn afstudeeronderzoek.' Shit. Hij had inderdaad vermoedens – en als dat niet zo was, dan speelde hij een spelletje met me om me op de zenuwen te werken. Hoe dan ook moest ik zorgen dat Jay en ik hier wegkwamen.

Want ik begon hier een slecht gevoel over te krijgen.

'Ik geloof niet dat je vriend al klaar is om te gaan,' zei Vair, kijkend naar Jay – die tot grote tevredenheid ingeklemd was tussen Shira en de mannelijke Krinar. 'Ik weet eigenlijk vrij zeker dat hij graag wil blijven.' Vair klonk geamuseerd, maar zijn ogen glansden duister toen hij zich weer tot mij wendde en zachtjes zei: 'Jij zou ook moeten blijven, schatje – dan kun je meer over ons te weten komen.'

Ik deed mijn mond open om te weigeren, maar toen

werd het licht nog verder gedempt en veranderde de muziek weer – hij werd twee keer zo hard. Ik kon mijn vriend aan de andere kant van de ruimte niet meer zien; de donkerrode gloed stond me zelfs nauwelijks toe om Vair te zien, terwijl hij recht voor me stond.

'Wacht...' begon ik, nerveus door de plotseling veranderde atmosfeer, maar Vair trok me al zijn armen en manoeuvreerde ons terug naar de dansende menigte.

HOOFDSTUK ZES

Ik probeerde Vair weg te duwen, geschrokken en gealarmeerd, maar ik had net zo goed tegen een muur kunnen duwen. Het enige wat ik kon doen was hem volgen terwijl hij op de sensuele muziek bewoog, met mij dicht tegen zich aan gedrukt. De muziek schalde om ons heen, de beat snel en exotisch. Zijn geur, die overal om me heen was, hield me gevangen in een gevaarlijk verleidelijk web. Hij was zo sterk dat mijn voeten nauwelijks de vloer raakten terwijl hij me vasthield. Het was alsof ik een lappenpop was, een levenloos object waarmee hij kon doen wat hij wilde.

Ditmaal deed hij niet meer zijn best om afstand te bewaren. Ik voelde elke centimeter van zijn krachtig gespierde lichaam, en ik realiseerde me met een paniekscheut dat hij al hard was – zijn erectie duwde tegen mijn buik. Ik hapte naar adem en probeerde hem weer weg te duwen, maar hij negeerde mijn vruchteloze verzet en hield me zonder enige moeite waar ik was. Zijn ogen schitterden in het donker en keken naar me met overduidelijk verlangen. Mijn hart begon weer harder te bonzen in mijn borstkas, want ik besefte dat hij me niet zou laten gaan.

Niet voordat hij van me had wat hij wilde.

Die gedachte zou angstaanjagend moeten zijn, maar mijn lichamelijk reactie op hem had niets met angst te maken. Mijn tepels werden hard in mijn beha en ik voelde het warm en vochtig worden in mijn ondergoed. Mijn lichaam wilde hem, primitief en instinctief, en trok zich niets aan van het feit dat dit tegen mijn wil gebeurde – dat mijn hoofd niets met Vair van doen wilde hebben.

Terwijl onze gedwongen dans voortduurde, kreeg deze hele avond een surreële glans. Alles aan deze plek leek als in een droom, van het rode licht dat uit een onzichtbare lichtbron kwam tot de waanzinnig mooie man die mij gevangenhield in zijn armen. De muziek pulseerde in dezelfde maat als het gonzen in mijn lijf en mijn hoofd tolde; mijn zintuigen waren overweldigd. Het drankje, dacht ik ergens ver weg, en ik staarde hem aan, maar ik wist eigenlijk al dat de alcohol slechts ten dele verantwoordelijk was voor het was in mijn hoofd.

Híj was het. Vair was de reden waarom ik me zo voelde. De aantrekkingskracht was sterker dan ik ooit had ervaren – en te oordelen naar de harde bobbel die ik tegen mijn buik voelde, wilde hij mij net zo. Zijn ogen spraken boekdelen over duistere verlangens en verfrommelde lakens, over opwinding en lust. Ik legde mijn handen op zijn schouders en stopte met mijn pogingen hem weg te duwen. Zijn ogen gingen nog helderder glanzen toen hij merkte dat ik me overgaf.

Ik wist niet precies hoelang we zo aan het dansen waren. Al mijn zintuigen waren op hem gericht – op de harde druk van zijn lichaam tegen het mijne en op de warme geur van zijn huid… op de manier waarop hij me vasthield, met een hand tegen mijn rug en de andere om mijn middel. We bewogen ons als één, onze lichamen schijnbaar in perfecte harmonie, alhoewel ik geen enkele mogelijkheid had om me anders te bewegen. Na een tijdje verplaatste hij zijn hand van mijn rug naar mijn nek. Zijn vingers gleden door mijn haar en streelden de blote huid van mijn haarlijn, en het verhitte gevoel vanbinnen werd nog intenser, mijn ademhaling nog sneller.

Toen hij zijn hoofd naar me toe boog en mijn lippen veroverde, voelde ik me haast opgelucht, alhoewel het ook bijdroeg aan de spanning die zich binnen in me opbouwde en mijn verlangen verder versterkte. De manier waarop hij mijn mond verzwolg was zonder enige twijfel, zonder aarzeling. Vair zoende zoals hij danste: met dominante expertise en een kalme kracht. Zijn lippen en tong waren tegelijkertijd plagerig en overweldigend. Hij vroeg niet om een respons, hij veréíste die, en ik kon niet anders dan mijn handen op zijn schouders leggen en mijn lippen voor hem openen.

Mijn rug stootte tegen een hard oppervlak en ik besefte dat we op de een of andere manier bij een muur waren uitgekomen. Voor ik wist wat er gebeurde gleed hij met zijn hand door mijn haar en pakte mijn hoofd beet, en zijn andere hand ging naar de bolling van mijn billen. Hij bleef me zoenen terwijl hij me met één hand van de grond tilde en tegen de muur gedrukt hield zodat hij zijn erectie langs het zachte plekje tussen mijn benen kon schuren. Het voelde ongelofelijk lekker en ik kreunde in zijn mond; ik kon het niet inhouden.

'Ja, goed zo, schatje,' fluisterde hij met zijn hete adem in mijn oor, en daarna liet hij zijn lippen over de zijkant van mijn gezicht glijden. Hij knabbelde aan mijn oorlel en beet er toen heel zachtjes in, wat kippenvel veroorzaakte aan die kant van mijn lichaam. 'Zo'n prachtig, heerlijk klein schatje…'

Ik kreunde weer, deed mijn ogen dicht en gooide mijn hoofd naar achteren terwijl hij de onderkant van mijn kaak begon te kussen. Zijn mond liet een warm, vochtig spoor achter op mijn huid. Rationeel wist ik dat dit verkeerd was, maar ratio voerde op dat moment niet de boventoon. Mijn lichaam stond in vuur en vlam en tussen mijn benen pulseerde een hevig verlangen. 'Alsjeblieft,' fluisterde ik wanhopig. 'Alsjeblieft, Vair…' Ik wist niet of ik hem smeekte om te stoppen of om door te gaan, en eigenlijk deed het er ook niet toe. Ik was volledig in zijn macht. Mijn lichaam was zijn speeltje, hij kon ermee doen wat hij wilde.

Hij grinnikte, een laag en donker geluid, en toen bewoog hij zijn mond nog lager, naar de gevoelige lijn van mijn nek. Ik voelde zijn tanden over mijn huid schrapen en het deed een beetje pijn, maar gek genoeg droeg dat alleen maar bij aan de opwinding en ik kronkelde tegen hem aan. 'Ja, goed zo,' mompelde hij met een zware stem en zijn hand sloot zich om mijn kont. 'Goed zo, schatje...'

Ik was zo verloren in mijn verhitte verlangen dat ik nauwelijks doorhad dat de muur achter me leek te verdwijnen. Pas toen ik languit op een soort comfortabel oppervlak lag, gingen er in mijn hoofd alarmbellen af.

Waar was ik?

Paniek schoot door me heen en heel even verdween het waas. Ik hapte naar adem, deed mijn ogen open en zag Vairs gebronsde gezicht boven me. De muziek stond nog steeds aan, de lichten flikkerden nog steeds, maar we bevonden ons niet meer in de dansende menigte. We waren in een privéruimte en ik lag op een soort bed.

'Wat... Waar...' begon ik geschokt. Zijn gezicht kwam dichterbij en hij nam mijn lippen weer tussen de zijne. Tegelijk pakte hij mijn polsen beet, strekte mijn armen boven mijn hoofd en pakte mijn beide polsen vast met één van zijn grote handen.

Ik was weerloos, gevangen en helemaal in zijn macht.

Dat besef had mijn verlangen wel moeten temperen, maar zodra hij me weer begon te zoenen, verspreidde er zich een heerlijk gevoel door mijn lichaam en verdween de wens om te vluchten. Hitte golfde over mijn huid, mijn tepels klopten en werden extreem gevoelig. Tussen mijn benen verzamelde zich warm vocht, en toen Vair zijn hand over de voorkant van mijn jurk liet glijden, kromde ik als vanzelf mijn rug. Ik wilde méér.

Mijn ogen vielen dicht en het gevoel dat dit allemaal niet echt was kwam terug. Het voelde als een droom, een gevaarlijke fantasie die alleen in mijn hoofd bestond. Toen Vair zijn vingers achter de bovenkant van mijn jurk haakte en hem doormidden scheurde, schrok ik wel even van het geweld waarmee hij te werk ging, maar zelfs toen nog raakte ik niet uit die staat van sensuele verwarring. Het enige wat nu bestond was opwinding en genot; zijn aanrakingen en het gewicht van zijn lichaam boven het mijne.

Mijn beha en onderbroek moesten hetzelfde lot ondergaan als mijn jurk, en toen gingen zijn handen over mijn hele lichaam. Hij liet mijn polsen los om mijn borsten te omvatten met allebei zijn handen. Zijn mond pakte een tepel en toen de andere, en ik kermde het uit vanwege de scherpe kracht waarmee hij eraan zoog. Met mijn handen, die nu eindelijk bevrijd waren, pakte ik grote plukken van zijn zijdezachte haar vast, en opnieuw wist ik niet of ik hem nou wilde wegduwen of naar me toe trekken.

Hij kwam boven op me liggen, mij bedekkend met zijn grote, naakte lichaam, en ik realiseerde me dat zijn kleding ook uit was, terwijl ik niet had gemerkt dat hij die had uitgetrokken. Er was echter geen tijd om over dat mysterie na te denken, want overal waar zijn lichaam het mijne raakte tintelde mijn huid alsof ik onder stroom stond. Ik deed mijn ogen open, keek in de zijne en zag daarin dezelfde wellust als die ik voelde.

Hij wilde me.

Hij wilde me, en hij zou me nemen.

Hij drukte zijn knieën tussen mijn benen om ze te spreiden en mijn adem stokte in mijn keel toen ik zijn zachte, dikke eikel tegen mijn bovenbeen voelde duwen. Ik kon hem niet zien, maar zijn pik leek enorm te zijn, en ik trok vanbinnen samen uit pure angst. Zou hij me pijn doen? Wat als onze soorten toch niet zo'n goede seksuele match waren als ik gehoord had?

Maar het was te laat om me daar druk over te maken. Voordat ik iets kon zeggen, zoende hij me weer. Hij veroverde mijn mond, hij wist precies hoe dat moest, en duwde zichzelf ondertussen langzaam naar mijn opening toe.

Hij penetreerde me langzaam en voorzichtig, zodat ik de tijd had om te wennen aan zijn formaat. Toch voelde ik me haast pijnlijk opgerekt toen hij zich naar binnen duwde, centimeter voor dikke centimeter. Mijn handen omklemden zijn haar en ik had het wel kunnen uitschreeuwen, maar hij hield zijn mond op de mijne en leidde me af met heerlijke, verdovende kussen. Pas toen hij helemaal in me was gaf hij me wat ademruimte. Het enige wat ik op dat moment nog kon doen was hem aanstaren, hijgend, mijn lichaam vol en verpletterd, compleet overweldigd door hoe hij bezit van me had genomen.

Een moment lang bewoog hij niet en hield hij mijn blik vast. Toen begon hij te bewegen, eerst langzaam en geleidelijk sneller. Het deed al snel minder pijn en werd alsmaar lekkerder. Ik deed mijn ogen weer dicht en liet mijn handen langs zijn zij glijden, die ik vastpakte omdat de spanning in me toenam – iedere stoot voerde hem verder op. Ik hoorde mezelf kreunen en kermen, en mijn knieën gingen omhoog, ik vouwde mijn benen om zijn heupen zodat hij dieper bij me naar binnen kon. Wat ik in mijn lichaam voelde was zo intens dat het leek alsof ik uit elkaar zou kunnen scheuren... en uiteindelijk gebeurde dat ook. Het orgasme raasde door me heen met een ongelofelijke, verwoestende kracht. Mijn lichaam schokte, mijn spieren spanden zich om hem heen, en ik hoorde hem kreunen toen zijn pik in me schokte en ook hij zijn hoogtepunt beleefde.

Nu is het voorbij, bedacht ik vagelijk, maar ik was te overweldigd om in beweging te komen. Naschokjes van genot gingen nog door mijn lichaam en het voelde alsof mijn spieren in pap waren veranderd. Mijn handen hadden nog steeds zijn zij beet, mijn nagels duwden in zijn huid en ik dwong mezelf om mijn handen op het matras te leggen – of wat het ook voor oppervlak was waar ik op lag.

Toen deed ik langzaam mijn ogen open en keek naar Vair.

Hij steunde op zijn ellebogen en keek naar me. Zijn ademhaling ging zwaarder dan anders en zijn ietsje minder hard geworden pik zat nog steeds diep in mijn lichaam. Toen onze ogen elkaar vonden, zag ik dat hij maar een heel klein beetje minder verhit keek dan daarnet – en tot mijn grote schrik voelde ik hem weer harder worden in me.

'Gaat het?' vroeg hij zachtjes, en automatisch knikte ik. Mijn lichaam schokte nog steeds van mijn orgasme, ik was nat en gezwollen om hem heen, en in mijn hersenen kolkte het van wel duizend dingen.

Ik, die altijd zo behoedzaam en kritisch was geweest als het ging om bedpartners, had zojuist seks gehad met een man die ik nauwelijks kende.

Nee, geen man. Een mannelijke K – een alien die mijn lichaam was binnengedrongen, net zo rücksichtslos als zijn soort op deze planeet was gekomen.

'Goed,' fluisterde Vair met een gevaarlijke glimlachje om zijn lippen, en hij begon weer in me te bewegen. 'Want ik ben nog niet klaar met jou, meisje…'

Van de schrik kon ik geen woord meer uitbrengen. Ik staarde hem aan en kon simpelweg niet geloven dat dit gebeurde – en dat mijn lichaam er alweer in meeging. Zelfs het beurse gevoel dat ik begon te krijgen leek er niet toe te doen; elke beweging van zijn pik stookte het vuurtje in mij verder op en gaf me opnieuw een brandend verlangen. Mijn handen pakten instinctief weer zijn zij en mijn gebogen knieën sloegen zichzelf om zijn heupen.

'Ja, heel goed, schatje,' mompelde hij, en hij duwde zijn gezicht in mijn hals. Ik voelde zijn warme lippen op de gevoelige huid onder mijn oorlel en trilde van genot. Ik kromde me naar hem toe om hem stilletjes te smeken om méér. 'Zo lief en fijn, precies wat ik had verwacht…'

Terwijl hij met een vast ritme bleef stoten, plaagde

en knabbelde hij met zijn mond in mijn hals, en een van zijn handen ging tussen onze lichamen in om mijn vochtige lippen te vinden. Mijn clitoris reageerde meteen op zijn aanraking en ik voelde een nieuw orgasme aankomen. Maar voor ik over dat randje kon gaan, voelde ik een scherpe pijn in mijn nek – een stekende en brandende pijn die me choqueerde.

Ik kermde het uit en duwde mijn lichaam tegen hem aan terwijl hij zijn lippen over de wond sloot. *Die vampiergeruchten*, dacht ik in paniek, *die moeten dus wel waar zijn...* En toen kon ik helemaal niks meer denken omdat al mijn zintuigen explodeerden. Ik bereikte het orgasme waar ik zo dichtbij was, en in plaats van dat het gevoel daarna weer afnam, nam het alleen maar toe. Mijn huid brandde, mijn hart bonsde harder dan ooit en ik kon niets meer waarnemen behalve dit intense, mindblowing genot. Het zuigen van zijn mond in mijn hals en de stuwende kracht van zijn pik waren de enige dingen die nog bestonden, en ik schreeuwde toen mijn lichaam keer op keer schokte in een eindeloos orgasme.

Ik wist niet precies hoelang het duurde. Misschien uren, misschien dagen. Het enige wat ik wist was dat het eeuwig leek te duren, totdat mijn lichaam en geest het niet meer aankonden en ik out ging in Vairs armen.

HOOFDSTUK ZEVEN

De wekker rukte me met veel geweld uit een diepe slaap. Kreunend rolde ik me om en sloeg op de irritante wekker. Het geluid stopte en ik kreunde weer en trok de dekens over mijn hoofd.

Bah. Ik had totaal geen zin om naar mijn werk te gaan. Was het echt al maandag? Het was nog maar net vrijdag...

Vrijdag! Ik schoot overeind en staarde naar de muren van mijn slaapkamer. Mijn hart bonsde wild in mijn borstkas terwijl de herinneringen aan vrijdagnacht me overspoelden. Ik was met Jay naar een X-club gegaan... Ik had gedanst met een K... Ik had séks gehad met die K, en toen...

Holy fucking shit. Had Vair me gebeten? Mijn hand schoot naar mijn hals, maar ik voelde alleen gave huid. Mijn lichaam leek sowieso nergens pijn te doen, hoewel ik me herinnerde dat ik na de eerste sessie van die avond een beurs gevoel had gehad – en als mijn wazige herinnering aan de tweede, derde en vierde keer ook maar een beetje klopte, had ik nu zoveel pijn moeten hebben dat ik niet kon lopen. Had ik het hele gebeuren gedroomd? En zo niet, wat was er dan in godsnaam gebeurd en hoe kon het dat ik in mijn eigen appartement was?

Ik sprong uit bed en rende naar de ladekast waarop mijn handtasje lag, dat ik eraf griste om mijn telefoon eruit te halen. Ik staarde naar het scherm en ademde opgelucht uit toen ik de datum zag.

Het was zaterdag. Ik was niet het hele weekend kwijt; ik was gewoon vergeten mijn wekker uit te schakelen voordat ik naar bed ging.

Ik herinnerde me er niets van dat ik naar bed was gegaan, besefte ik, en ik werd bevangen door angst. Het laatste wat ik me echt herinnerde was die vreemde extase nadat Vair me had gebeten – of wat hij ook had gedaan in mijn hals. Een koude rilling ging door me heen, en toen pas had ik door dat ik hier in mijn blootje stond.

Helemaal bloot – terwijl ik normaal gesproken in een tanktop en onderbroek sliep.

Iemand had me naar bed gebracht... en ik was het niet zelf.

Voor het eerst begreep ik dat er iemand – waarschijnlijk de K – in mijn appartement was geweest.

En dat diegene hier misschien nog steeds was.

Die gedachte maakte me haast aan het hyperventileren.

'Hallo?' riep ik met een trillende stem. Ik trok een lade open, pakte het eerste T-shirt en de dichtstbijzijnde yogabroek en trok die aan. 'Hallo? Is daar iemand?'

Ik hoorde alleen stilte.

Met mijn telefoon in mijn hand deed ik de slaapkamerdeur open en sloop mijn kleine woonkamer in, terwijl ik tegen mezelf bleef zeggen dat ik niet moest panieken. Misschien was het écht allemaal een droom geweest en had ik gewoon weer eens te veel gedronken bij het uitgaan met Jay. Misschien was ik naakt in bed beland en herinnerde ik het me gewoon niet. Er gebeurden wel vaker gekke dingen bij het feesten met Jay.

Jay! Mijn hartslag schoot weer omhoog toen ik me herinnerde dat we daar samen waren en dat het laatste wat ik van hem gezien had, de sandwich met twee Krinar was. Wat was er met hem gebeurd? Waar was hij nu?

Tot mijn grote opluchting was er niemand in de woonkamer, en ook niet in de keuken of de badkamer. Mijn appartement was piepklein, eigenlijk gewoon een studio met wat muren erin, dus er was niet veel ruimte waar de K zich verborgen kon houden. Ik was op dit moment alleen, en op dit moment was ik veilig.

Nog bevend van de adrenalinepiek ging ik op een keukenstoel zitten en belde Jay. Hij nam niet meteen op, en net toen ik gek begon te worden van paniek hoorde ik zijn groggy stem: 'Hallo?'

'Jay!' Ik barste bijna in janken uit. 'Jay, gaat het goed

met je?'

'Wat? O… Amy?' Hij klonk gedesoriënteerd. 'Wat… wat is er?'

'Jay, wat is er gisteravond gebeurd?'

'Gisteravond?' Ik hoorde de raderen in zijn slaperige brein zowat krakend in beweging komen. 'Gisteravond… O shit, we zijn naar die club gegaan! Die fucking X-club! Gaat het goed met je? Je verdween met die K en toen…'

'Wat is er met jóú gebeurd?' onderbrak ik hem, want ik wilde nog even niet vertellen over wat ik had meegemaakt. 'Ben je naar bed geweest met die twee K?'

Jay lachte geamuseerd. 'Met ze naar bed geweest? Lieverd, we hebben geen bed gezien! Het was de meest intense shit die ik ooit heb meegemaakt, zoiets als xtc in combinatie met heroïne en dat dan tien keer versterkt. Ik weet niet hoe ik thuis ben gekomen. We moeten wel de hele nacht zijn doorgegaan, want ik herinner me nu niks meer.'

'Ja, precies.' Ik kneep in mijn neusbrug terwijl de adrenaline wegebde. Het leek erop dat Jay en ik een vergelijkbare ervaring hadden. Wat er ook met ons was gebeurd, was geen gewone seks – en dat klopte wel met wat ik online had gelezen.

Ik wist nu zeker dat die nacht echt was geweest. Restte alleen nog de vraag hoe ik hier was teruggekomen nadat ik bij de club het bewustzijn had verloren.

Of tenminste, daar ging ik van uit, dat ik het bewustzijn had verloren. Het laatste wat ik me herinnerde, was non-stop seks en onmogelijk intens genot.

Terwijl Jay verderging met praten en me alles vertelde over hoe die K-barbie hem had gepijpt terwijl ze werd geneukt door de mannelijke Krinar, ging ik na wat er gebeurd had kunnen zijn. De enige logische verklaring was dat Vair me naar huis had gebracht... en dat betekende dat hij wist wie ik was en waar ik woonde.

Hij had waarschijnlijk mijn rijbewijs gevonden in mijn tas, bedacht ik na een vertwijfeld moment. Als hij nog meer over me wist – als hij wist dat ik een journalist was – had hij me vast niet zo makkelijk laten gaan.

Ik had geluk gehad, en Jay ook.

Toen hij klaar was met vertellen over zijn seksavonturen vertelde ik hem over het mijne, al liet ik de dwingende aard van Vairs gedrag weg, evenals mijn eigen hulpeloze respons daarop. Het feit dat ik het had gedaan tegen beter weten in – en dat het de beste seks van mijn leven was – wilde ik niet onder een vergrootglas leggen.

'Wow, goed gedaan, meid,' zei Jay bewonderend toen ik in grote lijnen mijn verhaal had verteld. 'Je hebt je dit keer echt laten gaan. Ik ben trots op je. En nu? Ga je nog een keer naar de club?'

'Nee,' zei ik. Eén nacht van buitenaardse seks was genoeg voor me. 'Nu ga ik het verhaal schrijven.'

Het was tijd om mijn carrière de benodigde kickstart te geven.

Deel Twee

VAIR

HOOFDSTUK ACHT

DE HERINNERING AAN ZIJN HANDEN OP MIJN HEUPEN kwam bij me terug terwijl ik verwoed aan het typen was. De woorden op het scherm werden wazig en voor de zoveelste keer verloor ik de focus op het artikel terwijl ik dacht aan de manier waarop hij langzaam zijn enorme pik achterlangs bij me naar binnen had geduwd, aan zijn tong tussen mijn schouderbladen en zijn tanden die mijn oorlel plaagden, aan zijn vingers die gekmakend over mijn clitoris cirkelden totdat ik...

Fuck.

Dit gebeurde nou al de hele dag. Het ene moment stond ik op mijn virtuele zeepkist om de voordelen van bottenbouillon en bacon te propageren, gestaafd door Paleo-research en casestudies, het volgende verloor ik mijn verstand – rode wangen, mijn dijen tegen elkaar gedrukt onder mijn bureau bij de herinnering aan de sensatie van hem in me.

God, ik had zoiets nog nooit gevoeld.

En dat zou ook nooit meer gebeuren.

Want ik had het met een alien gedaan.

Dat keiharde feit bleef maar de hele dag door mijn hoofd malen.

Elke dag, de hele dag.

's Ochtends als ik ontbeet, tijdens vergaderingen op het werk, in de metro, onder de douche – vooral dan. Zelfs in mijn slaap dacht ik aan hem, droomde ik over hem.

Het was nu al een maand geleden. Vier weken, twee dagen en dertien uur sinds ik naar een alienseksclub in het Meatpacking District was gegaan.

Ik droeg de zwaarte van wat daar was gebeurd nog dagelijks met me mee, maar het was vooral de situatie waarin ik mezelf daarna had gemanoeuvreerd die met het uur verstikkender werd.

Ik kon het geen moment vergeten, en de wetenschap dat het niet alléén mijn schuld was, hielp niet mee.

Want de waarheid was dat ik had kunnen weggaan. Twee keer. Voordat ik het had gedaan met de razend knappe X-clubeigenaar én erna.

Ik had die absoluut verpletterende ervaring in een doosje kunnen stoppen en nooit iemand anders dan mijn collega en partner in seksclubcrime kunnen vertellen wat er was gebeurd.

Maar in plaats daarvan had ik gedaan ik wat elke vierentwintigjarige met een gigantische studieschuld zou hebben gedaan.

Ik had een alienseksartikel geschreven voor *The New York Herald*.

Alleen had ik niet álles verteld. Ik had gedaan wat een goede journalist doet: ik had mezelf eruit geschreven en beweerd dat het stuk gebaseerd was op interviews met andere, anonieme mensen.

En ik was ermee weggekomen. Tot nu toe dan. Dat vond ik nog het meest verwarrend en ik maakte me er ook zorgen over; het voedde mijn paranoia en mijn angst voor alienwraak werd met de dag groter.

Mijn computer maakte het geluidje van een binnenkomende e-mail en ik zag rechtsonder de pop-up. Toen ik zag wie de afzender was, klikte ik hem weg. Ik had een deadline en ik kon het me niet veroorloven om me te laten afleiden door domme mails van mijn moeder – niet nóg meer afgeleid dan ik nu toch al was.

Er klonk nog een mailgeluidje, gevolgd door weer een pop-up. Ik zuchtte en wachtte terwijl er nog acht mails binnenkwamen. Ze was goed op dreef voor een vrijdagavond. Na de elfde pop-up opende ik mijn browser om uit te loggen bij Outlook.

Mijn moeder verkondigde al ver vóór de Krinar kwamen dat er ooit aliens zouden komen. Ze juichte nog net niet toen haar voorspelling uitkwam, gewoon omdat ze gelijk had, maar nu stuurde ze dagelijks artikelen uit diverse online 'nieuwsbronnen' over de verschrikkelijke manier waarop mensen zouden worden mishandeld en uiteindelijk vermoord door de K.

Haar neiging om zonder meer deze irrationele en absurde berichten te geloven had misschien wel een kleine rol gespeeld in mijn verlangen om op zoek te gaan naar feiten.

Helaas stonden feiten haast nooit op zichzelf en kende de waarheid een heleboel gradaties. Hoe 'waarheidsgetrouw' mijn verhaal over de alienseksclub ook was, het was nogal gekleurd.

Niet alleen werd er in mijn artikel geen gewag van gemaakt dat ik de beste seks van mijn leven had gehad, ik schilderde de K ook nogal negatief af, als seksuele jagers die bloed tot zich namen en daarbij de mens van wie dat bloed afkomstig was een xtc-achtig afrodisiacum toediende.

Op evenwichtige momenten kon ik wel toegeven dat die aantijging mogelijk te maken had met mijn egoïstische wens om mijn beschamende fysieke reactie op Vair te verklaren.

Toen ik studeerde, was ik altijd zo voorzichtig en zorgvuldig geweest. Ik was met al mijn vriendjes eerst bevriend geraakt om ze beter te leren kennen voordat we seks met elkaar gingen hebben. Ik was nog nooit ook maar in de búúrt gekomen van een onenightstand.

En toen ineens, een maand geleden, de eerste keer in mijn leven dat ik me had laten gaan en me door mijn lichaam had laten leiden, had ik een onenightstand beleefd met een dodelijke alien met vampierneigingen die mijn bloed had gedronken en me had geneukt tot ik letterlijk out ging van seksuele uitputting.

Mijn telefoon kwam zoemend tot leven op mijn bureau en ik schrok op. Mijn moeder belde.

O, toe dan maar. Ik kreeg nu toch geen werk gedaan. Met mijn moeder praten was de snelste en meest effectieve manier om mijn gedachten van seks af te leiden.

Ik drukte op de luidspreker. 'Hoi mama.'

'Heb je mijn mail gelezen?'

'Bedoel je de twintig e-mails die je me tien seconden geleden gestuurd hebt?'

'Ja precies,' zei ze zonder enige aarzeling of verontschuldiging.

Ik verbeet een glimlachje en keek hoofdschuddend naar het plafond. 'Nee. Ik ben aan het werk, ik moet een deadline halen.'

Mijn moeder ademde scherp in aan de andere kant van de lijn, waarna ik haar gedempt mijn vader hoorde roepen.

'Je werkt daar toch niet nog stééds?' vroeg ze ademloos. 'Ik dacht dat je vorige week had besloten te stoppen bij *The Herald* en onder te duiken.'

'Nee, jíj zei dat ik moest stoppen en onderduiken.' Ik deed het volume wat omlaag. Ik wist vrij zeker dat er nog maar één collega was, maar toch.

'Je schrijft toch niet weer een E.T.-artikel?'

'Jawel. Dat is nou net het punt, mam, ik krijg alle Krinar-verhalen.'

Weer ademde ze scherp in en er kwam een piepend geluid uit haar keel. 'Nog meer verhalen van xenofielen die het slachtoffer zijn geworden van seksclubgeweld?'

Ik kreunde. Xenofiel – ook wel xeno – was de neerbuigende term voor mensen die achter K aanzaten en seks met ze wilden. Een andere, neutralere benaming was K-verslaafden. Het was een verontrustend fenomeen dat had geleid tot xenoclubs – oftewel X-clubs – en waarover ik had geschreven in mijn artikel.

'Nee.' Ik schraapte mijn keel. 'Dit stuk gaat over de dwang om vegan te worden, waarmee mensen niet alleen hun vrije wil wordt ontnomen, maar die ook gevaarlijk is voor onze gezondheid en de gezondheid van toekomstige generaties, en dat alleen maar omdat zíj het beter vinden.'

Twee jaar geleden, toen de Krinar hierheen waren gekomen en de leiding op aarde hadden overgenomen, hadden ze allerlei dingen veranderd. Zelfs de voedselsoorten die we konden kopen waren veranderd. De agrarische industrie was ingrijpend veranderd; veehouderij was in de ban gedaan en er mochten alleen nog groenten en fruit worden verbouwd. Vandaag de dag waren vlees en zuivel schreeuwend duur en zeer exclusief.

De K beweerden dat dit voor onze bestwil is, om te voorkomen dat we onze toch al verzwakte en zieke lichamen nog verder zouden verwoesten en dat onze planeet ten onder zou gaan aan overproductie en overconsumptie van vlees en zuivel.

Dit had de toon gezet voor hoe we konden verwachten dat onze nieuwe 'regering' met ons omging – als een lagere levensvorm die niet intelligent genoeg was om zelfs de meest basale dagelijkse keuzes te maken over het voedsel dat we in ons lichaam stopten.

'Maar je eet al acht jaar vegan.' Mijn vader klonk verbaasd.

'O, hoi papa. Ja, natuurlijk, maar dat is het punt niet. Het punt is dat we het recht moeten hebben om...'

'Het punt is: waarom zouden wíj varkensvet moeten opgeven terwijl zij in hun clubs mensen verslinden,' brak mijn moeder in.

O allejezus. 'Luister, ik moet weer aan het werk. Ik bel jullie zondag, oké?'

'Amy.' Mijn vaders stem was kalm, maar bezorgd. 'We vinden dat je zou moeten stoppen met de K tegen je in het harnas jagen met die stukken van je. We weten niet veel van ze, maar ze zijn een gevaarlijke, gewelddadige soort die tot alles in staat is. Het is niet slim om te riskeren...'

'Je moet stoppen!' riep mijn moeder op hoge toon uit. 'Je vader en ik worden gek van bezorgdheid dat die E.T.'s je gaan vermoorden en je brein opeten!'

Ik wist dat ik niet had moeten opnemen. 'Ze willen bloed, mama, geen hersenen.'

'Ze eten ook hersenen,' hield ze vol. 'Heb ik op YouTube gezien.'

Gingen we weer. 'We hebben het hier al over gehad en YouTube is niet de betrouwbaarste bron...'

'De YouTube-video waarin die Saoedi-Arabiërs werden afgeslacht door een groepje K is bewezen echt,' bracht mijn vader me in herinnering. 'In het begin geloofde ook niemand dat die beelden echt waren.'

Hij had een punt, maar ik wilde het nu niet toegeven. 'Dat was anders, papa.'

De herinnering aan die vroege videobeelden van de K liet altijd weer een rilling over mijn ruggengraat gaan. In de eerste weken na de Krinar-invasie hadden guerrilla's in het Midden-Oosten een kleine groep ongewapende K in gevangenschap genomen. Het vreselijke bloedbad dat daarop volgde was vastgelegd met een iPhone, waardoor de hele wereld had kunnen aanschouwen hoe genetisch geavanceerd – en zonder meer meedogenloos – de soort was die de aarde had overgenomen. Een stuk of dertig Saoedi's, gewapend met handgranaten en automatische geweren, kon niets uitrichten tegen zes ongewapende K, met een bovenmenselijke snelheid en een kracht waarmee ze hun menselijke belagers letterlijk met hun blote handen aan flarden konden scheuren, waarna ze ze met het grootste gemak wel twintig meter door de lucht lieten vliegen.

'Er zijn bronnen die zeggen dat er interneringskampen voor mensen worden gebouwd in Costa Rica,' ging mijn vader verder.

Ik zuchtte en rolde met mijn ogen. Bronnen, jaja.

'Ze zijn een soort strafkampen aan het inrichten voor mensen die zich misdragen,' ging mijn moeder eroverheen.

Dit werd me te veel. Ik moest weer aan het werk.

'Je moeder heeft gelezen dat ze op hun thuisplaneet Krina criminelen publiekelijk onthoofden.'

'En er is een ceremonie waarin ze hun bloed

drinken en hun hersenen en andere organen opeten,' voegde ze eraan toe.

Gatver. Mijn maag draaide zich om. 'Lieverds, ik moet nu echt ophangen. Mijn baas heeft me net gemaild om te vragen waar mijn stuk blijft.'

'Goed, schat, maar je moeder en ik maken ons zorgen. We hebben respect voor wat je doet in het belang van ons allemaal, maar het lijkt ons toch echt beter als je zou onderduiken en dan af en toe iets schrijft voor een van de undergroundmedia waar we op geabonneerd zijn.'

Geen wonder dat zij dat vonden. 'Bedankt, pap, maar jullie hoeven je om mij geen zorgen te maken. Het gaat prima met me. Geloof me, als de K boos waren vanwege mijn X-clubverhaal, zouden ze het wel gelijk na verschijning hebben laten verdwijnen. Dan zouden ze er nooit zoveel aandacht op hebben laten vestigen.' Dat hoopte ik tenminste. Dat was waar ik me aan vastklampte. '*The New York Herald* ligt nou niet bepaald buiten hun invloedssfeer. Het is allang bewezen dat de K de wereldpers onder de duim hebben.'

'Dat kun je nu wel zeggen, maar wat gebeurt er als ze achter je aan komen en je ontvoeren naar een van hun kampen?' Mijn moeders stem kraakte en er klonk een hysterische snik. 'Dan zitten wij hier en kunnen we alleen maar gissen hoeveel aliens er hebben ontbeten met de hersens van ons lieve meisje...'

Een nauwelijks onderdrukte jammerkreet en een melodramatisch 'tot snel' later stampte ze ervandoor.

Tot zover mijn moeder. Als er één ding was waar ik bij haar altijd op kon rekenen, was het haar hang naar apocalyptisch drama en haar neiging om de meest onbehulpzame, ongepaste en angstaanjagende dingen te zeggen op de meest ongeschikte momenten.

Er volgde een lange, ongemakkelijke stilte. Ze waren al zevenentwintig jaar getrouwd en toch kon mijn vader nog steeds niet zo goed omgaan met de specifieke gekte van mijn moeder. Het was een raar iets tussen hen waar ik toen ik jong was veel last van had gehad.

Uiteindelijk zei hij: 'Ik zal je dan maar aan het werk laten.'

'Goed, pap. Ik bel je zondag.'

'Tot dan. Wees voorzichtig, Amy.'

HOOFDSTUK NEGEN

Ik hing op en ging verder met typen, waarbij ik de rare relatie tussen mijn ouders en mijn moeders overdreven K-angst zo ver mogelijk uit mijn gedachten zette. Ik citeerde onderzoek van de Weston A. Price Foundation over de voordelen van reuzel, volvette boter en levertraan.

De Krinar waren een zeer intelligente, eeuwenoude soort die duidelijk genetisch veel verder was dan de mensheid, voor zover we hun fysieke gestel hadden gezien, en ze leefden ook nog eens veel langer.

Ze hadden de aarde binnen een paar weken tijd overgenomen, met technologie die nog indrukwekkender was dan alle sciencefictionauteurs hadden kunnen bevroeden. En hoewel we uiterlijk op ze leken – zij het veel minder mooi en perfect – vertoonde ons menselijke DNA meer overeenkomsten met dat van een gorilla dan met de Krinar.

Dus ja, wie waren wij om te bepalen wat we het beste konden eten?

Ik koos ervoor om het feit te negeren dat gorilla's herbivoren waren, want dat deed er niet toe. Niet echt.

En trouwens, als het veganistische dieet zo goed voor ze was, waarom wilden ze dan bloed? Misschien misten zíj wel iets in dat perfecte vegan dieet van ze, dat ze ons nu ook nog opdrongen. En wat als dezelfde ontbrekende schakel ertoe zou leiden dat mensen uiteindelijk ook bloed wilden gaan drinken?

Fuck. Ik deed mijn bril af en wreef in mijn ogen. Ik begon nu al net zo te denken als mijn moeder.

Mijn gedachten dwaalden af naar Vair – en dan in het bijzonder hoe hij me had gebeten toen in de club – en ik vroeg me af hoe mijn bloed voor hem smaakte. Alleen al de gedachte aan hoe zijn beet vóélde wond me op. Het was een herinnering waar ik me meer dan eens aan had verlustigd; vaker dan ik wilde toegeven.

Wat als ik een xeno begon te worden?

Die gedachte was angstaanjagend… en opwindend.

Ik kon niet ophouden met aan hem denken.

Ik lag vaak 's nachts wakker en vroeg me dan af wat hij aan het doen was. Ik begon zelfs al te fantaseren hoe het zou zijn als ik ooit de moed zou hebben om uit bed te gaan, me aan te kleden en weer naar zijn club te gaan.

Een duidelijker teken dat ik gek begon te worden kon er niet zijn.

Soms stelde ik me voor dat hij woest op me was vanwege het artikel dat ik over zijn club had geschreven en dat hij daarop mogelijkerwijs gewelddadig kon reageren. Dat was genoeg om mezelf ervan te weerhouden terug te gaan. Andere keren stelde ik me voor dat hij me recht in mijn gezicht zou uitlachen omdat ik was teruggekomen en me de club uit zou gooien.

Maar uiteindelijk vond ik de meest plausibele gedachte dat hij me inmiddels helemaal was vergeten. Hij was vast veel te druk met supermodellen neuken en hun bloed drinken.

Ironisch genoeg had mijn artikel niet geleid tot een faillissement, maar was Vairs X-club juist de populairste van Manhattan geworden. In plaats van zich er verre van te houden, waren mensen nieuwsgieriger dan ooit naar de seksuele aard van de K, en waren er nog meer gewillige xeno's dan voorheen.

Ik schudde mijn hoofd. Ik had Vair een gunst bewezen met mijn artikel. Hij had geen reden om boos te zijn.

En ik wist ook eigenlijk wel dat hij niet boos was. Ik had namelijk wél wat van Vair vernomen, slechts één keer, meteen nadat het stuk was gepubliceerd.

Er was een enorme mand met exotisch fruit voor me bezorgd bij *The Herald*. De man zat vol fruitsoorten die nergens op aarde groeiden. Ik durfde hem niet eens aan te raken, maar Jay had geen schroom gehad. Hij bekeek alle exotische vruchten met grote interesse.

Er zat ook een kaartje bij. De woorden die daar in grote, zwarte, hoekige letters op stonden bezorgden me bijna een hartaanval. *Prachtige thesis, schatje. Gefeliciteerd met je master!*

Ik had die woorden een paar duizend keer gelezen en mezelf, net als Jay, nerveus gemaakt door elke mogelijke bedoeling achter die woorden te analyseren, om uit te komen op de conclusie dat Vair me plaagde en met me fuckte omdat hij me maar een inferieur menselijk schepsel vond.

Geen wonder dat het hem zo leek te amuseren toen ik beweerde dat ik een masterstudent was.

Ik nam aan dat de tekst op het kaartje zoveel betekende als: *Gefeliciteerd, ik had het al die tijd al door, vanaf het moment dat je binnenkwam in de club, en ik heb je teruggepakt.*

Want hij hád me teruggepakt.

Ik was veel te makkelijk veranderd in zijn seksslaaf.

En hij gaf me te kennen dat het artikel hem koud liet, terwijl hij tegelijkertijd duidelijk maakte dat hij nog steeds alle macht had en dat hij die kon gebruiken als hij dat wilde.

Hij wist waar ik woonde. Waar ik werkte. Hij wist hoe het zat tussen ons. Hij stond boven de wet – zoals alle K – en bevond zich veel hoger in de voedselketen dan ikzelf.

Toch liet hij het artikel verschijnen en mijn leugentje om bestwil bestaan, want het boeide hem niet.

Die conclusie alleen al had me moeten geruststellen.

Maar dat deed het niet. Om de een of andere reden maakte het me woest.

Die avond gooide ik de fruitmand in z'n geheel weg, samen met Vairs spottende kaartje, en nam ik me voor dat ik vanaf dat moment elk anti-K-verhaal zou schrijven dat *The Herald* bereid was te publiceren.

MIJN VINGERS SCHOTEN OVER HET TOETSENBORD TOEN beide computerschermen voor me flikkerden en uitvielen.

Ik sloeg hard op mijn bureau en vervloekte het kostenbesparend beleid van *The Herald* en hun steeds goedkopere technologie.

Toen keek ik op mijn horloge. Het was al over zeven uur 's avonds.

Top. Nu zou er niemand op de IT-afdeling aanwezig zijn.

Ik leunde voorover en voelde achter de monitors om te checken of er misschien gewoon een kabeltje los was gegaan toen ze plotseling weer aangingen, tegelijkertijd met mijn speakers – op het hoogste volume.

Ik bevroor en mijn hart maakte een vrije vlucht in mijn borstkas door wat ik zag en hoorde.

De rechtermonitor liet beelden zien van mijn nacht in de X-club – mijn kronkelende lijf dat door Vairs sterke armen omhoog werd gehouden, mijn jurk om mijn middel, mijn rug tegen de muur gedrukt. Op mijn gezicht was pure lust te zien en mijn smekende 'Alsjeblieft, Vair' was goed te horen boven de pulserende beat van de clubmuziek uit terwijl de beeldschone alien ritmisch tussen mijn gespreide dijen stootte.

De beelden op de linkermonitor waren nog erger en de geluiden nog beschamender. Mijn ademhaling stokte toen ik onze verstrengelde, glanzende naakte lichamen op elke mogelijke manier en in alle posities zag copuleren op het scherm.

Ik was zó de lul.

HOOFDSTUK TIEN

'Taxi!' riep ik over de dozen die ik in mijn armen balanceerde heen naar de beveiligers in de lobby beneden. 'Alsjeblieft,' voegde ik eraan toe toen ik vanuit mijn ooghoek een van de mannen zag opspringen en de telefoon zag pakken.

Omdat ik zo hard mijn best deed om mijn stem niet te laten breken, had ik geklonken als een eersteklas bitch.

De andere bewaker rende naar me toe om me te helpen met de dozen en ik verloor weer mijn geduld en snauwde: 'Het gaat zo wel, hoor.'

Ik zat te dicht bij een complete meltdown om interactie met andere mensen aan te kunnen. Deze dozen met mijn persoonlijke bezittingen erin waren de enige fysieke barrière en ik wilde die op dit moment niet loslaten. Ze waren zwaar en onhandig, maar met al die adrenaline in mijn lijf had ik toch iets nodig om mijn energie in te stoppen.

'Ik wacht buiten wel,' zei ik om de bewaker die wilde zeggen dat de taxi eraan kwam al te onderbreken voor hij begon met praten.

Met inzet van wat mijn ex-vriendje vaak mijn grootste pluspunt had genoemd, mijn heupen, duwde ik de buitendeur open – waarschijnlijk met meer kracht dan strikt noodzakelijk – voordat bewaker nummer twee hem voor me kon opendoen.

'Bedankt,' mompelde ik in een weinig zinvolle poging om nog vriendelijk te doen terwijl ik achterwaarts naar buiten liep.

De geuren van de vroege herfst in New York City vulden mijn longen toen ik met mijn stapel snel bij elkaar geraapte spullen de stoep op wankelde.

'Hé! Kijk uit je doppen!' riep een vrouw naar me toen ik me zonder te kijken omdraaide en haar bijna raakte met die dozen.

'Sorry.'

Jezus, ik moest echt even rustig nadenken. Ik moest bedenken wat mijn volgende stap moest zijn, waar ik naartoe kon gaan om hulp.

Kon ik überhaupt geholpen worden? Hoe ernstig was mijn situatie? Hoeveel nieuwszenders hadden die beelden al ontvangen, hoe vaak waren ze verspreid op social media?

Zou mijn moeder ze zien?

En mijn vader?

Er brandden tranen in mijn ogen en mijn maag draaide zich om. O ja, dat kon er ook nog wel bij, overgeven op Broadway.

Waar bleef die taxi?

Ik dwong mezelf diep adem te halen en voelde een koel avondbriesje in mijn haar. Ik keek om mijn dozen heen om te zorgen dat ik niet weer in botsing zou komen met een andere voetganger en ging wat dichter naar de stoeprand toe. Het schemerde al. Op straat was het nog vrij druk, maar er waren plekken waar het op vrijdagavond veel drukker was dan in het Financial District.

Toen stopte er een auto voor me en ik strekte mijn nek om te zien of het mijn taxi was, maar nee, het was een zwarte limousine. Ik begon te lopen naar een plek waar de taxichauffeur me beter zou kunnen zien toen ik het portier van de limo hoorde opengaan.

Snelle, vloeiende voetstappen kwamen over de stoep in mijn richting.

Té vloeiend.

Een bepaald instinct tot zelfbehoud liet mijn hartslag versnellen. Een kort moment wilde ik mijn dozen laten vallen en wegrennen, maar ik had mijn comfortabele hakken van vijf centimeter vandaag gecombineerd met een erg oncomfortabele kokerrok. De kans dat ik die K voor kon blijven, was nihil.

Een seconde later was het toch al te laat omdat ik zíjn warmte achter me voelde. Ik voelde hem over de hele lengte van mijn lichaam en de koele avondbries leek te verdwijnen. Ik bevroor toen de geur van onmenselijke mannelijke perfectie mijn neus binnendrong, en de herinnering aan de meest fysiek bevredigende nacht van mijn leven tot leven kwam.

O fuck.

Mijn maag trok samen. Mijn tepels werden hard. De rest van mijn lichaam leek ook een levendige herinnering te hebben aan die nacht, als ik mocht afgaan op de onmiddellijke – en vernederende – pavlovreactie op Vairs aanwezigheid. Mijn binnenste spieren spanden samen van verwachting en ik voelde mezelf alweer warm en vochtig worden.

Ik bracht mijn domme vagina in herinnering dat dit dezelfde alien was die mijn carrière en mijn leven zojuist had verwoest. Hij was de vijand die mijn planeet was komen overnemen. Een vijand die mij elk moment kon vermoorden of, nog erger, me kon uitleveren aan de Krinar-autoriteiten.

Maar toen voelde ik warme, lange vingers om mijn rechterbovenarm en ging er weer een schok van seksuele opwinding door me heen. En toen hij zijn andere hand op mijn linkerheup legde voelde dat vreemd genoeg geruststellend. Het maakte me kalm terwijl een ander paar handen dat ik niet kon zien de dozen van me overnam.

'Deze kant op, schatje,' zei Vair met zijn diepe stem boven mijn hoofd terwijl hij me in de richting van de limousine duwde.

Tegen degene die mijn dozen had overgenomen praatte Vair met een snelle, onbekende taal met veel keelklanken. Ik keek over mijn schouder en zag een lange, prachtige K-man in een zwart pak bevestigend knikken terwijl hij mijn dozen terugbracht naar het gebouw waar ik werkte.

Tot voor kort werkte. Wacht…

'Dat zijn mijn spullen,' protesteerde ik net wat te laat. 'Waar gaat hij naartoe? Waar brengt hij mijn spullen naartoe?'

'Stap in de auto, Amy.' Het bevel ging gepaard met lichte druk op mijn hoofd omdat Vair me de limousine in manoeuvreerde voordat ik kon rebelleren.

Hij stapte vlak achter me in. Zijn grote lichaam vouwde zich gracieus op de plek tegenover me in de luxueus ingerichte passagiersauto. De auto kwam in beweging terwijl ik stokstijf stil bleef zitten – ik was bevangen door een mix van shock, angst en verwachting.

Zodra Vair zat en zijn volledige aandacht op mij gericht was, moest ik blozen. En dan niet gewoon een klein beetje zodat het kon doorgaan voor zenuwen of kon worden toegeschreven aan het feit dat ik zware dozen had getild, nee: ik bloosde alsof ik een zonnesteek had. Ik bloosde als een schuldige in de rechtbank.

Ik bloosde als een vrouw die zich precies herinnerde hoe het was om hem diep in zich te voelen en zijn masculiene grommetjes en kreuntjes te horen terwijl hij in me drong… in mijn mond… achterlangs, op mijn buik, op mijn…

Ik verbrak het oogcontact omdat ik bang was anders flauw te vallen en liet mijn ogen door de limousine gaan, maar ik zag er haast niks van. Elke cel en vezel van mijn wezen was zich te sterk bewust van de goddelijke alien die tegenover me zat.

Die naar me keek.

God, hij was zoveel mooier dan in mijn masturbeerfantasieën. Zoveel groter. Zoveel meer een jager.

Zoveel gevaarlijker.

Er was te veel ruimte in deze enorme limousine voor ons tweeën, maar veel te weinig om te negeren dat hij overal om me heen was met zijn aanblik, zijn geur, zijn hele aanwezigheid.

Hij kon me wel overal mee naartoe nemen. Hij kon wel allerlei plannen met me hebben.

Denk na, Amy.

'Je ziet er verhit uit.' Zijn diepe stem klonk licht en speels, maar toch schrok ik op. 'Zal ik de airco aanzetten?'

Mijn ogen schoten terug naar hem en ik zag dat hij naar zijn handpalm keek, waar hij met de wijsvinger van zijn andere hand overheen ging zonder naar mij te kijken. Hij had een casual outfit aan, een simpel wit T-shirt dat zijn gebronsde huid accentueerde en loafers, en hij wist er fris en chic tegelijkertijd uit te zien – eleganter dan ik er vanmorgen had uitgezien in mijn kokerrok en zijden blouse, zelfs nog voordat ik zo gekreukt was geraakt door de loop van deze rare dag.

'Wat ga je met me doen?' Mijn stem verried me, te hoog en een beetje huiverend. Ik klonk beklagenswaardig. Shit.

Eerst leek hij terug te deinzen door mijn vraag – of misschien door mijn toon – toen hij weer naar me keek, maar toen verscheen er een langzame, sensuele glimlach om zijn volle lippen. 'Ja, wat zou ik gaan doen?' Zijn wijsvinger ging afwezig over die prachtige lippen en ik moest mezelf bij de orde roepen om te focussen op zijn spottende toon – en op het overleven van deze situatie.

'Wat zou jij doen als je in mijn schoenen stond?' Hij zuchtte en ineens keek hij serieus. 'Ik ben bang dat een paar heel invloedrijke Raadsleden moeite hebben met je artikel.'

Dit was het dan. Mijn grootste angst werd werkelijkheid. Ik was ten dode opgeschreven.

Maar het was onzin. Mijn moeder kón hier geen gelijk in hebben.

'Wat?' Ik veinsde dat ik geschokt was. 'Wat bedoel je?' Er schoot ineens adrenaline door me heen. 'Ik heb alleen feiten over je club opgeschreven... over de seksuele voorkeuren van jouw soort. Ik bedoel... dit kun je toch niet menen? Je meent het toch niet?' Ik schoot in de verdediging, merkte ik, en ik gooide het over een andere boeg. 'Je club is nu de hotste van de stad. Ik word gebeld door de populairste supermodellen die me smeken om het adres!'

Het lukte me niet om de jaloezie uit mijn stem te weren toen ik dat zei, dus ik ging snel verder. 'En trouwens, ik had het idee dat jullie machtige Raadsleden onze media sturen. Ik dacht dat ze het stuk wel gewoon konden laten verdwijnen als ze er niet blij mee waren.'

Vair bleef me blanco aankijken. Compromisloos.

Fuck.

Angst en paniek stuurden mijn mond, die maar bleef praten. 'Ze hebben het wél laten verschijnen,' benadrukte ik alsof dat bewees dat ze erachter stonden. 'En het spijt me, ik had geen idee dat ik iemand hiermee tegen de haren in zou strijken.' Ik gooide er een verward zuchtje in. 'Als ze het niet wilden, waarom lieten ze het dan verschijnen? Dat kan toch niet mijn fout zijn? Ik bedoel, ze hadden gewoon *The Herald* kunnen bellen en ze kunnen dwingen om...'

Ik stopte met praten toen ik Vair langzaam zag klappen met een spottende glinstering in zijn donkere ogen.

'Bedankt voor die prachtige en o zo gemeende verontschuldigingen, mevrouw Myers. Jammer dat je geen minor drama hebt gedaan toen je bezig was met je studie journalistiek aan NYU.'

Shit. Ik zat echt in de problemen.

Hij hield mijn blik in de stilte vast en de lucht om me heen leek met de seconde kouder te worden.

'Dus... wat nu?' Ik trok één wenkbrauw op en er kwam een droog kuchje uit mijn keel dat te zenuwachtig klonk om mijn blufpoker kracht bij te zetten. 'Moet ik naar een K-gevangenis? Of staat op publiceren over alienseks de doodstraf?' *O mijn god Amy, hou je kop!*

'Hmm... een beetje marteling, tien jaar in een strafkamp en daarna publieke onthoofding.'

Dit kon niet waar zijn. Mijn moeders krankzinnige

bronnen konden geen gelijk hebben. Het bestond gewoon niet. Hij fuckte me. Ik wist het zeker.

Bíjna zeker.

Er kwam een nerveus lachje uit me. Hij bleef me stoïcijns aankijken.

'J-je kunt dit niet menen...'

Hij fronste en haalde een hand door zijn haar. Nu leek hij pissig. 'Ik heb ze verteld dat het slecht voor onze reputatie zou zijn als we je zouden martelen en doden.'

'O?' wist ik nonchalant uit te brengen terwijl mijn hart keihard begon te bonzen.

Fuckte hij nou met me of meende hij het? Ik kon het niet meer vaststellen.

'De Raad heeft toegezegd dat ik de situatie met jou mag... afhandelen.' Zijn ogen werden donker bij dat laatste woord en er ging een rilling door me heen.

'W-wat betekent dat?' Dat hij me zelf mocht martelen en doden? Ergens waar niemand het zag? Was dat wat we nu gingen doen?

Die gedachten moesten wel van mijn gezicht af te lezen zijn geweest, want hij rolde op een verrassend menselijke manier met zijn ogen en mompelde toen iets in diezelfde taal vol keelklanken die ik eerder al had gehoord. Dit waren waarschijnlijk Krinar-vloeken, als ik mocht afgaan op zijn harde kaaklijn en zijn tot vuisten gebalde handen.

Maar toen hij weer iets tegen mij zei, klonk hij vriendelijk. Geduldig. 'Er bestaat op Krina geen doodstraf. Wat wij doen met wetsovertreders is heel anders dan waar jullie als mensen aan gewend zijn. Geen Krinar zal jou een haar krenken. En ik zeker niet.'

Zijn blik rustte bedachtzaam op mij terwijl hij dat zei. Het klonk oprecht. Het leek er niet op dat hij me pijn wilde doen. Die peilloze ogen leken heel iets anders te willen. In mijn opluchting wilde ik ineens in zijn ogen verdrinken. Ik was bereid om mijn gezond verstand en beoordelingsvermogen te laten varen en hem op zijn woord te geloven.

Ik knipperde met mijn ogen en keek weg. Ik moest weer denken aan die YouTube-video met die Saoedi-Arabiërs.

'Er zijn wél mensen gedood door K,' zei ik. De feiten logen er niet om, ongeacht wat zijn voodoo-ogen me lieten geloven. 'Het is vastgelegd. Nogal duidelijk ook,' voegde ik er met een grimas aan toe.

'Ja,' erkende hij. 'We hebben mensen gedood als het moest. Meestal uit noodweer.'

Nu was het mijn beurt om met mijn ogen te rollen, maar ik besloot deze discussie niet verder aan te gaan. Ik moest denken aan de reden waarom ik zo in paniek was geraakt vanavond.

De videobeelden.

Als ze niet van plan waren om me fysiek te krenken vanwege mijn stuk, dan was er een andere reden waarom we hier zaten, en voor die beelden.

Mijn hartslag schoot omhoog toen ik het begreep. Ze waren me aan het chanteren.

Gek genoeg was dat zowel angstaanjagend als geruststellend. Als ik gelijk had en ze wilden me chanteren, dan bestond er een kans dat de beelden nog niet waren verspreid. En ik zou alles doen om dat te voorkomen. Zelfs…

Goed. Het was onvermijdelijk.

'Je wilt dat ik terugneem wat ik heb geschreven,' zei ik op vlakke toon. Mijn journalistieke carrière zou voorbij zijn, maar ik zou in elk geval nog enige waardigheid hebben als ik kon verhinderen dat die seksvideo naar buiten kwam.

Hij fronste. 'Natuurlijk niet. Het was een briljant artikel. Heel…' Zijn tong ging over zijn volle onderlip terwijl zijn blik over me heen gleed. '…onthullend.'

Mijn bloed begon sneller te stromen en dat was helemaal niet de bedoeling.

Ik riep mezelf tot de orde. 'Je wilt dus niet dat ik het terugtrek?' Ik werd angstig toen ik besefte dat ik misschien helemaal geen ruilmiddel had.

'Nee.' Zijn lippen vormden een lome glimlach en zijn donkere blik hield me vast.

Toen keek hij naar mijn borsten.

Ik legde mijn klamme handen op de leren stoel. Ik slikte. Ademde diep in. 'Vanwaar dan die videobeelden?'

Hij leunde naar voren met een doodserieuze blik in zijn ogen. 'Je hebt me niet gebeld, Amy.'

Het was alsof alle lucht uit de limousine werd gezogen.

'Je bent niet teruggekomen naar de club.'

Ondanks de verwarring en lichte angst die zijn

plotseling zo beschuldigende toon bij me opriep, werd ik door wat hij zei nog natter dan ik al was.

'Ik wist niet dat je dat wilde.' De waarheid kwam er op defensieve toon uit, en sneller dan ik kon verwerken wat hij gezegd had. Er schoten allemaal conflicterende emoties door me heen. 'Ik bedoel... Het was niet mijn bedoeling dat er iets zou gebeuren... met jou... en mij... toen in de club.'

Wat zei ik nou allemaal?

Wat zei híj nou allemaal?

Een zweetdruppel gleed tussen mijn schouderbladen door en ik huiverde in mijn zijden blouse. Het was inmiddels ijskoud in deze limousine.

'Aha. Dus jij was een slachtoffer?' Hij klonk oprecht bezorgd, maar zijn ogen schitterden van plezier. Van zelfgenoegzaamheid.

Ik begon boos te worden. Er bestond geen simpel antwoord op zijn vraag. Ik hield mijn knieën bij elkaar en mijn klamme handen op de stoel gedrukt om het trillen te onderdrukken.

'Het was niet mijn bedoeling dat er iets tussen ons zou gebeuren die avond,' herhaalde ik, helder en duidelijk ondanks mijn droge keel.

Hij zuchtte. 'Mensen maken alles zo ingewikkeld. Zelfs de meest basale emoties moeten door allerlei sociale filters.' Zijn ogen drukten een vreemd soort medelijden uit – en een stille teleurstelling die vreemd verontrustend was.

Ik had water nodig. *Ik moest uit Vairs limo.*

Ik had nog meer antwoorden nodig.

'Staat het al op internet?' gooide ik eruit. Mijn hartslag gonsde in mijn oren.

'Staat wat al op internet, schatje?'

'Dat weet je best!'

'Geef antwoord op mijn vraag en dan krijg je antwoord op de jouwe.'

'Ik ben geen slachtoffer.'

'Mooi.' Hij knikte kort en haalde toen een glazen fles met een transparante vloeistof uit een koelcompartiment. 'Ik hou niet van slachtoffers.'

Hij draaide de dop van de fles en gaf hem aan me.

'Dat drink ik niet op.'

'Het is water, Amy.'

'En wat nog meer?'

Hij grijnsde en schudde zijn hoofd. 'Wat je maar wilt, liefje,' mompelde hij, waarna hij me loom in zich opnam, op dezelfde flirterige manier als toen we elkaar voor het eerst ontmoetten in de club.

Zijn verslindende blik beloofde zoveel méér dan water. En hij had hetzelfde effect als een maand geleden; hij zoog me naar hem toe en liet me naar dingen verlangen waarvan ik wist dat ik ze niet moest willen. Hij bracht me in verwarring, ik voelde me kwetsbaar en naakt.

Hij verplaatste zijn grote lichaam naar de rand van zijn stoel, waardoor de koude fles mijn blote knie raakte, en ik deinsde in een reflex achteruit.

Grinnikend zette hij de fles zelf aan zijn mond. Mijn ogen werden naar zijn lippen gezogen die tegen die fles gedrukt waren, zijn keelspieren die op een neer gingen terwijl hij de halve fles leegdronk.

Toen hij genoeg had gehad, bood hij me de fles opnieuw aan, met een opgetrokken wenkbrauw, en ik aarzelde niet meer om hem aan te nemen. Ik zei tegen mezelf dat ik het deed omdat ik dorst had, niet omdat ik inging op zijn onuitgesproken uitdaging – en al helemaal niet omdat ik mijn lippen indirect via de fles in contact wilde brengen met de zijne.

Ik kon er wel van uitgaan dat dit water niet vergiftigd was. Een invloedrijke alien had geen vergiftigd water nodig om te krijgen wat hij van me wilde. Ik moest er alleen achter zien te komen wat dat was, als het niet om de terugtrekking van mijn X-clubartikel ging.

Ik sloot mijn lippen om de flessenhals, gooide mijn hoofd achterover en dronk alles wat er nog in zat in snelle, grote slokken op. Niet erg damesachtig, maar fuck dat. Fuck die K met hun constante superieure bullshit en hun constante intimidatie van mijn soort.

Nu mijn dorst gelest was en ik iets van mijn waardigheid terug had, liet ik de lege fles weer zakken en zuchtte ik vergenoegd. Maar toen zag ik Vairs gezichtsuitdrukking en maakte mijn maag een vrije val.

Hij keek als een kat die op het punt stond zijn prooi te pakken. Als een uitgehongerde man die zijn favoriete maaltje kreeg voorgeschoteld.

Ik schraapte mijn keel en hield de lege glazen fles in mijn beide handen tussen ons in, boven mijn schoot, alsof ik mezelf daarmee kon beschermen.

'Het internet,' zei ik. 'Ik heb jouw vraag beantwoord. Nu wil ik een antwoord op de mijne.'

'Nee.'

Mijn maag draaide zich om vanwege dat bruuske antwoord. 'Nee? Krijg ik geen antwoord?'

'Nee, het staat niet op internet,' verklaarde hij. Zijn gezicht was een masker en zijn toon was formeel. Geërgerd. 'Nog niet.'

Ik slikte. 'Oké. Dus…' Ik klemde de glazen fles tussen mijn klamme handen. 'Wordt hij dan binnenkort vrijgegeven?'

'Nee.'

Mijn opluchting maakte al snel plaats voor angst toen ik eindelijk vroeg: 'Wat wil je dan van me? In ruil voor het niet verspreiden van die beelden?'

Hij lachte. Het was een duister grinnikgeluid dat kippenvel veroorzaakte. Met een zwaai van zijn hand verscheen er een 3D-videobeeld in de lucht tussen ons in. Een hologram, geprojecteerd door een onzichtbare projector.

Een hologram van… mij.

'Zullen we eerst deze videobeelden bespreken?'

Het waren beelden van mij in mijn kantoor, nog geen halfuur geleden. Meerdere camera's hadden elk beschamend moment vastgelegd, van mijn verslagen reactie op de seksbeelden toen die op mijn schermen waren verschenen tot de paniek toen ik ze had geprobeerd stop te zetten, zonder resultaat uiteraard – eerst door de monitors uit te schakelen, toen door de computer uit te zetten, toen door alle kabels eruit te trekken, totdat ik uiteindelijk volledig in paniekmodus was gegaan en beide monitors aan stukken had geslagen met het eerste wapen dat ik kon vinden: mijn zware Swingline-perforator.

Niet het beste moment van mijn leven.

HOOFDSTUK ELF

Ik wist niet wat ik verontrustender vond: mezelf zien flippen en eigendommen van de krant zien vernielen uit pure paniek, of de wetenschap dat Vair – en misschien ook andere K – mijn privacy hadden geschonden en me hadden bespioneerd.

Toch wel het laatste, besloot ik – alhoewel het eerste op dit moment veel beschamender was.

Ik keek sprakeloos naar de hologramversie van mijzelf, die eindelijk rustig genoeg werd om te beseffen wat ik had gedaan en daar enorm van te schrikken.

'Kun je je voorstellen hoeveel pijn het deed,' brak Vairs stem in terwijl de hologram-Amy zo snel mogelijk zo veel mogelijk spullen in dozen deed – 'om te zien hoe je reageerde op mijn favoriete compilatie van ons intieme samenzijn?'

Hij was me weer aan het fucken.

Of hij was een psychopaat.

Ja hoor, mijn eerste onenightstand ooit was met een *Fatal Attraction*-vampieralien.

Ik had het kunnen weten toen hij op de dansvloer zei dat hij naar de aarde was gekomen uit verveling. Hij zei dat hij veel vermaak nodig had en dat hij dat op Krina niet meer kon vinden. *Dus had hij zijn thuisplaneet verlaten om in New York City een seksclub te openen waar K op alle mogelijke manieren met mensen aan hun trekken konden komen.*

En ik had het al alarmerend gevonden dat mijn ex-vriendje niet genoeg levensdoelen had.

'Je hebt de fruitmand die ik je stuurde weggegooid,' zei hij met afkeuring in zijn stem.

Hij móést wel met me aan het fucken zijn. Ik probeerde hem uit te schakelen en me te richten op de hologramversie van mij die papieren en andere spullen in dozen stopte. Ze was buiten adem.

Ik was buiten adem. Ik deed mijn ogen dicht omdat mijn hoofd begon te tollen.

'Amy?'

Ik schudde mijn hoofd, wilde mijn ogen niet opendoen. Ik wilde hem niet zien.

Maar toen hoorde ik hem… grommen.

En ik hoorde een vrouw kreunen.

Zonder te kijken wist ik dat er een andere hologramvideo was begonnen. Van ons. Van die nacht in de club.

'*O, alsjeblieft, Vair. Ja, zo… jaaaa…*'

De klanken van vleselijke omgang vulden de

limousine op hoog volume, samen met het geluid van mijn smeken om meer.

O god.

De fles gleed uit mijn vingers.

'Amy?' De kalmte van de huidige Vair werd overschaduwd door de orgasmegeluiden van mijn hologram.

Ik kreeg geen adem. Ik drukte mijn vingers tegen mijn slapen.

'Je bent zo nat,' zei zijn hypnotiserende stem van de andere kant van de limousine.

Mijn spieren trokken samen, maar ze trokken samen om niets – een leegte.

'Je bent klaar voor me.'

Shit, ik was echt heel nat.

Ik voelde zijn ogen op me en voelde me naar hem toe gezogen worden – zijn seksuele lust had zo'n sterke uitwerking op me, het leek alsof er diep vanbinnen aan me werd getrokken en zijn verlangen mijn verlangen werd.

'Ik heb veel aan je gedacht,' zei hij laag en hees. 'Heb jij aan mij gedacht?'

Ik had de afgelopen maand vrijwel non-stop aan hem gedacht.

'Kleed je uit.'

Ik schudde mijn hoofd, maar begon de knoopjes van mijn blouse al los te maken.

'Ja, goed zo… Zo'n prachtig, heerlijk mensenmeisje,' zei hij boven het achtergrondgeluid van gekreun en een pijpbeurt uit.

De Vair op de opname begon harder te kreunen en het gonsde in me van het verlangen toen hij me toegromde dat ik hem steviger moest pijpen. Dieper.

Het water liep me in de mond. Mijn vingers verloren hun grip en raakten gefrustreerd door die onwillige knoopjes.

Dit was waanzin.

'Amy,' zei Vair weer kalm.

Eindelijk deed ik mijn ogen open.

Het licht was veranderd. De getinte ramen van de limousine waren nu pikzwart en de alien tegenover me zat in een zachte, flikkerende rode gloed die deed denken aan het licht in zijn X-club.

Hij was naakt.

Hij streelde de grootste erectie die ik ooit had gezien.

En tussen ons in waren onze geprojecteerde naakte lichamen aan het 69-en als uitgehongerde dieren.

'Kom hier.' Met één hand bleef hij zijn enorme pik omklemmen, met de andere wenkte hij me met zijn wijsvinger. 'Laat me zien dat je geen slachtoffer bent.'

Dat gevoel dat alles niet echt was, dat ik in zijn club had gehad, beving me weer, en even later zat ik op mijn knieën tussen zijn gespierde benen, vouwde ik mijn lippen om zijn grote, vochtige eikel en zoog ik hem naar binnen. *Blijkbaar vond mijn lichaam de beste manier om te laten zien dat ik geen slachtoffer ws, zijn pik aanvallen met mijn tong.*

'Oeh… goed zo, meisje,' siste hij, en hij duwde zijn heupen richting mijn mond terwijl hij mijn hoofd naar zijn kruis duwde, waardoor zijn pik al snel tot diep in mijn keel zat, alhoewel ik nog steeds maar de helft ervan in mijn mond had.

Hij duwde nog verder en ik moest kokhalzen. Toen trok hij zich even wat terug, om al snel weer naar hetzelfde punt te gaan. 'Heel goed, schatje...'

Er kwamen tranen in mijn ogen toen hij een ritme vond waarmee hij zijn heupen omhoogduwde terwijl hij mijn hoofd op zijn plek hield met zijn hand. Hij neukte mijn keel, zonder omhaal, waarbij hij zo ver naar binnen ging als mijn kokhalsreflex toeliet. Met zijn andere hand streelde hij het deel van zijn pik dat niet bij mij naar binnen paste.

'Ja... zo doe je het heerlijk,' zei hij met zijn rauwe stem. Ik maakte ondertussen zonder dat ik er iets aan kon doen slurpgeluiden – ik kon nergens meer iets aan doen, want hij pompte maar sneller en sneller; hij neukte mijn mond met een primitieve drive die mij gek genoeg een gevoel van macht gaf.

Zijn scherpe, snelle ademhaling en zijn genietende geluiden wonden me zo op dat ik bijna klaarkwam. Het was paradoxaal; ik voelde me helemaal *in control* omdat ik degene was die zijn grootste en meest basale behoefte kon bevredigen, maar tegelijkertijd was hij dominant.

'Amy... Amy...' Hij gromde mijn naam alsof hij een seksgebed prevelde en ging nog harder neuken.

Ik wist zeker dat hij op het punt stond klaar te komen.

Ik stond zelf ook bijna op het punt om een orgasme

te krijgen, want ook al werd ik niet fysiek gestimuleerd, het was allemaal zo krankzinnig lekker.

Zijn grote vingertoppen gingen over de achterkant van mijn schedel en er gingen heerlijke trillingen door me heen, en toen pakte hij mijn haarwortels beet met een grip die bijna pijn deed.

Omdat ik wist dat hij elk moment in mijn mond kon klaarkomen gaf ik toe aan de verleiding, ging met mijn hand in mijn kokerrok, tussen mijn benen en naar boven – ik móést en zou er zelf ook van genieten.

Meteen zodra ik mijn vingertoppen tegen mijn doorweekte katoenen slipje drukte, begon ik te komen.

Ik had gehoopt dat ik het ongemerkt kon doen omdat hij zo opging in zijn eigen seks – ik had het liefst gehad dat hij het helemaal niet doorhad. Maar zodra mijn orgasme inzette, trok hij me aan mijn haar, trok zijn pik uit mijn mond en wrikte mijn hoofd rechtop.

Mijn ogen schoten wijd open terwijl mijn lichaam kronkelde en schokte. De geluiden die uit mijn keel kwamen namen het op tegen die van mijn hologram op de achtergrond, dat ook gek werd van genot.

Op heterdaad betrapt, met mijn over mijn clitoris wrijvende vingers nog tussen mijn benen, en mijn rood aangelopen gezicht vol kwijl en een verdwaalde traan vanwege het geweld waarmee hij mijn keel had geneukt, kon ik mijn orgasme niet meer inhouden – en kon ik niet voorkomen dat hij me tot in detail in zich opnam terwijl het gebeurde.

Ik had mijn vingers niet kunnen wegtrekken als ik het wilde.

Ik wilde het niet.

De sluwe glimlach om zijn lippen was het enige wat nog donkerder was dan zijn ogen terwijl hij toekeek hoe ik mijn wellustige ziel voor hem blootgaf. Zijn kaaklijn was strak en zijn vuist zat om de onderkant van zijn enorme erectie geklemd, om te voorkomen dat hijzelf explodeerde.

HOOFDSTUK TWAALF

'MAG IK?' HIJ GING MET ZIJN DUIM OVER MIJN ONDERLIP om het vocht van mijn kin te vegen terwijl zijn vingers het deel van mijn hoofd masseerden waar hij aan mijn haar had getrokken.

Ik wist niet precies hoelang we nu al in stilte tegenover elkaar zaten in zijn verduisterde limousine. Hij had in zijn pik geknepen tot de gepijnigde blik in zijn ogen eindelijk verdween en hij in staat was om los te laten – nog altijd met een grote erectie – maar ik had mijn ademhaling nog niet op orde krijgen en mijn emoties nog niet onder controle.

De hologramvideo was afgelopen en de limousine was een paar minuten geleden tot stilstand gekomen. Maar ik kon me er niet toe zetten te vragen waar we waren.

Ik bleef verstomd van shock op de beklede vloer van de limousine tussen zijn benen zitten en hij trok mijn hand tussen mijn benen vandaan. Toen trok hij mijn vingers naar zijn mond en likte ze met een gelukzalig geluidje schoon. Zodra hij daarmee klaar was, trok hij mijn rokje recht en deed de knoopjes van mijn blouse weer dicht, waarbij hij me nauwlettend in zich opnam, alsof ik een puzzel was die hij wilde oplossen.

'Gaat het?'

Ik gaf geen antwoord; ik was te veel in de war door zijn schijnbaar zorgzame handelingen. Met zijn duimen veegde hij mijn wangen droog vlak onder mijn bril, waar wat traantjes terecht waren gekomen.

Wat was er in godsnaam zojuist gebeurd?

Hij was niet eens klaargekomen. Hij had nog steeds die monsterpik die eruitzag alsof hij al zijn aandacht zou moeten opeisen. Toch leek hij kalm en bedaard terwijl hij met zijn vingertoppen langs de haartjes streelde die over mijn voorhoofd waren gevallen. De vorige keer dat we samen waren, was hij onverzadigbaar en nam hij me keer op keer op keer.

Wilde hij me niet meer?

Met zijn wijsvinger wreef hij tussen mijn wenkbrauwen om me erop te attenderen dat ik fronste.

'Het is goed,' zei hij vriendelijk. 'Je reactie is heel gezond en normaal.' Zijn glimlach was aangenaam – oprecht en verrassend open – terwijl hij met zijn knokkels over mijn kaaklijn streek. 'Ik vind het mooi als je eerlijk tegen jezelf bent. Ik vind het mooi om je ogen te zien schitteren als je iets ziet waarnaar je verlangt.' Hij leunde naar me toe en drukte een kusje op mijn wang. Met zijn warme adem bij mijn oor mompelde hij: 'Maar wat ik het mooist van alles vind, is je het te zien pakken.'

Wat?

'Volgende keer' – zijn stem werd een octaaf lager – 'hoop ik dat je kunt gaan voor waar je echt naar verlangt… dat je op mijn schoot komt zitten en neemt wat je van me wilt.'

Wat ik van hem wilde?

Intimiteit?

Hij had het helemaal mis. Ik wilde niks van hem, en al zeker geen intieme omgang.

Ik wendde mijn gezicht af en schudde mijn hoofd nu ik, ongeveer vijf minuten te laat, wist wat ik moest doen. 'Dat is niet… Dit was geen…'

'Nee, je gaat me toch niet vertellen dat…' Zijn mondhoeken gingen ietsje omhoog en hij hief zijn wijsvinger om me tot stilte te manen. 'Dat het nooit je bedoeling was dat dit gebeurde?' De spottende Vair was terug. 'Je was gewoon nieuwsgierig? Je wilde deze eerste keer alleen kijken, toch?' Hij gooide mijn eigen woorden terug in mijn gezicht; de smoezen die ik in de club had bedacht.

Ik rolde met mijn ogen en mompelde onverstaanbaar 'fuckingklootviool'.

Zijn hand schoot naar mijn hoofd en pakte mijn haar weer vast om me te dwingen hem aan te kijken.

Hij kwam dichterbij. Nu glimlachte hij niet meer; hij zag eruit als de gevaarlijke jager die hij was. Hij hield zijn hoofd schuin.

Ik slikte.

Zijn lange, donkere wenkbrauwen gingen wat naar beneden en zijn diepliggende bruine ogen keken naar mijn keel. Zijn blik brandde op de kloppende ader die wel in mijn nek te zien moest zijn, aangezien ik hem zelfs voelde.

Hij likte langs zijn lippen. En staarde.

En staarde.

Mijn ademhaling werd snel en gejaagd, al mijn pogingen om kalm te blijven ten spijt. Hoe meer ik mezelf probeerde tot kalmte te manen, hoe harder mijn hart tekeerging.

Zijn neusvleugels verwijdden zich. Zijn gezicht kwam nog dichterbij en schoot toen naar mijn hals, waarbij het puntje van zijn neus mijn keel schampte.

Hij ging me bijten.

Er dansten vlindertjes in mijn buik. Ik hield me vast voor wat komen ging. Mijn ademhaling dreigde weer uit de bocht te vliegen.

'Ik wil dat je morgenavond naar mijn club komt. Mijn chauffeur haalt je om elf uur op.'

Hij had het eerste deel als verzoek geformuleerd, maar het tweede deel was een bevel. Had ik nou een keus of niet?

'Wat als ik niet naar je club wil komen?'

Hij leunde achterover in de zachte leren stoel, vouwde zijn vingers achter zijn hoofd en haalde zijn schouders op – totaal onaangedaan door het feit dat zijn gigantische erectie pontificaal tussen ons in stond. 'Wat als ik me eenzaam voel en uit nostalgie wat videobeelden projecteer op Times Square?'

Klootzak. 'Wat wil je van me?'

'Dat heb ik je net al verteld, liefje. Ik wil dat je terugkomt naar mijn club.'

'Met welk doel?'

Weer een schouderophalen. 'Ik heb je daar nodig.'

Plotseling voelde mijn keel dichtgeknepen. Ik was doodmoe en emotioneel uitgeput door al die mindfucks van Vair.

'Waarom?'

Hij grijnsde. 'Allerlei redenen.'

Hij was van plan me publiekelijk aan de schandpaal te nagelen. Iets anders kon het niet zijn. Ik beet op de binnenkant van mijn lip om niet emotioneel te worden. Stoïcijns vroeg ik: 'Is er nog een andere optie?'

Zijn perfect rechte witte tanden gloeiden welhaast op in het donker terwijl hij zijn hoofd schudde en grinnikte. 'Nee. Maar ik hoor het graag als je een suggestie hebt.'

'Ik neem alles terug wat ik heb geschreven,' bood ik direct aan.

'Nee.'

'Dan schrijf ik een tweede stuk waarin ik de K positiever afschilder.'

'Nee.'

'Goed, ik laat een verontschuldiging uitgaan tegenover alle K en xenofielen!' schreeuwde ik nog net niet.

Ik kon niet teruggaan naar zijn club. Ik kon niet nog meer tijd doorbrengen met deze man – deze alien.

'Nee.'

'Waarom niet?'

'Al die dingen interesseren me niet.'

'Wat interesseert je dan wel?'

De elektrische limousinedeur ging open en ik zag de gevel van het gebouw waar ik woonde. Het was een gigantische opluchting, maar tegelijkertijd was het ergens angstaanjagend dat dít de plek was waar hij me mee naartoe had genomen.

Waren we klaar?

'Je bent een slim, nieuwsgierig meisje, Amy. Je zult het wel gaan begrijpen.'

Dus dit was het zomaar ineens? Hij wrijft mijn gezicht droog en gooit me uit de auto terwijl hij achteroverleunt en wegrijdt met die enorme erectie?

Oké dan. Ik kroop naar de deur en klom uit de auto met zoveel waardigheid als ik kon en ik hoopte maar dat mijn buren me niet zouden zien – en dat ze de alien die me eruit kickte niet zagen.

Gelukkig leek er niemand in de buurt te zijn. Ik keek nog even over mijn schouder om een laatste opmerkingen te plaatsen, maar de limousine ging al voor mijn ogen dicht.

Blijkbaar waren de Krinar niet van het uitgebreid afscheid nemen.

Ik draaide me om en zette een stap in de richting van de voordeur, maar toen stond de knappe mannelijke K die mijn dozen had ingepakt voor me. Hij gaf me mijn tasje en mijn sleutels.

O ja. Die had ik in een van de dozen gegooid.

'Eh, dank je,' zei ik en ik nam ze van hem aan.

Hij glimlachte. Zijn gezicht was perfect gaaf en symmetrisch. 'Graag gedaan. Je monitors zijn hersteld en je spullen staan weer op hun plek,' informeerde hij me.

Toen liep hij weg en bleef ik achter op de stoep, verwarder dan ooit.

HOOFDSTUK DERTIEN

'Intimiteit! Ik bedoel, hallo! Hij beweerde dat ik verlangde naar intimiteit. Met hem nota bene. Ja hoor.'

Jays ogen waren zo groot als ufo's. 'Kunnen we even terug naar het stukje waar Vair zei dat verschillende invloedrijke Raadsleden van de Krinar boos waren om je artikel? Zei hij ook hoeveel precies?'

'Nee, gewoon een paar.' Ik keek fronsend naar het lege wijnglas in mijn hand terwijl Jay het zijne bijvulde op het kookeiland. 'Heb je wel gehoord wat ik zei over intimiteit?'

Jay knikte afwezig en nam een grote slok rode wijn.

Nadat Vair me had afgezet, was ik alleen even naar binnen gegaan om een weekendtas in te pakken en schichtig rond te kijken of er verborgen camera's waren geplaatst. Daarna was ik naar Jays microloft in Soho gegaan, in een mooi gebouw met vierentwintig uur per dag een portier. Zijn ouders hadden dit optrekje voor hem gekocht. Hoewel ik met mijn verstand wist dat je je nergens kon verstoppen voor de K, voelde een plek waar rijke mensen woonden op de een of andere manier veiliger.

'Een studievriend van me werkt bij de CIA... geloof ik,' zei Jay, en hij ijsbeerde door zijn kleine woonkamer met het volle wijnglas in zijn trillende hand. 'Misschien kan hij ons helpen?'

'Eh...' Ik hield mijn lege glas demonstratief omhoog.

'Je kunt niet naar die club gaan.'

'Dat snap ik ook wel.'

'Hij zou iets van plan kunnen zijn.'

'Ja.'

'Je zou rechtstreeks in de val lopen.'

'Weet ik.'

'Hij zou je wel ik weet niet wat kunnen aandoen en niemand zou hem tegenhouden.'

'Jay, ik ben al aan het flippen. Dit gesprek helpt niet.' Ik hield nogmaals mijn glas omhoog.

'We moeten zorgen dat je morgenavond niet in de stad bent, meid.' Hij pakte de wijnfles van het kookeiland en liep naar me toe. 'Uiterlijk morgenvroeg moet je vertrekken.'

'Zo simpel ligt het niet,' zei ik terwijl hij me bijschonk. 'Ik kan het niet riskeren dat die beelden worden vrijgegeven.'

'Maar het klopt niet,' zei Jay hoofdschuddend. 'Waarom zou hij niet gewoon toestaan dat je je artikel terugneemt of een spijtbetuiging schrijft? Wat zou een clubbezoek helpen tegen de woede van de Raadsleden?'

Ik haalde mijn schouders op en sloeg de wijn achterover.

'Het slaat nergens op,' concludeerde Jay. Zijn wenkbrauwen waren geconcentreerd gefronst toen hij tegenover me ging zitten op de salontafel. 'Weet je wat ik denk? Ik denk dat hij wist dat we journalisten waren vanaf het moment dat we bij die club aankwamen.'

'Die indruk heb ik ook, ja. Hij kwam ons persoonlijk verwelkomen en binnenlaten. Hoeveel clubeigenaars doen dat?'

'Precies. En toen bleef hij de hele tijd bij je. Hij is nog geen minuut van je zijde geweken. Als ik niet zo afgeleid was geweest door Shira… Shit, denk je dat hij bewust Shira kan hebben ingezet om mij af te leiden?'

Die gedachte was nog niet bij me opgekomen, maar Jay had gelijk. Hij en ik waren min of meer uit elkaar gedreven vanaf het moment dat we binnenkwamen. Die alienbarbie had Jay razendsnel bij me weggeleid nadat Vair haar aan ons had voorgesteld.

Er leek een vreemd en verontrustend besef over Jays gezicht te gaan terwijl hij me langzaam van top tot teen opnam. Het paste niet bij hem om zo te kijken, hij was anders altijd zo joviaal.

'Wat?' Ik keek naar beneden om te checken of ik geen rode wijn op mezelf of op zijn beige bank had gemorst. 'Waarom kijk je zo naar me?'

Hij beet op zijn lip en zijn frons werd dieper.

'Je jaagt me de stuipen op het lijf, Jay.'

'Ik herinner me een gesprekje tussen Shira en Kyrel,' zei hij langzaam alsof hij nog steeds de herinnering aan het terughalen was. 'Je weet wel, die mannelijke K die bij ons kwam?'

Ik glimlachte omdat er een lach kriebelde in mijn borst. Iets van de spanning van het moment vloeide even weg. 'Ja, dat weet ik nog wel. Je hebt heel wat verhalen over je avonturen met hem en Shira verteld.'

Jay kon er niet om lachen. Hij bleef me aanstaren alsof hij tegenover een probleem zat. 'Shit. Je bent echt een lekker ding, Amy. Dat weet je toch wel?' Hij zei het alsof het slecht nieuws was.

'Eh… ja? Ik zie er wel oké uit. Dank je. Dus, wat zeiden Shira en Kyrel?'

'Toen ik tussen ze in danste en doorhad dat je samen met Vair spoorloos van de dansvloer was verdwenen, raakte ik in paniek. Ik probeerde me tussen hen uit te wurmen en zei dat ik je moest gaan zoeken. Shira hield me tegen. Ze zei dat ik me geen zorgen hoefde te maken omdat Vair heel goed voor je zou zorgen. Toen moest Kyrel lachen en hij zei: "Ja, en niet alleen vannacht, maar voor altijd." Op dat moment besteedde ik er niet veel gedachten aan, ik dacht dat het gewoon… nou ja, een aliengrapje was.'

Ik liet mijn adem met een zucht van verlichting ontsnappen. 'Zat je je dáár zo druk over te maken?'

'Nee, er komt nog meer. Shira lachte met hem mee en toen zei ze dat de K extreem bezitterig kunnen zijn. Ze grapte dat ik geluk had dat ik je hand niet had vastgehouden in het halletje van de club, anders had ik wel dood kunnen zijn. Of op z'n minst een hand moeten missen.'

'Wat?' Mijn opluchting was van korte duur. 'Zei ze dat echt? En jij beschouwde dit als een grapje? Je weet toch dat ze je hand er serieus af zouden kunnen scheuren?' Mijn ogen rolden naar het plafond. 'En toch ging je met haar verder.'

'Hé, ik ben ook maar een man. Ik weet vrij zeker dat ze me op dat moment al bij mijn kruis had gegrepen. En wie ben ik om de humor van een buitenaards wezen te snappen. Verder... tja, ze was een godin. De mooiste vrouw die ik ooit van dichtbij heb gezien.'

'Krinar,' verbeterde ik hem. 'De mooiste Krinar.'

'Wat jij wilt. Ze was op en top vrouw, geloof mij maar. En ze waarschuwde me voor Vairs bezitterige trekjes, niet die van haarzelf. Kyrel waarschuwde me even later nog dat ik je nooit met een vinger moest aanraken als mijn leven me lief was. Hij zei...' Jays wenkbrauw ging veelbetekenend omhoog, alsof dit de crux van het verhaal was. '... dat hij Vair had moeten kalmeren door hem te vertellen dat onze lichaamstaal nogal duidelijk liet zien dat we vrienden waren en geen stel. En op dat moment had Vair je alleen nog maar gezien, verder niks.'

Vair had mij ook rechtstreeks gevraagd naar mijn relatie met Jay. Op dat moment voelde het inderdaad nogal bezitterig, aangezien we elkaar pas net hadden ontmoet. Maar ik dacht dat hij gewoon wilde vaststellen of hij me niet van een ander afpakte.

'Dus... Krinar-mannen zijn competitief, hebben een groot ego en hun trots zit weleens in de weg. Net als menselijke mannen. Ik snap het. Daar zal ik mijn volgende K-artikel over schrijven.'

Jay pufte verongelijkt. 'Snap je het niet? Vair heeft ons gezien voordat hij ons binnenliet. Kyrel blijkbaar ook. Dus ze hebben ons bekeken op hun bewakingscamera's terwijl wij in die hal een eeuwigheid stonden te wachten.'

Ik herinnerde me dat we daar stonden, nerveus te staren naar de grote, grijze deur. Het had inderdaad een eeuwigheid geleken. Ik moest moed verzamelen om meerdere keren te kloppen voordat Vair eindelijk voor ons kwam opendoen.

Ik begreep echter niet wat Jay hiermee wilde zeggen. Het was niet zo raar dat bezoekers van een exclusieve club via een scherm werden gescreend, en voor een K-seksclub leek me dat al helemaal logisch.

Hij kreunde om mijn blanco gezichtsuitdrukking en zette de wijnfles met een klap naast zich neer. 'Amy, wat als Vair jou al had geclaimd voordat we zijn X-club ook maar binnen waren? Wat als deze chantage meer te maken heeft met het feit dat hij jou wil dan met Raadsleden die boos zijn vanwege een artikel?'

Mijn buik danste als een cheerleader en ik schaamde me kapot. Wat Jay zei was absurd. De hele theorie berustte op een misvatting.

En ik wilde ook helemaal niet dat Vair me wilde.

De reden dat mijn buik die dansjes deed, was natuurlijk gewoon opluchting. Dat iemand op me viel, was veel fijner dan het idee naar een alienkamp in Costa Rica te worden gestuurd. En als dit klopte, was het ook iets minder gevaarlijk om morgenavond naar Vairs club te gaan – al was het tegelijkertijd werkelijk zenuwslopend.

Ik schudde mijn hoofd. 'Ik denk echt niet dat dat het geval is, Jay.'

'Waarom niet? Hij heeft zelfs al door dat je bang bent voor intimiteit.'

Mijn mond viel open en ik sloeg hem hard op een schouder, waarbij mijn wijn bijna over ons allebei heen gutste. 'Dat neem je terug!'

'En...' Jay lachte om mijn aanval en hief een triomfantelijke wijsvinger in de lucht, '... hij is niet in je mond gekomen. Schattebout, die alien is gek op je.'

'O mijn god, hou je kop!' Ik had kunnen weten dat ik spijt zou krijgen als ik Jay te veel details gaf van wat er in de limousine met Vair was gebeurd. Maar ik was kwetsbaar en overstuur geweest en ik had een luisterend oor nodig gehad. 'Dat slaat echt nergens op.'

Om het gesprek af te leiden van onafgemaakte pijpbeurten en mijn zogenaamde issues met intimiteit, vroeg ik: 'Waarom had je me niet eerder verteld wat Shira en Kyrel zeiden?'

'Weet niet. Ik denk dat ik er gewoon niet meer aan heb gedacht na al het andere wat er die nacht gebeurd was. We hadden al zoveel te bespreken. Zoals gebeten worden door een K.' Hij wiebelde met zijn wenkbrauwen. 'Serieus de beste drug ever. En ach, het liep toch verder wel los? We zijn allebei veilig thuisgekomen en behalve die fruitmand na het verschijnen van je artikel had je niks meer van Vair gehoord, tot vandaag dan.'

Ik knikte. Het was allemaal te veel om te verwerken. Ik voelde mijn lichaam opbreken. De adrenaline die me de hele avond gaande had gehouden, verloor aan kracht. Mijn hersenen bleven in opperste staat van paraatheid. Ik wist nu al zeker dat als ik straks in bed zou liggen, ik geplaagd zou worden door uitputting in combinatie met slapeloosheid.

'Het is maar een theorie. Niet in paniek raken. We komen er wel uit.'

Ik deed mijn ogen dicht, zette mijn bril af en kneep in mijn neusbrug. 'Heb je ibuprofen? Of slaaptabletten?'

'Ik weet wat beters. Wacht even' Ik hoorde Jay opstaan en in de richting van de badkamer lopen.

Ik grinnikte bij mezelf in de verwachting dat hij zo terug zou komen met medicinale wiet.

Zonder iets te zien legde ik mijn bril op de salontafel. Ik had er al weken last van dat ik er niet goed meer mee zag – zelfs nog minder goed dan zonder – en ik kreeg er hoofdpijn van. Waarschijnlijk had ik een nieuwe nodig.

Wat als Vair me echt wilde?

Maar ja, waarom zou hij mij willen? Wat moest hij met mij? Hij kon alle topmodellen en actrices krijgen die hij wilde.

En trouwens, onze soorten gingen niet samen. Ik dacht tenminste van niet. Niet écht. Ik verdrong de herinnering aan hoe goed we seksueel samengingen. Dat deed er niet toe. Het was een farce.

Hij had me gebeten. Daardoor had ik een soort high met hem ervaren.

'Je ziet er verhit uit.' Jay was terug in de kamer, zijn stem trok me uit mijn gedachten. 'Ik haal wat water voor je.'

Hij kwam terug met een glas water en gaf me een Xanax.

'Jay, dat kan ik niet slikken.'

'Het doet wonderen als ik hoofdpijn heb.'

'Ja, omdat je ervan onder zeil gaat.'

'Het helpt tegen je angst en paniek. Amy, we hebben nog geen vierentwintig uur om een plan te bedenken. Je kunt niet teruggaan naar Vairs club.'

'Maar ik heb wijn gedronken.'

'Ik ook, en toch neem ik er een. Het is de laagste dosering. Mijn arts zegt dat dat prima kan met een beetje alcohol.'

Ik stond op het punt om te vragen of dat dezelfde arts was die hem medicinale wiet voorschreef, maar in plaats daarvan gaf ik toe en slikte ik het kleine, witte pilletje voordat ik niet meer durfde. Ik twijfelde of ik anders zou kunnen slapen vannacht, en ik had al mijn mentale capaciteit nodig als ik naar Vairs club zou gaan.

'Slaap maar in mijn bed,' bood Jay aan. 'Ik ga wel op de bank.'

'Nee, ik slaap op de bank.' God mocht weten wat er de afgelopen week in Jays bed had plaatsgevonden en ik wist niet zeker of zijn schoonmaakster het recent had verschoond.

Ik voelde me al slaperig en wankelend op mijn benen liep ik naar de badkamer om me op te frissen en mijn tanden te poetsen.

Toen ik mijn pyjama aan had weten te krijgen en op Jays bank was gaan liggen, die hij voor me had opgemaakt, tuimelde ik weg naar een droomloze slaap zoals je die alleen dankzij pillen kon krijgen.

HOOFDSTUK VEERTIEN

Ik werd wakker van een licht dat fel in mijn ogen scheen toen iemand mijn oogleden openmaakte. Grommend en kreunend maakte ik duidelijk dat ik hier niet van gediend was.

'Ontspan,' zei Vairs kalmerende stem in mijn oor. 'Laat ons even kijken, liefje.' Ik voelde zijn armen om me heen. Het voelde zo goed, zo comfortabel om door hem overeind te worden gehouden op zijn schoot.

Ik droomde, en ik wilde deze droom niet verstoren, want ik voelde dat het fijn zou worden.

Zelfs in mijn droom voelde ik dat ik onder de pillen zat en dat ik onnatuurlijk moe was, en dat maakte het makkelijker om zijn bevel op te volgen en te ontspannen in zijn armen, ondanks het verblindende licht dat in mijn ogen scheen. Ik wentelde me in zijn mannelijke geur, in het gevoel van zijn volle lippen tegen mijn slaap en zijn warme vingers die zachtjes over de zijkant van mijn hoofd streelden.

Mijn oogleden werden losgelaten en het licht verdween. Ineens had ik door dat iemand anders dan Vair ze had opengehouden. Hij praatte in die vreemde taal van hem. En niet tegen mij, begreep ik toen een vrouwenstem reageerde.

Koele, vrouwelijke vingers bevoelden beide kanten van mijn nek en er ging een irrationele steek van jaloezie door me heen toen Vair zachtjes moest lachen om iets wat de vrouw in zijn taal had gezegd.

'Nee,' mompelde ik. 'Niet grappig.' Ik wist niet precies waarom niet. En de woorden kwamen verhaspeld uit mijn mond, niet goed verstaanbaar.

Nu lachten ze allebei.

'Goed,' zei Vair. 'Het is inderdaad niet grappig dat je me zoveel zorgen laat maken, en het is al helemaal niet grappig hoe onvoorzichtig je omspringt met je lever.'

Hij speelde een spelletje met me, maar al mijn waardigheid legde het af tegen het moment waarop hij me nog dichter tegen zijn warme, sterke borst drukte.

Want op dat moment voelde het veilig om bij hem te zijn. Normaal. Nee, nog beter dan normaal. *Haast menselijk.*

En in mijn droom geloofde ik hem. Ik geloofde echt dat Vair begaan was met mij. Dat voelde... goed. Zo goed dat ik niet tegenstribbelde toen er een glas tegen mijn lippen werd gedrukt en Vair zei dat ik moest drinken.

Ik slikte het vreemd smakende, zoete goedje als geheel door terwijl hij mijn haar streelde en beloofde dat ik veilig was bij hem, dat hij me nooit een haar zou krenken.

Na een tijdje had ik het idee dat we alleen waren. Toch deed ik mijn ogen niet open. Ik was te bang dat de droom zou verdwijnen en dat ik wakker zou worden.

Mijn gedachten leken helderder nu ik dit drankje ophad, mijn tong wist beter woorden te vormen toen ik zei dat ik hem evenmin iets zou aandoen; ik verzekerde hem dat hij ook veilig was bij mij... mits hij de videobeelden waarmee hij me chanteerde vernietigde.

Daarop lachte Vair hardop. Ik voelde zijn lichaam onder me schudden van het lachen.

'Slimme, heerlijk sluwe meid,' zei hij half grinnikend, half grommend bij mijn nek.

Mijn balans werd verstoord en even later lag ik plat op mijn rug onder hem. Hij nestelde zich tussen mijn benen.

Meteen werden mijn tepels hard.

Ik kreunde toen zijn lippen langs de mijne streken en zijn tong me plaagde terwijl zijn harde erectie hetzelfde deed bij het zachte, pulserende plekje tussen mijn benen.

In mijn droom had ik niet de spierkracht en coördinatie om zijn hoofd naar me toe te trekken. Maar ik wilde dat hij me zoende. Me écht zoende.

Ik wilde niets liever dan dat.

Wie hield ik voor de gek? Ik wilde dat hij me neukte. Me verslond.

Dat zei ik tegen hem.

Hij gromde en zei dat ik 'mijn bek moest houden'. Het klonk zo anders dan de kalme alien die ik kende dat ik moest grinniken. Toen legde hij me met zijn lippen op de mijne het zwijgen op.

De sensatie van zijn tong die tussen mijn lippen werd geduwd was gekmakend, vooral in combinatie met de mannelijke opwinding die hij liet horen en die tot achter in mijn keel te voelen was. Onderwijl duwde hij zijn massieve pik naar de plek waar ik hem het liefst wilde.

De beste marteling ooit.

'Ik zou je inderdaad moeten neuken,' zei hij tussen het zoenen door. Hij klonk kwaad.

Heerlijk.

Mijn spieren trokken zich verwachtingsvol samen. Mijn pyjamabroek was al doorweekt.

'Tot je niet meer...' Hij duwde zijn onderlichaam precies op de juiste manier tegen me aan. '... kunt lopen.'

'Wat houdt je tegen?' vroeg ik hijgend.

Hij gromde weer en duwde opnieuw zijn onderlijf tegen me aan.

En toen nog eens. En tegen de derde keer...

O god...

Ik stond op het punt om klaar te komen toen hij stopte, mijn mond losliet en abrupt van me af ging.

Mijn handen, die daarnet nog niet de kracht hadden gehad om omhoog te komen, pakten op de een of andere manier zijn T-shirt beet in een poging hem bij me te houden. Er kwam een jammerkreetje uit mijn keel dat niet eens menselijk klonk en ik voelde zijn hijgende ademhaling op mijn voorhoofd.

'Ik wil niet dat je gaat.' Mijn stem trilde. Ik klonk zo wanhopig. Zo verloren. Zo... behoeftig.

Zo afschuwelijk!

Ik deed mijn ogen open om deze plotseling in een nachtmerrie veranderde droom te stoppen en zag Vairs hongerige blik door het donker naar me staren. Hij had een gepijnigde, kwetsbare gezichtsuitdrukking die op de een of andere manier een spiegel leek van mijn eigen emoties.

Ik kon niet bepalen of ik dat troostend moest vinden of dat het het juist nog erger maakte.

Zijn irissen waren zo diepzwart dat ze bijna samenvielen met zijn pupillen, wat er behoorlijk angstaanjagend uitzag. *En toch sexy.*

Griezelig buitenaards.

Maar sexy.

Hij zag er vooral heel écht uit. Hij voelde ook echt. Rook echt.

'Ik droom.' *Zeg ja. Zeg ja.* 'Dit is een droom.'

Hij staarde alleen maar. Zei niks. Totdat hij zei dat ik mijn ogen moest dichtdoen.

En ik deed het.

Zijn lippen streken langs mijn voorhoofd. Hij zei dat hij moest weggaan zodat ik mijn droom kon afmaken – waarmee hij bevestigde noch ontkende dat ik op dit moment aan het dromen was.

Ik had nog steeds zijn T-shirt vast. Hij zei dat ik het

moest loslaten en grapte dat zelfs aliens zo nu en dan rust nodig hadden.

'Het is niet dat ik wíl weggaan. Maar je hebt nu rust nodig.'

Hij zei dat hij hoopte dat ik dapper genoeg was om vanavond naar zijn club te komen. *Goede manier om het te brengen.* Dat hij impliceerde dat ik een keus had was net zo vreemd als mijn gevoelens en gedrag tegenover hem op dit moment, en nog meer bewijs dat ik wel moest dromen.

Ik voelde dat hij zachtjes mijn vingers van zijn schouders losmaakte.

Hij zei dat hij zou blijven tot ik sliep. Ik zei dat ik al sliep.

Het laatste wat ik me herinnerde, was dat ik tegen hem zei dat hij het mis had.

Ik had helemaal geen issues met intimiteit.

HOOFDSTUK VIJFTIEN

IEMAND ZONG 'BAD ROMANCE'. DIEZELFDE PERSOON WAS ook eieren en bacon aan het klaarmaken. En rösti. Bovendien rook ik koffie.

Ik glimlachte en wreef mijn ogen open. Jay was op nog geen vijf meter afstand in zijn open keuken een ontbijt aan het klaarmaken met dierlijke producten die alleen rijke mensen zoals zijn ouders makkelijk konden krijgen.

'Je bent een engel,' riep ik naar hem en ik stond op van mijn geïmproviseerde bed. Ik was verbazingwekkend uitgerust en energiek, mijn hoofd was helderder dan ik verwacht had en nergens in mijn lichaam voelde ik de pijn die normaal zou zijn na een nacht met wijn, Xanax en slapen op een bank. Zelfs mijn zenuwen over het vooruitzicht naar Vairs club te moeten waren op de een of andere manier verdwenen gedurende deze nacht, ik raakte er niet meer van in paniek.

'Dat hoor ik vaker. Het ontbijt is over vijf minuten klaar.' Hij zwaaide met een spatel. 'Dus opschieten.'

Ik ging naar de badkamer, friste me op en was tien minuten later terug om naast Jay plaats te nemen aan de barkant van zijn kookeiland. Hij had al een douche genomen, was geschoren en aangekleed – dingen die ik niet van Jay gewend was om negen uur 's morgens op een zaterdag.

'De rösti, het fruit en de koffie zijn helemaal vegan,' zei hij trots, en ik lachte terwijl hij een hap bacon nam.

'Je bent goedgehumeurd vanmorgen, zeg,' zei ik plagerig. Ik pakte mijn vork op en prikte een röstirondje van mijn bord.

Hij leek echt in een bijzonder goede bui te zijn, vol energie en met een lach van oor tot oor alsof hij niet kon wachten om met deze dag te beginnen. Of om me iets te vertellen?

'Ben je uit geweest nadat ik ging slapen?'

'Zonder jou?' riep hij uit met een zogenaamd geschokt gezicht. 'Ik heb gewoon heerlijk geslapen. Jij?'

'Ook opmerkelijk goed. Nogmaals bedankt dat ik hier mocht crashen. En voor het ontbijt.'

'Graag gedaan. Ik kan mijn enige vriendin niet met een lege maag naar de K sturen.' Hij keek op zijn horloge. 'Maar schiet wel een beetje op. We hebben nog maar veertien uur de tijd om te bepalen wat je vanavond gaat aantrekken, en we moeten ook nog een lijst interviewvragen voorbereiden.'

Ik fronste. 'Eh... mis ik iets? Gisteravond hadden

we het er nog over hoe ik de stad uit kon komen, en nu wil je ineens dat ik naar Vairs club ga?'

'Ik weet het, ik weet het, maar ik kijk er gewoon anders tegenaan na een goede nachtrust. Raad eens wie er met je meegaat X-clubben?' Hij trok een wenkbrauw op en wees naar zichzelf.

Mijn ogen vielen zowat uit hun kassen. 'Jay, dat kan ik niet van je vragen.'

'Dat doe je toch ook niet. Ik kom partycrashen.' Hij grijnsde. 'Ik heb vanmorgen even contact gehad met Vair om hem te laten weten dat ik kom en om wat afspraken te maken.'

Mijn vork viel kletterend op het granieten kookeiland. 'Wát?'

'Ik heb gezegd dat je alleen zou komen als ik mee mocht en als hij zou instaan voor onze veiligheid.' Zijn puppybruine ogen glinsterden van opwinding. 'Plus dat je wat K zou mogen interviewen.'

'Je hebt hem gesproken?'

'Nee, geappt.'

'Geappt?' Mijn mond viel open. 'Heb jij Vairs telefoonnummer?'

Hij haalde schaapachtig zijn schouders op. 'Snel uit je fruitmand geplukt.'

'Wát?' Er stond geen nummer op het kaartje bij die fruitmand. Ik had het kaartje wel duizend keer gelezen, ik wist het zeker. 'Jay, op dat kaartje stond geen nummer.'

'Niet op het persoonlijke kaartje, nee. Maar er zat

ook een visitekaartje in die mand en daar stond zijn telefoonnummer op.'

'En jij hebt dat al die tijd gehouden en mij er niet over verteld?'

Hij hield zijn handpalm omhoog. 'Je wilde niets met die mand te maken hebben, Amy. Je reageerde nogal spastisch en wilde hem niet eens aanraken, weet je nog? Ik had haast geen tijd om al dat gave fruit te bekijken en het kaartje eruit te vissen voordat je alles in de vuilcontainer gooide.'

'Dus je werd vanmorgen wakker en dacht: weet je wat, ik stuur een appje naar die K?' Ik kon dit niet verwerken. 'Je hebt Vair geappt?'

Hij knikte met zijn mond vol eieren en bacon.

'En hij appte terug?'

Weer knikte hij. Met een vinger omhoog gebaarde hij dat hij bijna klaar was met kauwen. 'Ja. Hij zei dat ik vanavond mocht meekomen.' Even pauzeerde hij om een slok koffie te nemen. 'Ik heb ook gevraagd hoe het zat met die Raadsleden. Hij zei dat het oké was en dat hij het onder controle had.'

'Hij zei dat het "oké" was?'

'Ik parafraseer. Hij zei dat je geen gevaar loopt voor Raadsleden of andere K die aanstoot nemen aan je artikel zolang je bij hem in de buurt blijft. Je weet wel, zodat hij op je kan letten. Hij zei dat hij daarom wil dat je naar de club komt.'

Zoals Jay het zei, leek het allemaal heel logisch. Alsof Vair me niet chanteerde om naar zijn alienseksclub te komen, maar zijn beweegredenen gewoon altruïstisch waren.

Ik kon niet zeggen of ik nou opgelucht moest zijn en dit nieuwe perspectief van Jay op mijn situatie moest omarmen, of dat ik gealarmeerd moest zijn omdat ik in de Krinar-versie van *Invasion of the Body Snatchers* zat.

'Toe, eet gewoon. Het komt goed.' Jay glimlachte. 'Je moet het zo zien: dit wordt veel beter materiaal voor je volgende artikel over de K dan dat gedoe over veganisme.'

Ik schudde mijn hoofd. Ik had geen trek meer. 'Wat heb je met Vair afgesproken over het interviewen van Krinar?'

'Zoals ik al zei, heb ik tegen hem gezegd dat je vanavond naar de club zou komen als ik mee mocht en als je wat K die vaak naar de club komen zou mogen interviewen voor je volgende stuk.'

'Dit is een slecht idee, Jay.' Stukken schrijven over de K was het begin van deze hele shit.

'Stop eens met hoofdschudden en luister naar me, als je wilt. Vair heeft me beloofd dat we veilig zouden zijn in zijn club.' Hij sprak langzaam en goed gearticuleerd, alsof hij dacht dat ik het niet begreep. *Alsof wat Vair zei onomstotelijk waar was.*

'Hij heeft er ook mee ingestemd dat je K mag interviewen, maar alleen degenen die hij aanwijst.' Bij dat laatste rimpelde Jay zijn neus alsof het het enige minpuntje in dit hele verhaal was. 'En alleen volgens zijn voorwaarden, wat inhoudt dat hij bij alle interviews met andere K aanwezig is. Voor onze veiligheid, uiteraard.'

Alweer schilderde Jay Vair af als heel attent, bijna nobel. Wat was er in godsnaam gaande?

'Om eerlijk te zijn kreeg ik het idee dat Vair wil dat je alleen hem interviewt.'

Geweldig. 'Jay, je weet dat ik heel graag feiten over de K bekend wil maken, maar lijkt het je niet slim om te voorkomen dat ik die Raad nog pissiger maak? Wat als Vair liegt en we recht in de val lopen?'

Jay hield zijn hoofd schuin en keek afwezig naar me.

'Als je met me meegaat, zetten we allebei ons leven op het spel,' zei ik. 'We zouden van de aardbodem kunnen verdwijnen en niemand zou weten wat er met ons is gebeurd.'

Jays ogen werden groot alsof hij ineens een ingeving kreeg. 'Hé, je hebt je bril niet op. En je knijpt je ogen niet samen zoals je anders doet als je hem niet draagt.'

'Heb je wel iets gehoord van wat ik net zei?'

'Ja, heb ik gehoord. Heb je contactlenzen in? Ik dacht dat je de laatste set een paar weken geleden was kwijtgeraakt en nog geen nieuwe had besteld.'

Ik stond op het punt knetterkwaad op hem te worden vanwege zijn bizarre gedrag toen ik besefte dat hij gelijk had. Ik had mijn bril niet op. Ik was mijn laatste paar lenzen inderdaad kwijt. Vier weken al, om precies te zijn – sinds die nacht met Vair.

En ik zag nu prima zonder bril of lenzen. Heel goed zelfs.

Ik zag gouden en zwarte vlekjes in Jays bruine irissen die ik nooit eerder had opgemerkt. Ik kon de kleine lettertjes op de inbouwoven in Jays keuken lezen, bijna twee meter verderop.

'O mijn god...'

Ik sprong van de barkruk en liep naar de bank. Mijn bril lag op de salontafel en ik zette hem op.

Toen deed ik hem weer af. En toen zette ik hem weer op.

Ik zag geen reet meer met die bril.

Ik had geen nieuwe nodig, ik had blijkbaar helemaal geen bril meer nodig. Hier klopte iets niet aan.

Toen drong het tot me door. Zijn... geur drong tot me door.

Mijn hart bonsde in mijn borstkas. Ik ging op de bank zitten met de verfrommelde lakens in mijn handen en bracht die naar mijn gezicht terwijl ik diep ademhaalde en probeerde mijn droom terug te halen.

'Eh... wat doe je?'

Ik keek op naar Jay. 'Ik geloof dat Vair hier is geweest.'

'Doe niet zo raar. We hebben een portier.'

'Alsof dat uitmaakt. We hebben hem een muur zien openen, weet je nog?'

'Goed punt.' Hij kwam naast me zitten op de bank. 'Misschien is het gewoon mijn aftershave die je ruikt.' Hij probeerde de lakens uit mijn handen te trekken en ik trok ze instinctief terug, tegen mijn borstkas aan.

Als een bezitterige, K-snuivende xenofiel. Een volslagen K-verslaafde.

Ik gooide de lakens naar Jay toe alsof ze in brand stonden.

Erg subtiel.

'Nee… Ik bedoel, het is niet eh… jouw geur.' Ik deed mijn bril af en speelde met de pootjes. 'Ruik maar.' Ik klonk als een gek.

Zijn gezichtsuitdrukking bevestigde mijn bangste vermoeden. Ik zette de bril weer op.

Goed zien was niet het belangrijkste.

Hij stond op. 'Oké. Eh, dat is dan waarschijnlijk van de rit met de limousine? Je hebt niet gedoucht, toch?'

Dat klonk plausibel. Toch wist ik dit keer zeker dat mijn intuïtie klopte. Vair was vannacht hier geweest. En ik had daar allerlei gemengde en erg verwarrende gevoelens over.

Net als mijn lijf.

'Je hebt vast gelijk.'

'Natuurlijk heb ik gelijk. Ik heb altijd gelijk,' zei Jay met een geforceerd lach. Hij deed echt zijn best om de stemming te verlichten. 'Maar ik kan alsnog even contact zoeken met die studievriend over wie ik het had.' Hij propte de verkreukelde lakens onder zijn arm. 'Die ene die volgens mij bij de CIA werkt. Je weet wel, gewoon uit voorzorg.'

Ik knikte. Misschien werkte de overheid wel in stilte aan een Krinar-vaccin dat me immuun kon maken voor Vair. In dat geval zou ik graag als proefkonijn fungeren.

'Ik denk dat dat een goede voorzorgsmaatregel zou zijn,' zei ik, al betwijfelde ik of een mens ons kon beschermen tegen de K. 'Vooral als we vanavond teruggaan naar Vairs club.'

'Schatje, ik weet dat we allebei gisteravond nogal geschrokken waren, maar ik voel me echt beter over de hele situatie sinds ik vanmorgen met Vair heb geappt. Ik krijg echt niet de indruk dat hij je iets wil aandoen. Als hij dat had gewild, zou hij het al hebben gedaan. En trouwens...' Jay zette zijn borstkas op, wat er lachwekkend uitzag. '... je bent met mij! Wat kan er misgaan?'

Ik moest lachen. 'Ja, inderdaad.'

'Ik bedoel... Kijk,' zei hij schouderophalend, 'misschien heeft het feit dat Vair je in zijn club wil niet te maken met de Raadsleden, en net zomin met Vairs wens om jou alle hoeken van de club te laten zien. Misschien wil hij gewoon de buzz rondom zijn club die jouw vorige stuk teweegbracht weer aanzwengelen.'

'Misschien,' zei ik twijfelachtig.

'Het kan zijn dat niet alle veganistische, bloedzuigende alienbazen gemeneriken zijn, toch? Vair zou ook gewoon een opportunistische kapitalist kunnen zijn. New York trekt zulke types aan.'

Ik grinnikte. 'Hoop doet leven.'

'Zo mag ik het horen!' Hij streelde me even onder mijn kin. 'Wil je...' Hij hield de bal van lakens voor me omhoog. '... je K-dekentje terug?'

'God, gatver.' Ik stond op van de bank en duwde een lachende Jay opzij. 'Ik ga nu douchen.'

'Goed idee,' riep hij me na. 'Was die alienstank van je af.'

HOOFDSTUK ZESTIEN

'Zo kun je niet gaan.'

'Waarom niet?'

'Je ziet eruit als een verdwaalde milf.'

Ik rolde met mijn ogen en hield de volgende optie voor hem omhoog. 'Deze dan.'

Jay maakte een kokhalsgeluid. 'Ga je naar een bruiloft of naar een seksclub? Ik heb je al eerder gezegd dat ik niet geloof in tule.'

Ik gromde en viste de laatste jurkoptie uit mijn TK Maxx-tas. 'En deze?'

Jay maakte een 'mehh'-geluid en gebaarde dat hij het maar zozo vond. 'Die moet ik even aan zien. Ik denk dat het eruit gaat zien alsof Diane von Fürstenberg een liefdesbaby heeft gemaakt met Tory Burch en dat dat kind dan goedkope, sletterige wikkeljurken ontwerpt voor Bebe Rexha.'

Ik gooide de jurk op de stoel naast zijn bed en stak

mijn handen verslagen omhoog. 'Nou, dat waren de opties.'

'Omdat je erop stond naar een winkel te gaan zonder goede opties.'

Jay wilde me meenemen naar een of andere trendy winkel hier in Soho omdat hij voor zich zag dat ik Vairs club zou betreden in een edgy, gladde, minimalistiche bodyconjurk à la Helmut Lang – oftewel, veel te duur voor mij.

En aangezien Vair de vorige keer mijn mooiste uitgaansjurk aan stukken had gereten, samen met mijn beha en onderbroek, was ik niet bereid de helft van mijn salaris uit te geven aan een jurk die weleens hetzelfde lot beschoren kon zijn.

Daarom had ik zes jurken gekocht bij TK Maxx en ik was van plan om ze allemaal terug te brengen – als het even kon zelfs de jurk die ik vanavond zou dragen naar de club, als het lukte om het prijskaartje te verbergen.

'Heb je al contact gelegd met je vriend bij de CIA?' vroeg ik.

'Nee, maar ik heb contact gehad met een gezamenlijke vriend en ik weet nu dat hij daar inderdaad werkt. Ik heb zijn nummer gekregen en zijn voicemail ingesproken.'

Dat was alvast iets, nam ik aan, maar ik had er niet zoveel aan aangezien ik al over vijf uurtjes bij Vairs club werd verwacht. Er kon ons vanavond wel van alles overkomen en niemand zou ervan weten.

'En terwijl jij die lelijke jurken aan het kopen was,

heb ik wat interviewvragen voor de K bij elkaar gebrainstormd.' Jay haalde zijn telefoon uit zijn zak. 'Wil je ze horen?'

Eigenlijk niet. 'Goed, kom maar op,' zei ik desondanks vrolijk.

Er zaten knopen in mijn maag en ik had de hele dag haast niks gegeten. Na het shoppen was ik naar mijn eigen appartement gegaan voor mijn make-uptas, wat verschillende paren schoenen en andere dingen die ik moest meenemen naar Jay om me klaar te maken voor het uitgaan. Toen ik thuis was, kon ik maar niet het paranoïde gevoel afschudden dat er naar me werd gekeken. Het was zenuwslopend om te bedenken dat ik misschien nooit meer privacy zou hebben in mijn eigen huis.

Jay zat op de rand van zijn bed en las voor van zijn iPhone. 'Wat zijn de uiteindelijke plannen van de Krinar met onze samenleving?'

Ik trok een gezicht. 'Afgekeurd. Het is een goede vraag, maar te vaag geformuleerd en makkelijk om een ontwijkend antwoord op te geven. En trouwens, ze willen overduidelijk niet dat wij precies weten wat ze van plan zijn. Ik betwijfel ten zeerste of we een goed antwoord op die vraag zullen krijgen.' Ik zag al voor me hoe Vair zo'n vraag zou omzeilen met humor en seksuele toespelingen. 'Volgende vraag.'

'Waarom komen jullie nu naar de aarde terwijl jullie dat al duizenden jaren geleden hadden kunnen doen? Als jullie begaan zijn met de gezondheid van deze planeet, waarom zijn jullie hem dan niet eerder komen redden?'

'Exact!' Ik knikte. 'Dit vraag ik me ook af en ik vind het een goede vraag, maar de kans op een antwoord lijkt me ook hier niet groot. Misschien moeten we beginnen met wat X-clubgerelateerde vragen en dan in de loop van het gesprek wat andere vragen proberen te stellen.'

'We?' Hij schudde zijn hoofd. 'Schat, ik ben bang dat je er in dit geval alleen voorstaat. Ik zou dolgraag een K willen interviewen, maar Vair heeft heel duidelijk gezegd dat jij degene bent die de interviews in zijn club afneemt.'

Natuurlijk. 'Oké, dan begin ík met X-clubgerelateerde vragen. Heb je die?'

'O yes baby,' zei Jay zangerig. 'Dit is er eentje die ik aan Vair heb gericht. Er gaan geruchten dat meer mensen jouw X-club bezoeken. Veel mensen hebben op fora verhalen gedeeld over de verslavende ervaring van gebeten worden door een Krinar-alien die hun bloed drinkt. Is het drinken van mensenbloed voor een K net zo verslavend?'

'Heel goed. Absoluut een belangrijke vraag.' *Zowel professioneel als persoonlijk.* En het kon goed zijn dat Vair of een andere K hier een antwoord op zou geven waaruit ik in elk geval een halve waarheid kon destilleren.

'Deze volgende vraag aan Vair zal je ook bevallen. Terwijl de Krinar de voordelen van veganisme blijven propageren en de hele planeet hebben gedwongen tot een grotendeels vegan lifestyle, ben je een exclusieve club begonnen waar de Krinar vers mensenbloed kunnen krijgen. Blijkbaar houdt de Krinar-variant van "veganisme" dus in dat je wel bloed tot je neemt? Kun je die hypocrisie toelichten?'

Ik giechelde en wipte op en neer op mijn voeten. 'Dat moet ik iets vriendelijker formuleren, maar heerlijke vraag. Nog meer?'

'Met hoeveel andere vrouwen heb je het in de afgelopen maand gedaan?'

'Jay!'

'Wat?' Hij keek met een sluwe grijns op van zijn telefoon. 'Oké, ik moet toegeven dat de vragen naarmate ik ze aan het schrijven was meer over Vair en Amy begonnen te gaan dan over K en X-clubs in het algemeen.' Hij scrolde naar beneden. 'Even kijken… Ik sla de volgende wel over,' zei hij grinnikend. 'We kunnen het later hebben over hoe jouw bloed smaakt.'

'Gatver! Niet grappig.'

Jay kreeg zijn lachen weer onder controle, schraapte zijn keel en ging verder. 'Ik heb gehoord dat Krinar erg bezitterig kunnen zijn. Betekent dat dat Krinar levenslang monogaam zijn, zoals pinguïns, coyotes en termieten?'

Ik sloeg mijn handen voor mijn gezicht.

'Wat betekent het als een Krinar zegt dat hij voor altijd "heel goed voor iemand zal zorgen"? Is dat een soort Krinar-eufemisme voor een langdurige seksuele omgang?'

'O mijn god.' Ik zakte op de stoel met mijn

waardeloze jurken. 'Ik ga die vragen niet stellen. Laten we verdergaan. Misschien iets over hun taal? Of hoe het kan dat ze al onze talen al spreken? Of over hun technologie en wanner ze van plan zijn die met ons te delen?'

Of zouden ze gewoon van plan zijn die tegen ons te blijven gebruiken – om ons onder de duim te houden, te intimideren, te bespioneren en zo nu en dan een seksvideo te maken.

'Gaap en nog eens gaap. Denk aan de locatie, Amy. We spreken niet af in een Apple-winkel. Je interviewt Vair en andere geile K in een seksclub. En trouwens, Vair heeft gezegd dat saaie, veilige vragen niet zouden worden beantwoord.'

'Wat?' Ik ging rechtovereind zitten. 'Heb je met Vair gepraat terwijl ik weg was?'

'Geappt, alweer.'

'Ik wil het zien!' zei ik en ik stak mijn hand uit naar de telefoon. 'Laat me de appjes van vanmorgen ook zien.'

'Zou wel willen, maar ze zijn gewist.'

'Bullshit.' Ik sprong op en griste de telefoon uit zijn handen. 'Waarom zou je ze wissen?'

'Heb ik niet gedaan. Vair. Of iets anders. Ze verdwenen in elk geval meteen nadat ik ze had gelezen.'

Ik scrolde door zijn recente berichten en zag dat het waar was.

'Een technologisch snufje, denk ik.'

'Ja,' mompelde ik, afwezig knikkend. Ik voelde me

weer zenuwachtig worden en hoorde mijn moeders stem in mijn hoofd. *Ze zouden geen bewijs achterlaten van hoe ze twee nietsvermoedende mensen naar de slachtbank hebben gelokt.*

Ik schudde haar af. Dit moest ik niet denken. Jay leek er zeker van te zijn dat we veilig zouden zijn in Vairs club, en ik moest zijn intuïtie vertrouwen. Ik wist dat mijn eigen intuïtie niks waard was – die was verpest door mijn moeders jarenlange angstzaaierij en doemvoorspellingen.

Toen ik studeerde, was ik hier zelfs voor naar een therapeut gegaan. Nu ik voor het eerst weg was uit de invloedssfeer van mijn moeder, besefte ik namelijk dat mijn vermogen om gevaar in te schatten nihil was. In therapie kwam ik erachter dat kinderen die angst wordt aangepraat, in het volwassen leven meer kans liepen om slachtoffer te worden. Omdat ze was geleerd dat ze overal gevaar zagen, ook op plekken waar het er niet was, konden ze geen echt gevaar herkennen.

Volgens mijn therapeut is het zo dat wanneer gevaar overal is, je intuïtie uitschakelt, zodat je uiteindelijk niet meer het verschil kunt zien tussen 'de hemel valt'-achtige paniek en 'je kunt beter geen drankje drinken waar iemand GHB in heeft gestopt'.

Ze had me ook gewaarschuwd dat kinderen die waren volgepompt met angst, als volwassene soms juist thrillseekers werden.

Omdat ik wist dat mijn intuïtie niet veel voorstelde, ging ik dus altijd zo veel mogelijk af op observatie en feiten. En op de intuïtie van mensen die ik vertrouwde.

Jay was eerst fel gekant tegen het idee om naar een X-club te gaan. Maar toen we er waren en oog in oog stonden met Vair was ik degene die aan de grond genageld stond van angst, terwijl Jay ervoor was opgewarmd. Zijn intuïtie zei dat het gevaar niet zo groot was als hij had gevreesd. En hij had gelijk.

Toen wel, zei mijn moeders stem in mijn hoofd.

Ik gaf Jay zijn telefoon terug en stond stil bij het bed, vol gedachten.

'Wil je hem zelf een appje sturen zodat je het kunt zien?' bood hij even later aan en hij stak me de telefoon weer toe.

'Nee, absoluut niet.

'Ik kan je zijn nummer geven zodat je met je eigen telefoon...'

'Nee bedankt!' viel ik uit, en toen herpakte ik me. 'Sorry. Kunnen we gewoon even relaxen? Een film kijken of zo? Ik moet mijn gedachten verzetten.'

'Tuurlijk. Ik heb *Men in Black*, *Alien vs. Predator*, *Independence Day*...'

'Ga nog even zo door en je wordt gewurgd met tule.'

Toen hij in lachen uitbarstte, gooide ik desbetreffende jurk naar zijn hoofd.

HOOFDSTUK ZEVENTIEN

Uiteindelijk koos ik ervoor om in de jurk van de liefdesbaby van Von Fürstenberg en Burch naar Vairs club te gaan.

De K met het perfect symmetrische gezicht die mijn dozen met kantoorspullen gisteren van me had overgenomen en teruggebracht naar kantoor stond om elf uur stipt voor Jays gebouw om ons op te halen. Hij reed in een mooie, maar onopvallende hybride Lincoln Town Car. Nu stelde hij zich voor; hij heette Zyrnase.

Zyrnase kwam aardig en relaxed over. Hij praatte met ons over zijn leven in de stad totdat Jay de vreselijke fout maakte om te vragen of allergieën op Krina net zo'n groot probleem waren als hier op aarde – en daarna grapte hij dat 'Zyrnase' klonk als een anti-hooikoortsmiddel.

Ik kromp ineen op mijn stoel terwijl Zyrnase ons rustig informeerde dat allergieën op Krina niet bestonden omdat die niet werden veroorzaakt door allergenen, maar door het waardeloze menselijke immuunsysteem. Daarna viel het gesprek stil en werd het ongemakkelijk in de auto, totdat Zyrnase het scherm tussen de bestuurder en de passagiers verduisterde.

'Serieus, Jay? Een anti-hooikoorstmiddel?'

'Wat is het probleem, het was toch grappig? Echte K-humor. Die gast moet wat minder stijf doen.' Jay gromde zachtjes. 'Een perfect gezicht wordt gauw saai als iemand geen humor heeft.'

'Ik wist het!' fluisterschreeuwde ik. 'Je vindt hem leuk!'

'Nogal logisch. Hij is superknap. Wás, bedoel ik, want die persoonlijkheidsstoornis maakt er geen lol aan. En er is hier ook al niks anders om je mee te vermaken. Ik zie helemaal geen alcohol of snacks.' Jay voelde nog eens in alle compartimenten die hij al had doorzocht. 'Ik snap wel dat alcohol drinken voordat je ader wordt leeggezogen niet het beste idee is, maar wat dacht je ervan om je menselijke bloedvoorziening wat gedroogde abrikozen of nootjes te geven? Zelfs de simpelste bloedbank geeft je crackers en koekjes.'

'O mijn god, je bent nerveus hè? Je hebt er spijt van dat je hier zit. Denk je echt dat ze van plan zijn ons te bijten? Ik zou het snappen als je toch besluit niet mee naar binnen te gaan, oké? Ik veroordeel je er niet om.'

'Waar heb je het over? Natuurlijk ga ik met je mee.'

'Dat hoef je echt niet te doen. Ik meen het. Dit is mijn probleem. Ik stond erop dat we daar de eerste keer naartoe gingen. Ik schreef het artikel waar de Krinar zo boos om zijn.'

'Nou, en ik ben de beste vriend die er die eerste keer op stond met je mee te gaan. En die avond heb ik de beste seks van mijn leven gehad, trouwens. Ik ben ook de vriend die deze avond heeft geregeld en ik ben niet van plan het te missen.'

'Maar Jay...'

'Maar nee.' Hij maakte met zijn duim en wijsvinger een 'mond houden'-gebaar. 'Als je denkt dat ik je die aliens helemaal voor jezelf laat hebben, dan ben je nog blinder dan met die bril die je nog steeds draagt. Vair zei dat ik mocht komen, en ik ga. Discussie gesloten.'

'O, Jay...' Ik knipperde snel de tranen weg die achter mijn ogen brandden, schoof naar hem toe en sloeg mijn arm door de zijne. Met mijn hoofd tegen zijn schouder zei ik: 'Je bent de beste, weet je dat? Dank je wel.'

Mijn woorden klonken me nogal halfslachtig in de oren. Ze waren bij lange na niet genoeg voor wat Jay voor me op het spel zette. Ik was helaas niet zo goed in zulke gevoelens onder woorden brengen. En ik kon het me ook niet veroorloven om vanavond emotioneel te worden.

Ik wist dat Jay dat van mij begreep, want hij pushte nooit zo op emotie als sommige andere vrienden. Oké, hij plaagde me wel met mijn intimiteitsissues, maar hij hield het altijd licht en speels, en hij stopte als hij merkte dat ik het vervelend vond. Dit was een van de dingen die hem zo'n geweldige vriend maakten.

'Ja,' mompelde hij, 'ik heb het weleens gehoord.' Hij legde zijn hoofd op het mijne en gaf een kneepje in mijn arm.

We bleven een paar minuten in stilte zo zitten.

'Maar echt,' zei hij toen we door Greenwich Village reden, 'waarom draag je die bril nog steeds terwijl je beter ziet zonder?'

Ik zuchtte, maakte me van hem los en ging rechtop zitten. 'Omdat het niet logisch is. Ik heb al sinds mijn zesde een bril. Het kan niet dat je zicht zomaar zoveel verbetert.'

'En wat als het wel zo is?'

'Dat kan gewoon niet.'

'Dus je zit in een ontkenningsfase.'

'Nee, natuurlijk niet. Misschien vind ik het gewoon een fijn gevoel?' Ik wilde het niet, maar naar het eind van mijn zin veranderde die in een vraag.

Jays glimlach zei dat hij het niet geloofde.

Ik kon hem dat niet kwalijk nemen; ik geloofde het zelf ook niet.

'Wat nu weer? Mijn bril past bij mijn jurk!' hield ik giechelend vol. 'Ik vind mijn bril fijn, oké? Kunnen we er nu over ophouden?'

Hij haalde zijn schouders op. 'Wat jij wilt, schat.' Ik kreeg een knipoog van hem. 'Het is jouw keus als je die prachtige groene ogen wilt verbergen achter een brillenglazen waardoor je niks kunt zien.' Zijn geamuseerde gezichtsuitdrukking veranderde in verbazing en hij keek uit het raam toen we rechts afsloegen. 'Waarom slaan we hier af? Dit is niet dezelfde route als vorige keer.'

Ik draaide mijn hoofd en zag dat we een steegje in waren gereden. Nou stond ik niet bekend om mijn richtinggevoel, maar deze plek kwam me niet bekend voor. Oké, ik kon ook niet zoveel zien vanwege de donkere, schaars verlichte steeg en de wazigheid die mijn bril veroorzaakte. 'Nee,' zei ik zorgelijk. 'Ik herken het ook niet.'

Mijn hart begon in mijn keel te bonzen terwijl allerlei vreselijke scenario's in mijn hoofd opdoemden. Ik wou dat ik beter had opgelet welke route Zyrnase reed.

'Ik snap het al,' zei Jay net toen mijn paniek de overhand begon te krijgen. 'Hij leidt ons naar de topgeheime achteringang voor celebrity's en andere vips.'

Er kwam een zenuwachtige, halfslachtige grinnik uit mijn keel. Jay pakte mijn hand en gaf er een kneepje in toen de auto stopte achter een non-descript oud gebouw met een bakstenengevel.

'Wat nu?'

Ik had de vraag nog maar amper gefluisterd toen, tot mijn verbazing, de muur naast onze auto begon op te lossen en er een doorgang ontstond waar de auto doorheen paste. En dat was ook precies wat Zyrnase deed.

Het donker omhulde ons toen we van een helling af leken te rijden, een ondergrondse tunnel in. We bleven langzaam doorrijden en de koplampen verlichtten ons pad. Ik probeerde kalm te blijven, maar toen we al drie stratenblokken onderweg leken te zijn, begon ik toch het gevoel te krijgen dat ik moest hyperventileren.

'Oké, misschien had ik hem niet moeten vergelijken met een anti-hooikoortsmiddel,' zei Jay zachtjes naast me. Ik wist dat hij probeerde wat humor in dit gespannen moment te brengen, maar ik hoorde ook onder zijn grappende woorden de voorzichtigheid en angst toen hij zei: 'Zullen we uit de auto springen en het op een rennen zetten?'

'Op de een of andere manier heb ik het idee dat we niet ver zullen komen,' zei ik eerlijk. 'Laten we niet in paniek raken.'

'Wie is er in paniek aan het raken?' vroeg hij. 'Niemand in deze auto, hoor. Jij en ik zijn geen paniektypes.'

Ik lachte zodat ik niet voor de angst zou bezwijken.

Mijn hartslag schoot omhoog toen de auto weer stopte, midden in de donkere tunnel.

'Of toch...'

Jay werd onderbroken door een roodpaars licht dat ineens naar binnen viel. Er was een groot gat ontstaan in de zijkant van de tunnel. Zyrnase reed erdoorheen en plots bevonden we ons in een ondergrondse parkeergarage.

Een kleine vijf meter verderop stopten we eindelijk echt op een parkeerplaats met de letter Z erop en zette Zyrnase de motor af.

'Jezus,' zei Jay met een opgeluchte zucht toen Zyrnase uit de auto stapte en eromheen liep naar mijn deur. 'Dat was wel een beetje érg over de top horror, vind je ook niet?'

Zo uitgedrukt vond ik het alsnog een understatement. Maar ik legde Jay het zwijgen op en herinnerde hem er fluisterend aan dat hij zich zoetjes moest gedragen tegenover de K, toen Zyrnase het portier voor me opendeed.

'Bedankt eh… voor de rit,' zei ik zo aardig mogelijk toen ik uitstapte. Mijn benen waren na deze enerverende rit net zo onvast als mijn hartslag. Ik stak hem een trillende hand toe en zijn ogen werden groot. Hij deed een stap achteruit en keek naar mijn hand alsof het een gifslang was.

'Heel graag gedaan,' zei hij beleefd. *Zonder mijn hand te schudden.*

Ik liet mijn arm vallen en stapte opzij.

Toen Jay uit de auto kwam en zijn hand naar hem uitstak, schudde Zyrnase die zonder aarzelen.

Wow, seksistisch of zo?

'Hé, bedankt voor de rit, man. Sorry voor het slechte grapje,' zei Jay.

Niet voor het eerst stond ik ervan versteld hoe kalm hij altijd bleef – of leek te zijn.

'Welk grapje?' reageerde Zyrnase onbewogen. 'Ik herinner met niets grappigs.' Hij deed het portier dicht en draaide ons de rug toe. 'Volg mij.'

'Eh, ja, oké, vandaar ook dat ik zei dat het een slechte grap was…'

'Laat zitten,' zei ik tegen Jay en ik gaf hem een elleboogje in de ribben.

We liepen achter Zyrnase aan. Die leidde ons door een doorgang die hij creëerde in de muur van de parkeergarage naar een lange, grijze gang, aan het eind daarvan door weer een gat in een andere muur, waardoorheen we weer uitkwamen in een volgende lange gang.

'Serieus, zijn we er nou nog niet? Dit wordt te veel,' klaagde Jay hard genoeg zodat Zyrnase het zou horen, en ik moest hem weer het zwijgen opleggen, ook al waren mijn in stiletto's gestoken voeten het met hem eens.

Bovendien had ik het ijskoud. Ik bevroor zowat in mijn korte, mouwloze wikkeljurk terwijl we door die koude, barre gangen liepen.

In stilte namen we een lift twee verdiepingen omhoog, waarna we Zyrnase door alweer een lange, steriele, industrieel ogende gang volgden.

'Hé!' Jay leek wat moed te krijgen, boog zich naar me toe en vertraagde zijn pas. 'Dat ik je dit vergeten ben te vertellen: toen we ons aan het klaarmaken waren, heb ik van Stephen gehoord. In de haast heb ik je het niet meer gezegd.'

'Wie?' mimede ik terug.

'Vriend bij de CIA,' mompelde hij met opeengeperste lippen. 'Hij wil je spreken. Zegt dat je naam op een lijst staat.'

'Wát?' mimede ik geschrokken.

Hij knikte en gebaarde toen met Zyrnase. 'Laten we het er morgen over hebben,' mompelde hij.

'Staat mijn naam op een lijst? Wat voor lijst?'

Jays ogen keken me waarschuwend aan, maar hij schudde zijn hoofd en fluisterde terug: 'Geen idee. Dat is geheime informatie.'

'Meen je dit?'

'Niet nu,' drong hij aan en hij duwde zijn vinger tegen zijn lippen.

Ik stopte met vragen stellen, maar mijn hoofd tolde.

Hoe kon het dat ik op een geheime lijst van de CIA stond?

We sloegen aan het eind van de gang de hoek om en mijn hart sloeg een slag over toen ik Vair daar zag staan, nog geen vijf meter verderop. Zijn lange, statige, gebronsde aanwezigheid was zo surrealistisch mooi dat ik overspoeld werd door verlangen.

'Goed je weer te zien, mensenmeisje,' zei hij. 'Welkom terug in mijn club.'

HOOFDSTUK ACHTTIEN

Dat 'mensenmeisje' had me moeten beledigen, maar zijn toon was zo warm en de blik in zijn ogen was zo complimenteus dat het een groot compliment leek.

'Hoi.'

Ik kon niks beters bedenken om te zeggen terwijl ik daar naar hem stond te staren – ik voelde mijn wangen trekken van de grote glimlach die zich op mijn gezicht had gevormd. Ik wist precies wat voor glimlach het was. Dezelfde als op mijn schoolfoto's van de basisschool; vóórdat ik had geleerd mijn mondhoeken ietsje in toom te houden en te glimlachen als een normaal mens.

Het was mijn overenthousiaste, ongebreidelde glimlach, en die had hier absoluut niets te zoeken, tegenover een spottende, dominante, sexy klootzak van een alien die seksvideobeelden van mij had gebruikt om me te chanteren om vanavond naar zijn X-club te komen.

Toen Vair naar me toe liep, werd het wat makkelijker om die overdreven lach onder controle te krijgen, maar het werd moeilijker om de rest van mijn lichaam in toom te houden. Met elke stap die hij in mijn richting deed, zorgden zijn grootte en zijn buitenaardse aantrekkingskracht ervoor dat ik enerzijds wilde omdraaien en wegrennen, en anderzijds in zijn armen springen en hem beklimmen als een boom.

Zelfs van een afstandje, en met die bril op die alles wazig maakte, trokken zijn donkerbruine ogen me in hun eindeloze diepte, waardoor ik alle redenen vergat waarom ik vanavond níét naar hier had willen komen – alle redenen waarom hij een gevaar was voor mij en de mensheid.

In dit moment bestond alleen de chemie tussen ons; een kracht die de logica oversteeg en omverwierp, die de verschillen tussen onze soorten van tafel veegde en de complicaties van onze interplanetaire politieke twistpunten veronachtzaamde.

'Hé man, goed je weer te zien.' Jay ging tussen mij en Vair in staan, de meest gewaagde en suïcidale cockblocking-actie die een vriend ooit voor een vrouw had uitgevoerd. 'Bedankt dat we hier weer welkom zijn.'

Ik was helemaal vergeten dat Jay en Zyrnase hier überhaupt met ons waren.

Jay was lang en mannelijk voor een mens, maar naast Vair leek hij een dwerg. En Vair leek er niet zo blij mee te zijn dat Jay ons moment verstoorde. Zijn donkere ogen waren niet meer warm en verheugd zoals toen hij mij aankeek, maar richtten zich bezitterig en gebiedend naar Jay.

Uit bezorgdheid om mijn vriend wist ik eindelijk mijn stem te vinden. 'Vair, je herinnert je vast nog wel mijn goede vríénd Jay,' zei ik, met nadruk op het woord 'vriend'.

Zijn kaak spande zich aan en hij deed alsof hij glimlachte terwijl hij niet te zachtzinnig een klopje op Jays schouder gaf en 'welkom' mompelde, waarna hij mijn vriend aan de kant schoof en uit zijn weg.

Mijn schoolmeisjesglimlach kwam terug, samen met de gênante schoolmeisjesblos, toen Vair recht voor me stond – zijn imposante aanwezigheid deed opnieuw al het andere verbleken en de hitte die van zijn krachtige lichaam afsloeg brandde door me heen.

'Hoi,' zei ik weer dommig.

Hij lachte zachtjes en zei me na: 'Hoi.'

Hij nam mijn trillende handen in de zijne, warmde ze op en verjoeg mijn laatste beetje angst. In plaats daarvan kwam een ander soort opwinding toen hij mijn beide handen naar zijn lippen bracht, eerst de ene en daarna de andere, en er kusjes op drukte waardoor ik meteen spijt kreeg dat ik niet een schone extra slip in mijn schoudertasje had gestopt.

'Je ziet er heel mooi uit, Amy.' Zijn diepe, zachte stem klonk hypnotiserend en zijn lippen streken langs de gevoelige huid van mijn knokkels. 'Het is fijn dat je hier bent.'

Mijn hele lichaam kwam tot leven bij ook maar de

minste aanraking van Vair. Mijn spieren spanden zich verlangend aan en er ontbrandde een vuur in mijn lichaam. Mijn ogen vielen dicht en ik bewoog dichter naar hem toe om zijn geur in te ademen als de xenofiel die ik voor hem was.

'Ik ben blij dat je de moed had om te komen, schatje.'

De woorden die hij ook in mijn droom had gebruikt waren de wake-upcall die ik nodig had.

Mijn ogen schoten open toen het tot me doordrong: ik had gelijk gehad. Vair was inderdaad naar Jays appartement gekomen om me op te zoeken. Ik had het niet gedroomd.

Ik gaf mezelf een mentale optater.

Wat was er in godsnaam mis met mij?

Ik trok mijn handen los. Hij pakte ze fronsend weer beet en ik deed een stap naar achteren om wat broodnodige ruimte tussen ons in te creëren.

Ik had daar staan blozen terwijl ik Vair in de ogen keek en zijn heerlijke K-geur opsnoof, alsof we een pas verliefd stel waren op onze tweede date – en dat terwijl dit dezelfde spottende, stalkende, muur-oplossende, privacy schendende, filmende, chanterende K was die zowel mijn carrière als mijn leven bedreigde.

'Moedig?' kwam Jay lachend tussenbeide, net op het moment dat ik niets meer wist uit te brengen. 'Vair, man, ik bedoel dit niet lullig, maar Amy en ik zijn naar véél heftigere seksclubs geweest dan de jouwe.'

Ik stikte bijna in mijn eigen speeksel toen mijn hoofd in zijn richting schoot. Ofwel Jay was de dapperste persoon die ik kende, of hij had serieus een doodswens.

'O ja?' zei Vair zachtjes.

'Ja.' Jay haalde zijn schouders op en leek onaangedaan door de koelbloedige toon van de man tegenover hem. 'We zijn journalisten, zoals je weet. Het hoort bij het vak.'

Ik kromp inwendig ineen.

Mijn collega leek het niet door te hebben en ging vrolijk door met opscheppen over onze seksclubervaring. Grinnikend biechtte hij op: 'Aangezien Amy en ik de jongste en knapste journalisten zijn bij *The Herald*, zijn wij altijd degenen die undercover naar de meest exclusieve seksclubs moeten.' Opnieuw haalde hij zijn schouders op. 'Als de plicht roept...' zei hij zangerig. 'Dus tja, hier zijn we dan. Niet meer undercover en klaar om te beginnen met het interview dat je Amy hebt beloofd.'

Ik slikte. Vair keek Jay aan alsof hij hem ter plekke kon vermoorden.

Maar toen glimlachte Vair dunnetjes en reageerde met een nonchalant: 'Natuurlijk. En ik werk daar graag aan mee. Maar eerst is het denk ik wel handig als jullie rondkijken en misschien wat tijd doorbrengen achter de bar om een beter beeld te krijgen bij hoe de club werkt, en om hem te vergelijken met al die andere clubs waar jullie zijn geweest.'

Wilde hij ons bardienst geven?

'Super,' zei Jay enthousiast. 'Laat maar zien waar we heen moeten.'

'Ik ben bang dat ik andere dingen te doen heb vanavond. Zyrnase zal jullie rondleiden.'

Ik probeerde de teleurstelling te negeren – om nog maar te zwijgen van de spanning – die me overviel bij het vooruitzicht dat Vair vanavond geen tijd met me zou doorbrengen in zijn club.

Als mijn reactie op mijn gezicht te zien was, ontging het Vair. Hij keek namelijk niet naar mij – en dat was nog een extra pijnlijke afwijzing. Gisteren nog had Vair in de limousine gezegd dat hij me nodig had in zijn club. Hij had tegen Jay gezegd dat hij ons hier zou beschermen. En nu stuurde hij ons gewoon zonder hem op weg?

Vair keek naar Zyrnase en zei: 'Neem ze mee naar de bar boven en zorg dat Tauce op ze let. Vertel hem wie ze is en zeg dat ze toestemming heeft om hem te interviewen.' Hij keek ons slechts kort aan terwijl hij het zei. 'Ik zal Shalee ook naar haar toe sturen voor een interview zodra ze beschikbaar is.'

Zyrnase knikte, maar ik kreeg de indruk dat hij niet bepaald blij was met deze wending. En ik kon me niet aan de indruk onttrekken dat we op het punt stonden voor de leeuwen gegooid te worden.

'Wacht even. Moet jij er niet bij zijn als we die gast Tauce interviewen?' vroeg Jay. 'En Shalee?'

Vair glimlachte. 'Ik denk dat Tauce en Shalee het prima zullen redden zonder mij.'

'Maar ik dacht dat je je zou ontfermen over Amy…'

'Het is al goed,' onderbrak ik hem. 'Ik red me wel.'

Dat hoopte ik tenminste.

Ik ging Vair echt niet de indruk geven dat ik hem nodig had als babysitter in zijn club. En ik kon heus wel in mijn eentje een paar K interviewen, zonder zijn supervisie of interventie.

Vair glimlachte naar me, een jagersglimlach. Zijn tanden glansden helderwit in zijn gladde, gebeeldhouwde, gebronsde gezicht. 'Natuurlijk red jij je.'

Hij deed een stap naar me toe en pakte me bij de schouders. De hitte van zijn handpalmen brandmerkte mijn blote huid terwijl hij mijn persoonlijke ruimte binnendrong. Zijn lippen streken heel licht over mijn wang voordat hij ze naar mijn oor toe bewoog en fluisterde: 'Ik reken erop dat je vriendelijk doet tegen de andere aliens, schatje. Stel me niet teleur.'

Wat de fuck?

Wat kon dat betekenen?

Vair zei in zijn eigen taal nog rap wat tegen Zyrnase en liep toen achterwaarts van me weg met een sexy, ontwapenende glimlach op zijn perfecte gezicht.

Toen Vair eenmaal weg was en wij door wéér een andere gang liepen, een paar passen achter Zyrnase, gaf ik Jay een stomp tegen zijn biceps en siste in zijn oor: 'Stop met K tegen je in het harnas jagen!'

'Ik? Jij begon.'

'Wat heb ik gedaan dan?'

'Meid, je moet je lust onder controle krijgen bij Vair. Je kunt gewoon niet op die manier naar een man kijken.'

Shit. 'Hoe kijken? Hoe keek ik naar hem?'

'Alsof je alienbaby's met hem wilde maken.'

'Niet waar.'

'Wel. En dan bedoel ik meteen daar in die gang, waar Zyrnase en ik bij stonden te kijken.'

'Je verbeeldt het je.'

Hij lachte. 'Nou, dan was ik niet de enige die zich iets verbeeldde. Ik weet vrij zeker dat Vair op het punt stond je onuitgesproken aanbod aan te nemen toen ik tussenbeide kwam.'

'O ja... bedankt daarvoor. Ik waardeer het echt. Maar het was ook dom en gevaarlijk. Wat me eraan doet denken...' Ik gaf weer een stomp tegen zijn arm. 'Wil je jezelf soms het graf in praten met die fabeltjes over onze seksclubervaringen?'

'O, kom op, dat was supergrappig. En we weten nu dat de Krinar net zo kleinzielig zijn als mensen. Ik denk dat mijn K-artikel dáárover moet gaan.'

WE KWAMEN DE BAR BOVEN BINNEN VIA EEN LAATSTE GAT IN DE MUUR. De kleurrijke lichten die ons begroetten deden me denken aan ons eerste bezoek, net als de klaaglijke, langgerekte tonen van een mysterieus instrument dat een onderlaag verzorgde bij de scherpere vibraties en pulserende beat.

De barruimte leek op die waar we eerder waren geweest, maar het was niet dezelfde plek. Ik vroeg me ineens af hoe groot deze club als geheel was. Deze ruimte was iets kleiner dan die waar we tijdens ons eerste bezoek waren. Er waren hier wel meer intieme loungezitjes met gordijnen langs de kant om wat privacy te krijgen in plaats van de ronde tafels die in die andere ruimte als bars fungeerden. De dansvloer was een beetje verhoogd en er stond een grote, futuristisch ogende halfronde bar die leek te zijn gemaakt van metaal en wit glas, en die van binnenuit werd verlicht.

De Krinar waren makkelijk te spotten in deze ruimte. Hun lengte, hun gebronsde huid en hun modellenlooks onderscheidden hen van zelfs de mooiste mensen op de dansvloer. Net als eerder waren de K gekleed in eenvoudige, lichtgekleurde kleding die hun gezonde kleurtje extra deed opvallen, en in stoffen die zodanig om hun lichaam vielen dat hun elegante, indrukwekkende bouw werd versterkt. Ik voelde me heel even minderwaardig en had spijt van mijn jurkkeuze toen ik mijn klamme handen eraan afveegde.

Nadat ik een maand lang mijn vorige bezoek in mijn hoofd had herbeleefd, was ik nu officieel terug in Vairs X-club. Ik begon net mijn zenuwen onder controle te krijgen toen er een opstootje ontstond op de dansvloer.

'Ik had toch gezegd dat je hier niet terug moest komen!'

DE MUZIEK STOPTE EN DE LICHTEN WERDEN FELLER OM DE AANVARING DIE WAS ONTSTAAN TE BELICHTEN.

Een enorm grote Krinar-man met een kaalgeschoren hoofd en opvallende groengele ogen hield met één hand een lange, fris uitziende jonge mensenman in de lucht. Vair was al groot, maar deze kale K leek nóg groter – misschien wel tien centimeter langer en tien kilo gespierder.

Als ik hem gewoon op straat had gezien met een boodschappentasje in de hand, zou ik denk ik al geschrokken genoeg zijn geweest om de straat over te steken om hem te ontwijken. Hem een man met zoveel gemak in de lucht zien houden was simpelweg angstaanjagend.

'Wie de krúk heeft deze gast weer binnengelaten?' vroeg de enge K. Zijn ogen, die nu meer geel waren dan groen, gingen langzaam de ruimte rond, waarna hij zijn blik weer op de man richtte en hem met hernieuwde minachting beetgreep. 'Laatste keer. Is er een Krinar in de zaal die hem wil?'

Die felgele ogen, te midden van zijn symmetrische, scherpe trekken en zo contrasterend met zijn diepbruine gezicht, straalden geen enkele compassie uit met het slachtoffer dat hij in zijn handen had. De man werd haast paars omdat hij geen adem kreeg en hij sloeg wanhopig naar de grote hand om zijn keel.

Echt geen enkele compassie.

Ik trok aan Jays elleboog. 'We moeten iets doen.'

'Ik weet het, maar wat?' fluisterde hij met een bleek gezicht. 'Ons laten vermoorden?'

'Tauce gaat hem niet vermoorden,' verzekerde Zyrnase ons. Hij klonk totaal niet bezorgd.

Dus dát was Tauce? De K die Vair had aangewezen om een oogje voor ons in het zeil te houden was deze krankzinnige alien die midden op de dansvloer een man haast liet stikken?

Voor de leeuwen gegooid, dat kun je wel zeggen ja.

'Maak je een geintje?' riep Jay uit. 'Is dát de man die ze moet interviewen? In haar eentje? Waar is Vair? Ik moet hem spreken.'

'Dat is nergens voor nodig. Tauce!'

Nu Zyrnase hem riep, liet de gigantische K de arme man op de vloer vallen, waar hij als een zielig hoopje belandde.

'Jou wil ik hier niet meer zien,' zei Tauce koeltjes tegen de man, die op de grond lag te kermen en kuchen en zijn handen tegen zijn keel hield terwijl hij probeerde weer lucht te krijgen.

De woorden van de K hielden een belofte in dat de man echt het loodje zou leggen als hij nu weer niet gehoorzaamde.

Maar waarom?

Wat had hij in hemelsnaam gedaan? Hij leek niet veel ouder dan halverwege de twintig, en hij kon het duidelijk niet opnemen tegen een K. Wat kon er in godsnaam zijn gebeurd waardoor hij zo behandeld moest worden?

Ik onderdrukte mijn angst voor de K met de gele ogen en deed een stap naar voren terwijl Jay en Zyrnase met elkaar in discussie gingen over de man die door Vair was verkozen tot mijn babysitter en interviewkandidaat.

Andere K haalden de man van de dansvloer af, het licht werd gedimd en de muziek werd hervat terwijl Tauce wegliep, naar de bar, met nog altijd een blik vol afschuw en woede op zijn gezicht. Wie weet was dit wel zijn normale gezichtsuitdrukking.

Met mijn hart in mijn keel zette ik nog een stap, en nog een.

Ik zei tegen mezelf dat ik dit deed omdat ik nieuwsgierig was. Dat het gewoon de journalist in mij was die de feiten over de situatie wilde onderzoeken – die wilde weten wat een mens kon hebben gedaan in een alienseksclub waardoor hij het verdiende om zo te worden aangevallen en bedreigd als ik zojuist had gezien.

Het kwam niet door Vairs opdracht om 'vriendelijk te doen tegen de andere aliens' en het was ook echt niet zo dat ik Vair wilde laten zien dat ik moedig genoeg was om de confrontatie aan te gaan met de engste alien die hij op me af kon sturen.

En het was al helemaal niet omdat mijn onderbewuste adrenalinejunk niet in staat was om echt gevaar te herkennen wanneer het recht voor me stond.

Dit ging om de feiten, en om van een K wat antwoorden te krijgen op de interviewvragen voor mijn volgende artikel.

Ik raapte al mijn moed bij elkaar en schoof voorzichtig dichterbij totdat ik recht voor deze enorme K stond die boos en briesend bij de bar was aangekomen. Toen hij mij opmerkte, keek hij glimlachend op. *En op de een of andere manier zag hij dat er nóg angstaanjagender uit.*

'Hallo daar, schoonheid.' Hij kleedde me met zijn wellustige groene ogen uit. 'Ik ben Tauce.' Hij stak zijn enorme, keel-dichtknijpende hand over de verlichte bar heen naar me uit. 'Is dit je eerste keer in de club?'

'Ieieieieieeee!' Achter me liet Zyrnase een bizar klinkende kreet los. 'Ze is Vairs mens!'

Tauce trok razendsnel zijn hand terug en zei iets wat leek up 'fuck'. Zijn ogen werden groot en hij keek ongelovig over mijn schouder in de richting van Jay en Zyrnase. 'Charl?' vroeg hij.

'Eh, nee, ik heet Jay.' Jay haastte zich naar voren en kwam beschermend naast me staan. Hij stak zijn hand uit naar Tauce. 'Ik neem aan dat je Zyrnase al kent?'

Tauce nam Jays hand niet aan. De minachtende manier waarop hij naar mijn vriend keek, zorgde ervoor dat ik deze K nog minder mocht dan ik toch al deed. 'Ik had het over de dame,' zei hij met een knikje in mijn richting.

'Zij heet ook geen Charl,' zei Jay. 'Ze heet Amy.'

Tauce' ogen werden bijna neongeel van kleur terwijl zijn geïrriteerde blik van Jay naar Zyrnase ging. 'Waag het niet, Z. Vanavond niet.'

'Vair wil dat je op ze let.'

'O, kruk!'

Ik nam aan dat 'kruk' het Krinar-equivalent was van 'fuck' – of iets dergelijks. Het was hoe dan ook geen vrolijk woord.

Zyrnase en Tauce praatten met elkaar in het Krinar. Het gesprek duurde niet lang, en ik begreep dat Tauce de discussie had verloren toen hij een enorme hand over zijn gezicht haalde en drie keer 'kruk' gromde.

Zyrnase liet ons achter met Tauce en zijn killerhanden. De eerste twintig minuten serveerde Tauce de drankjes en stonden wij werkeloos achter de bar, zo veel mogelijk bij hem uit de buurt te blijven.

Als hij niet bezig was met drankjes inschenken, was hij met zijn wijsvinger in zijn handpalm aan het swipen, meestal met gespreide neusvleugels en met een opgetrokken bovenlip. Soms leek het alsof hij iets las op zijn onderarm. Ik wist niet of hij nu nog steeds aan het mokken was omdat hij die moord op de dansvloer niet had kunnen voltooien, of dat dit gedrag met ons te maken had.

Jay probeerde een gesprekje met hem aan te knopen, maar tevergeefs. Pas toen we besloten hadden hem in zijn sop te laten gaarkoken terwijl wij op eigen houtje de ruimte verkenden, kwam hij in actie, en wel om ons tegen te houden.

Hij haalde ons terug naar achter de bar en liet ons weten dat we niet buiten zijn bereik mochten gaan. Het was nu echt duidelijk dat Vair hem had aangewezen als onze bodyguard en babysitter, en dat vond ik toch wel geruststellend, in die zin dat Vair echt wilde zorgen dat we veilig waren in zijn club. Tegelijkertijd was het teleurstellend.

Er was gewoon geen lol aan met deze humeurige K die maar bleef werken en mokken. Jay en ik hadden ons de afgelopen vierentwintig uur helemaal suf gespeculeerd en waren vol spanning geweest. Dit was de grootst mogelijke anticlimax.

'Zijn we hiervoor door twintig muuropeningen gelopen?' klaagde Jay.

Hij zei dat als we de rest van de avond moesten toekijken hoe die boze bui overtrok, áls dat al zou gebeuren, we beter wat konden drinken. Jammer genoeg had de X-club geen wodkashotjes. Sterker nog, er was hier helemaal geen drank te bekennen. Het was letterlijk een lege bar.

Tauce zwaaide met zijn hand of vroeg hardop om een bepaald drankje en dan verscheen het; het kwam omhoog uit een verborgen compartiment onder het witte glazen oppervlak van de bar. Dat maakte zijn rol als 'barkeeper' nogal overbodig, als je het mij vroeg.

Het exotische paarse vruchtensap met een klein beetje alcohol dat Vair me de vorige keer had gegeven, leek het populairste drankje te zijn onder de menselijke clubbezoekers. Jay begon dat drankje de 'alien-Shirley Temple' te noemen toen hij twee glazen achter de kiezen had en nog niks voelde.

'Ik denk dat ze het bewust doen,' zei Jay toen hij het laatste beetje uit zijn tweede glas slurpte terwijl Tauce vanaf de andere kant van de bar toekeek.

'Wat?'

'Zulke saaie drankjes serveren dat je na een tijdje zo wanhopig graag iets wilt voelen dat je vrijwillig je ader leeg laat zuigen door de eerste de beste K. Klinkt logisch hè?'

Ik lachte hoofdschuddend. 'Ik weet het niet. Dit is nog steeds mijn eerste glas en ik voel de alcohol wel een beetje. Ik voel absoluut iets… een soort warmte of energie die door me heen stroomt. Het kan ook gewoon de muziek zijn.' Of mijn afnemende adrenaline.

'Ik denk dat het de laserogen van die Tauce zijn die in je rug branden. Serieus, ik doe hem wat aan als hij niet stopt met staren.'

'Sst, niet zo hard. Hij kan je verstaan.'

'Dat is ook mijn bedoeling. Echt, het laatste wat ik verwacht had dat hier zou gebeuren, is dat ik me zou vervelen.' Jay zette zijn lege glas op de bar. 'Dat is letterlijk het enige scenario dat niet door mijn hoofd is gegaan.'

Ik begreep hem. Maar het voelde verkeerd om dat teleurstellend te vinden. Het moest juist een opluchting zijn dat we ons verveelden.

'Hé, we zijn tenminste veilig,' hielp ik hem herinneren. 'Dat is het belangrijkste. Dit is een veel betere uitkomst dan welk ander scenario dan ook.'

'Spreek voor jezelf. We hebben niet allemaal veiligheid het hoogst in het vaandel staan, meisje.' Jay maakte met zijn hand een zwaaibeweging boven zijn glas zoals we Tauce hadden zien doen.

Er gebeurde niets. Als Tauce het deed, ging de bar open en verdween het glas erin.

'Ik beveel je om het glas weg te halen,' zei Jay met een belachelijk stemmetje, hard genoeg om een dreigende blik van Tauce op te leveren.

'Kappen. Straks denkt hij nog dat je hem belachelijk maakt.'

'Goed. Vair zei dat we achter de bar mochten werken. Hij zei dat we mochten rondkijken om een beter beeld te krijgen van hoe het er in de club aan toegaat. Tot nu toe hebben we niets van dat alles gekregen.' Dat laatste schreeuwde hij in Tauce' richting. 'Hij zei ook dat we Tauce zouden mogen interviewen, maar die vent wisselt geen stom woord met ons. Hij staat daar gewoon te doen alsof hij notities maakt in zijn handpalm en dingen leest van zijn onderarm.'

Ik zou zweren dat ik Tauce drie meter verderop hoorde tandenknarsen terwijl Jay doorging met zijn tirade. De K zag er nu uit alsof hij een voodoopop voor Jay aan het schetsen was in zijn handpalm.

'En als er ook maar een andere K of een mens een praatje met ons aanknoopt, jaagt die kale psychopaat daar ze meteen weer weg. Vair behandelt ons als kleine kinderen, Amy. Of we gaan wat echte drank zoeken en een echt interview doen met een K, of we gaan ervandoor.'

Ja hoor. Alsof het zo simpel was. Vair had iets in de zin, maar ik wist nog niet wat. Tot die tijd moest Jay kalmeren en zijn kop houden, voordat hij onze alienbabysitter te kwaad maakte.

Ineens stopte hij vanzelf met praten omdat een beeldschone brunette de bar naderde.

Haar glanzende, schouderlange haar viel golvend langs haar gezicht en ze droeg een strakke, witte, asymmetrische korte jurk die de perfecte combinatie was van sexy en chic. Haar blik bleef even hangen bij Jay en ging toen naar de mijne. Glimlachend stak ze me haar hand toe en ik zag dat er opvallende amberkleurige accenten zaten in haar bruine ogen.

'Ik ben Shalee.'

Ik pakte haar hand en schudde hem stevig. Tauce hield me niet tegen.

'Aangenaam kennis te maken. Ik ben Amy.'

'Dat weet ik. Ik werk nauw samen met Vair. Leuk je te ontmoeten, Amy.'

Mijn hartslag versnelde en mijn maag draaide zich om toen ze dat zei, maar ik bleef naar haar glimlachen. 'O? Wat leuk. Hoelang al?'

Ik was niet van plan geweest om dat te vragen, maar nu ik het al had gedaan, besloot ik ervoor te gaan. 'Wat voor werk? Wat doe je met hem?'

Doe je het met hem?

'Onderzoek.' Ze hield haar hoofd schuin en keek me met samengeknepen ogen aan terwijl haar rechtermondhoek iets omhoogging. 'Meestal.'

Bitch.

'Ik ben Jay.' Mijn beste vriend stak zijn hand uit en duwde me zowat opzij om recht voor Shalee te komen staan.

Ik snapte de hint en deed een stap opzij.

Shalees glimlach werd breder. 'Hoi Jay.' Ze schudde zijn hand en ik zag hoe de anders zo minzame, sociaal elegante Jay daar alleen maar sprakeloos stond te staren naar Vairs beeldschone collega. Hij zag eruit alsof hij zichzelf elk moment onder kon kwijlen.

'We zijn geen stel,' zei hij uiteindelijk, met een knikje in mijn richting. 'Voor het geval… voor het geval je je dat afvroeg.' Hij had haar hand nog altijd vast.

'Weet ik.'

'Dit gaat klinken als de meest afgezaagde openingszin ter wereld,' begon Jay, waarna hij even pauzeerde om op adem te komen.

Ik overwoog hem naar achteren te duwen om hem deze afgang te besparen, maar ik wist niet zeker of ik zijn hand kon loswrikken van die van Shalee. En een klein, kwaadaardig deel van mij wilde die afgezaagde openingszin wel horen.

'Ik heb afgelopen nacht over je gedroomd,' biechtte Jay op.

O god.

Shalees wenkbrauwen gingen omhoog en ze leek oprecht geïnteresseerd, niet sarcastisch. 'Echt? Wat deden we?'

Ze kon dit toch niet menen? Daar was ze veel te slim voor. Werd die versleten versiertruc op Krina nooit gebruikt?

'In mijn droom was je verpleegster.' Jay schraapte zijn keel. 'En je kwam op… huisbezoek.'

Ik kuchte. Hard. Maar Jay maakte zijn blik niet los van Shalee.

'Wow, echt?' Ze klonk serieus geïntrigeerd. *Het kon toch niet waar zijn dat ze hiervoor zou vallen.* 'Wat voor behandeling gaf ik je?'

'Een soort preventief medicijn tegen een kater.'

Ze beet op haar lip en keek hem met een sexy glimlach aan. 'Werkte dat?'

Dit was een soort slechte pornofilm. Ze nam hem in de maling, het kon niet anders.

Hij knikte. *En bloosde.* Ik had hem nog nooit zien blozen.

'Heel goed, ja.' Hij wees naar de dansvloer. 'Wil je…?'

'Ja,' zei ze. 'Ik wil.'

Ongelofelijk.

Ze keek naar mij. 'Je vindt het niet erg als ik hem even van je leen, toch?'

Ja, toch wel, om eerlijk te zijn. Ik gaf een kneepje in

Jays elleboog om zijn aandacht te trekken. Hij keek niet op of om. Het was alsof hij gehypnotiseerd was door Shalees gezicht.

'Ik denk dat Tauce dat niet goedvindt...'

'Jawel hoor,' onderbrak Tauce me. 'Je mag hem meenemen.'

Na hun tweede dans verloor ik Jay en Shalee uit het oog, want ze gingen naar een loungezitje bij de muur en deden de gordijnen dicht. Als ik afging op hoe ze op de dansvloer al niet van elkaar af konden blijven, nam ik aan dat ik ze niet snel terug zou zien.

Het voelde akelig hetzelfde als de vorige keer dat we hier waren, toen Jay me had verlaten voor alienbarbie Shira, maar dit keer was het nog erger omdat Vair niet bij me was. Nu Jay weg was na een paringsdans met Shalee, voelde Vairs afwezigheid alleen nog maar sterker.

En in mijn eentje was het samenwerken met Tauce nu bijna ondraaglijk.

Ik was tenminste veilig, bracht ik mezelf in herinnering.

Veiligheid stond voorop.

Inmiddels had ik mijn bril boven op mijn hoofd gezet in plaats van voor mijn ogen, zodat ik de menigte kon bekijken in plaats van te kijken naar Tauce die naar zijn eigen hand staarde. Ik begon te accepteren dat ik nu echt kon zien zonder bril.

Dertig minuten en nog een 'alien-Shirley Temple' later begon ik serieus last van mijn voeten te krijgen door die stiletto's. Mijn avond ging nergens heen en ik had niks te verliezen, dus besloot ik een paar interviewvragen die Jay had bedacht op Tauce af te vuren.

'Hé, eh, Vair zei... Hij zei dat ik jou mocht interviewen. Is dat... Vind je dat goed?'

Tauce reageerde niet. Hij knipperde niet eens met zijn ogen. Hij stond daar gewoon naar me te staren.

Ik hopte heen en weer op mijn voeten en stopte mijn haar achter mijn oor. 'Wat zijn de Krinar van plan met onze samenleving?'

Ik wist wel dat dit een slechte vraag was. Tauce bevestigde dat.

Zijn ogen werden groot. Toen knipperde hij langzaam. 'Is dit je werk? En betálen ze je ervoor?'

Klootviool.

Goed dan. 'Waarom willen jullie ons allemaal bekeren tot het veganisme terwijl jullie zelf high worden van mensenbloed? Dat lijkt me niet erg vegan.'

Hij maakte een zacht grommend geluid en kneep hoofdschuddend in zijn neusbrug.

Fuck.

'Hoelang werk je hier al?'

Hij draaide me de rug toe.

Zelfs daarop geen antwoord?

'Hoe vind je het hier in New York City?' riep ik hem achterna terwijl hij naar de andere kant van de bar liep.

'Hoi Tauce.' Een knappe blonde vrouw liep naar hem toe en leunde over de bar om haar grote tieten, die toch al uit haar sexy niemendalletje dreigden te vallen, op de bar tentoon te spreiden. 'Zie ik je later in de kelder?'

Eerst dacht ik dat ze een Krinar was, maar toen zag ik dat ze te klein was. Ik keek naar haar en besefte dat ze me vaag bekend voorkwam, ook al kende ik haar niet.

Terwijl ik me verwonderde over Tauce' onverschillige reactie op haar flirtgedrag, wist ik weer waar ik haar van kende: ze stond op de covers van tabloids die ik bij de supermarkt had gezien. Ze was een beroemde soapactrice die al jarenlang op tv kwam. Ik wist vrij zeker dat ze talloze Daytime Emmy's had gewonnen. Helaas kwam ik niet op haar naam, want ik keek nooit naar de soap waarin ze speelde.

Ze gaf het op en liep weg, en Tauce richtte zich weer op zijn handpalm, die duidelijk veel interessanter voor hem was dan een paar borsten. Hij ging er met zijn vinger overheen zoals hij de hele tijd al deed.

Ik haastte me naar hem toe toen ze weg was. 'O mijn god, was dat...'

'Ja,' onderbrak Tauce met en hij rolde met zijn ogen. 'Dat was ze, ja, een of andere... tv-persoonlijkheid.' Hij zei het alsof het de domste baan was die hij kon bedenken, laat staan dat je ervan onder de indruk was. 'Alle mensen vragen dat als zij binnenkomt.'

Het was geruststellend dat ik net zo dom was als alle andere mensen hier in Vairs seksclub. 'Komt ze hier vaak?'

Hij haalde zijn schouders op en ik nam aan dat hij alweer klaar was met het gesprek. Maar toen zei hij: 'Ze is een nymfomane. Ze wil ieder gaatje opgevuld hebben door een K als ze hier komt. Ik pak haar graag in de kont.'

Wow, oké. Nu was het mijn beurt om traag met mijn ogen te knipperen.

Ik deed het niet, want dit was een doorbraak met Tauce. Misschien wilde hij wel praten als het over seks ging.

'Hebben jullie op Krina een polyamoreuze samenleving?'

Zijn geelgroene ogen namen me van top tot teen op. 'We houden van seks. Soms in groepen, maar meestal met z'n tweeën.'

Interessant. *Wat had Vairs voorkeur?*

'We zijn niet zo preuts en sociaal beperkt als jullie samenleving.'

'Sociaal beperkt?' Ik giechelde. Ik was zo opgewonden dat hij eindelijk met me praatte en antwoord gaf op mijn vragen. 'Dat is wel een beetje overdreven.'

Hij keek me weer stoïcijns aan, zoals ik van hem gewend was.

Goed dan. 'Gaan Krinar ook weleens een levenslange verbintenis aan? Trouwen ze, of iets dergelijks? Zoals mensen dat doen?'

Tauce trok een gezicht alsof hij iets smerigs rook. 'Als ze pech hebben, ja.'

Aha. Ik durfde mijn linkernier erom te verwedden dat de K die een levenslange verbintenis met Tauce aanging zich de pechvogel van de twee zou voelen.

'Dus het wordt ze opgelegd, begrijp ik dat goed? Is het niet omdat het Krinar-koppel het zelf wil?'

'Nee, ze doen het wel omdat ze het willen.' Hij keek naar zijn handpalm en raakte afgeleid door wat het ook was dat hij daar zag.

Ik begon zijn aandacht te verliezen. Ik moest het gesprek zien terug te brengen op seks.

'Ik hoorde die blonde actrice vragen of je naar de kelder kwam. Heb je daar eerder met haar eh... afgesproken?'

Tauce keek met een geamuseerde blik op van zijn handpalm. 'Afgesproken? Je bedoelt geneukt?' Hij schudde zijn hoofd. 'Niet te geloven dat jij Vairs mens bent.'

'En wat heeft dat te betekenen?' Het lukte me niet om te verbergen dat hij me geraakt had. Zyrnase had ook al zoiets gezegd toen hij me voorstelde aan Tauce. Ik had er toen niet te veel achter willen zoeken, maar nu kwam het weer terug. 'Bedoel je dat ik Vairs menselijke gast ben?' vroeg ik hoopvol.

Hij meesmuilde. Sommige mannen zagen er arrogant sexy uit als ze dat deden, maar Tauce zag er gewoon uit als een lul.

'Nee, verslaggevertje, het betekent dat je Vairs eigendom bent. Het betekent dat hij jou bezit.'

Ik voelde het bloed uit mijn gezicht wegtrekken.

Niet in paniek raken, niet in paniek raken. Het is niet wat het lijkt.

'Bedoel je zolang ik hier in de club ben? Een soort erotisch machtsspel? Sm-achtig? Want dat is niet... Ik heb niet... Zoiets...' Mijn stem stierf weg bij het zien van de akelige uitdrukking die op Tauce' gezicht verscheen.

Hij bracht zijn gezicht dichter naar het mijne en staarde naar me met die indringende geelgroene ogen. 'K hebben geen toestemming nodig van mensen,' zei hij met een koele fluisterstem. 'Wij nemen wat we willen. Wij houden wat we ons toe-eigenen.'

Mijn gezicht brandde van verontwaardiging. 'Ik ben niemands eigendom, Tauce.'

Hij lachte. Zijn lach scoorde nog hoger op de schaal van klootzak dan zijn blik.

Ik had wel door dat het zinloos was om met hem in discussie te gaan over mijn lot, dus ik besloot van onderwerp te veranderen.

'Wat was dat met die man op de dansvloer, eerder vanavond?' Ik schoof mijn bril weer voor mijn ogen, want ik had wel genoeg gezien van Tauce' gezicht. 'Wat was er voorgevallen?'

'Ik heb hem gewaarschuwd dat hij zich hier niet meer moet vertonen.'

'Ja, dat kon ik er wel uit opmaken. Maar waarom? Waarom is hij verbannen uit de club?'

Zoals ik wel had kunnen verwachten, reageerde

Tauce weer eens niet. Hij richtte zich voor de zoveelste keer op zijn handpalm.

'En wat doe je toch de hele tijd op je hand?' Ik was hier zó klaar mee.

Zijn hoofd schoot omhoog. 'Ik ben aan het werk,' zei hij op een toon alsof dat voor zich sprak.

'Je bent aan het werk? Op je hand?'

'Ja.'

'Het spijt me,' zei ik hoofdschuddend. 'Ik begrijp het niet. Hoe kun je zo werken?'

'Net zoals jullie werken op jullie mobiele apparaten.'

'Heb je een kleine telefoon in je hand? Waar?' Ik stapte dichterbij en greep naar zijn hand uit pure nieuwsgierigheid.

Hij trok zijn hand terug voor ik hem kon vastpakken. 'Geen telefoon. En dit is niet voor mensenogen bestemd.'

Ah, oké. Het aloude verhaal – een K-apparaat dat voor mensen onzichtbaar was. Dat klonk wel logisch met al die verdwijnende muren en hun vergevorderde technologie.

Dit was het perfecte bruggetje naar het onderwerp K-technologie, het moment om Tauce te vragen of ze van plan waren iets van die technologische voorsprong met ons te delen. In plaats daarvan hoorde ik mezelf vragen: 'Heb je hier ook wat sterkers te drinken?'

Ik zette mijn bril weer op mijn hoofd en wreef in mijn vermoeide ogen.

Wat ik echt wilde vragen, was hoe laat mijn dienst vanavond was afgelopen. Want zo voelde het: alsof ik een dienst draaide in een waardeloos baantje waar je constant op de klok keek of het al tijd was om te gaan, en om de tijd doodde praatjes aanknoopte met mensen met wie je niets gemeen had.

'Niet voor jou,' zei Tauce.

Ik knikte en deed mijn bril weer op. 'Natuurlijk.'

'Wat dacht je ervan om ergens anders heen te gaan?' stelde hij voor.

'Ja!' riep ik uit, iets te enthousiast. 'Ik bedoel ja, dat lijkt me een goed idee. Ik zou het heel leuk vinden om andere delen van de club te zien.'

Ik zette mijn bril weer boven op mijn hoofd om zijn gezicht te zien en te kijken of hij het meende, maar hij was alweer bezig met die stomme handpalm van hem. Toen hij klaar was, keek hij op en zei onbewogen: 'Kom mee. Ik moet nu naar de bar beneden.'

WE GINGEN DOOR EEN GAT DAT TAUCE MAAKTE IN DE muur achter de bar en liepen door een verrassend korte, donkere hal naar een kleine lift.

Ik vond het niet zo fijn dat ik Jay had achtergelaten bij de bar boven, maar ik had het gevoel dat hij in goede handen was bij Shalee. En trouwens, zei ik tegen mezelf, ik zou niet lang weg zijn – al had ik in werkelijkheid geen idee hoelang Tauce bij de bar beneden moest werken waar we nu heen gingen.

Toen de lift openging in de kelder, verwachtte ik weer een lange gang of op z'n minst een muur die

Tauce zou moeten laten verdwijnen voordat we op onze bestemming aankwamen. Maar nee, de liftdeuren gingen open en we stonden gelijk midden in de drukte van de club.

Dit was echter een soort drukte waar ik niet op voorbereid was.

Seks.

Heel veel seks. Mensen en aliens, aliens en mensen, en dan ook echt overal. In kooien die aan het plafond hingen, in kooien op de vloer, op de dansvloer, tegen de muur, in sommige gevallen aan kettingen hangend.

Op een tafel op nog geen meter afstand van waar wij stonden, werd een vrouw gebeft.

Mijn mond werd droog toen ik Tauce' zelfgenoegzame blik zag. Hij vond het duidelijk erg leuk om mijn ongemak te zien.

'Ik werk toch liever boven,' wist ik uit te brengen.

Zijn blik vertelde me dat ik niet kreeg wat ik wilde – althans niet van hem.

'Ik wil hier met Vair over praten.'

Hij grijnsde. 'Je hebt geluk. Vair is de reden dat je hier bent. Volg mij maar.'

Met soepele passen begon hij te lopen, en ik stond in dubio: alleen achterblijven in deze pornografische kelderbar of hem volgen om te zien hoeveel erger het kon worden. Toen ik niet meteen achter hem aan kwam, draaide hij zich om en siste naar me.

Serieus. Hij siste.

O god, deze vent – serieus. Ik rolde met mijn ogen

en beet op mijn lip om niet te zeggen dat hij moest op*krukken.*

In een oogwenk stond hij voor me met die eeuwig verbolgen blik alsof hij moest poepen maar het niet lukte.

'Begrijp je het woord "volg" niet, mens?'

'O, zei je dat? Ik hoorde je niet vanwege het lawaai hier, al die muziek en dat geschreeuw…'

Zijn gesis werd een gegrom, maar hij leek zich in te houden.

'Luister, Amy…' Voor het eerst sprak hij me aan met mijn naam, maar het klonk uit zijn mond als een enge ziekte. 'Ik ben aansprakelijk als je hier wordt geneukt en leeggezogen als je niet dicht bij me blijft.'

Dat trok me over de streep.

Ik hield mijn handpalmen omhoog, ik gaf me over. 'Goed. Ik volg je.'

Ik bleef dicht bij Tauce terwijl hij voor ons een weg baande door dit Sodom en Gomorra. Hoe afschuwelijk ik de dingen die ik om me heen zag en hoorde ook vond, ik merkte dat ik door sommige dingen ook ongewild opgewonden raakte.

Het laatste beetje hoop dat ik had gekoesterd dat Vair misschien niet van de echt kinky kant was, werd de grond in geboord toen we langs naakte mensen liepen die gekneveld waren en met handen en voeten vastgebonden aan seksmeubilair of van die X-vormige Sint-Andreaskruizen.

Waarom had ik mijn mond niet gehouden? Dan had ik nu nog boven kunnen zijn, in de veilige bar.

Mijn zintuigen werden overvoerd en met trillende vingers bewoog ik iedere keer mijn bril omhoog en omlaag; ik wist niet of ik dit alles nu wel of niet wilde zien.

Ik was zo gedesoriënteerd dat ik mijn eigen voetstappen nauwelijks registreerde, laat staan dat ik doorhad waar we heen gingen. Voor ik het wist, stapte ik door een opening in de muur die Tauce had gemaakt. Recht voor mijn neus zag ik de beroemde blonde actrice die ik boven al had gezien – en deze scène had ik absoluut voor alle goud willen missen.

HOOFDSTUK EENENTWINTIG

Meerdere mannen – Krinar – waren haar aan het aanraken.

En waren in haar.

Tegelijkertijd.

Anderen wachtten op hun beurt. Afgaand op de euforische, onmenselijke geluiden die uit haar kwamen, leek het erop dat de knappe Emmy-awardwinnende actrice hier honderd procent van genoot. Maar ja, ze hadden haar dan ook waarschijnlijk gebeten, en zoals Jay al zei was een beet van een K een van de sterkste drugs die er bestonden.

Tauce gaf me een duwtje en ik stommelde de ruimte binnen. Ik struikelde bijna over mijn eigen opengevallen mond en probeerde de geluiden uit te schakelen. Niet te zien wat er recht voor me gebeurde.

Vair zat in een witte loungestoel hoog naast het bed. Zijn stoel leek te zweven boven de vloer – net als het ronde bed. Toen ik binnen kwam vallen, draaide zijn zwevende stoel in mijn richting. Hij zag eruit als de Griekse god Dionysos, duister en prachtig zittend op zijn troon, kijkend naar de orgie die zich voor hem afspeelde. *Spiernaakt.*

Ik draaide me op mijn hielen om, klaar om terug te vluchten naar de bar boven, maar Tauce was al verdwenen en de opening in de muur was dichtgegaan.

'Kom maar, je hoeft niet verlegen te zijn.' Vair sloeg zijn armen van achteren om me heen en zijn lach was net hard genoeg om te horen boven het suizende bloed in mijn oren en de vrouw die achter me klaarkwam uit. Hij sleurde me mee naar de stoel. 'Ik wil dat je dit voor me observeert en notities maakt.'

Notities maken?

Hij trok me op zijn schoot terwijl hij zelf ook hier ging zitten, met zijn arm stevig om mijn middel zodat ik me niet kon bewegen, al kon ik dat toch al niet vanwege de shock. 'Dit is je kans om antwoorden te krijgen. Je houdt van observeren en feiten noteren, weet je nog?'

Hij spotte weer met me, maar ik was te bang om me er druk over te maken. Ik zat op zijn naakte schoot in een afgesloten ruimte waar een alienorgie plaatsvond.

Mijn vechtreflex kwam nogal laat tot leven en ik verzette me hevig tegen hem. 'Nee, dat kan ik niet! Zo zit ik niet in elkaar. Ik houd niet van groepsseks. Alsjeblieft, ik kan niet multitasken!'

'Sst, rustig maar.' Hij sloeg zijn hand voor mijn mond. 'Ik zei dat je moest observeren en notities maken.' De oprechte ergernis in zijn stem stelde me meer gerust dan wat hij precies zei. Hij trok mijn hoofd naar achteren in een onhandige hoek totdat ik hem aanstaarde. 'Niemand behalve ik raakt jou aan, mensenmeisje. Begrepen?'

Hij zei het op een toon die regelrecht chagrijnig klonk – zelfs bozig. Dat 'mensenmeisje' dat hij erin gooide klonk eerder minachtend dan liefkozend, zoals het eerder had geklonken. Het sloeg dus nergens op dat mijn hart aanzwol en dat de angst onmiddellijk wegtrok.

Niemand zou me aanraken behalve hij. Daar kon ik wel in meegaan – vooralsnog tenminste.

Hij strekte zijn vingers en legde zijn hand in de holte onder mijn jukbeenderen, wachtend op een antwoord. Ik knikte en zijn blik werd zachter, al bleef zijn mond een strakke lijn.

Vair haalde zijn hand weg, zette me rechtop in zijn schoot en legde een vreemd uitziend elektronisch notitieblok in mijn klamme handen. Het ding was iets groter dan mijn telefoon, maar toch lichter. Ik luisterde afwezig naar zijn bruuske instructie terwijl hij de functies uitlegde en me liet zien hoe ik met de hand of met de voicerecorder notities kon maken.

O mijn god, meende hij dat van die notities serieus?

Goed, ik kon dit wel. Ik was een verslaggever. Notities maken over een orgie was beter dan eraan moeten meedoen.

Ik slikte en keek op van het elektronische apparaat in mijn handen, naar de groep perfect gevormde naakte mannenlijven die voor me golfden en stootten.

Koppel je er gewoon van los en schrijf de feiten op, Amy.

Het was niet aan mij om andermans 'fantasie' te veroordelen, maar mijn god, het was echt nogal veel allemaal.

De Krinar op wiens pik Mevrouw Emmy reed was genetisch perfect. Hij vingerde haar clit en liefkoosde haar tepels terwijl ze dat deed; hij zoog om en om op de ene en de andere perfect roze tepel. Maar de dingen die hij tussendoor tegen haar zei, waren niet zo lief. Hij noemde haar een gore slet. Hij zei dat ze een hoer was.

De alien die haar bij de heupen vasthield om haar zo goed mogelijk te positioneren om van achteren te nemen, kreunde hoe mooi en lieftallig ze was, hoe goed ze hem behandelde en hoe lekker haar krappe kontgaatje voelde om zijn pik.

Een derde K plaagde haar speels terwijl hij de uiteinden van haar haar vasthield en zijn gigantische erectie streelde, recht voor haar gezicht. 'Laat me eens zien hoe een goede alienzaadslet erom smeekt,' zei hij, waarna hij haar zijn voorvocht liet aflikken. Hij liet haar haar lippen om zijn eikel sluiten voordat hij haar aan haar haar weer wegtrok en net buiten haar bereik over de volle lengte van zijn pik streelde, net zolang tot ze hem weer voldoende gesmeekt had om hem met maar tong te mogen aanraken.

Mijn wangen waren zo rood dat het pijn deed. Mijn zicht was wazig omdat ik niet wilde knipperen. Dit was zo bizar.

Echt gruwelijk.

En gruwelijk opwindend.

Ik was zo geil dat ik zeker wist dat Vair het kon voelen door de dunne stof van mijn TK Maxx-jurk met de kaartjes er nog in. Die kon ik dus echt niet meer terugbrengen.

Richt je op de feiten. Schrijf gewoon de feiten op.

'Wil je hulp bij de feiten?' Vairs kin rustte op mijn schouder.

Shit, had ik dat hardop gezegd?

'Voel je vrij om me te interviewen,' bood hij aan. Zijn harde borstkas drukte tegen mijn ruggengraat en de arm om mijn middel trok me nog verder op zijn schoot, totdat mijn kont tegen zijn kruis rustte.

Aan de ene kant voelde zijn nabijheid veilig en geruststellend in deze ruimte vol naakte, enorme, opgewonden K-mannen met ongelofelijke erecties. Aan de andere kant was de alienerectie die ik tegen mijn kont voelde net zo verstorend als al dat andere. Hij legde zijn hand op mijn dij, vlak onder de zoom van mijn jurk, en begon met zijn vinger cirkeltjes te tekenen in mijn knieholte.

Ik wist niks meer uit te brengen. En mijn handen trilden te erg om iets te noteren op het elektronische notitieblok dat hij me had gegeven.

'Feit.' Vairs lage stem klonk in mijn oor terwijl zijn lippen erlangs streken. 'Mensenvrouw geniet al meer dan een halfuur van de orgasmes die ze krijgt van de handen, monden en pikken van meerdere Krinar-mannen.'

Was het de bedoeling dat ik dat opschreef?

Ik deed het niet. Het kostte me al moeite genoeg om lucht in mijn longen te krijgen.

'Feit: mensenvrouw is op haar eigen verzoek geïnjecteerd met Krinar-speeksel,' ging Vair verder, 'waardoor ze ontvankelijker is voor orgasmes en haar lichaam langer kan genieten van seks met meerdere partners.'

K-speeksel… geïnjecteerd?

Zijn langzame cirkelbewegingen gingen naar boven aan de binnenkant van mijn bovenbeen.

'Hebben ze haar niet gebeten?' Ik probeerde analytisch te klinken. Afstandelijk.

Lukte voor geen meter.

'Nee, inderdaad.'

Interview hem als een journalist. Je bent een journalist. 'Is het hele doel van deze club niet dat K mensenbloed kunnen drinken?'

'Ja en nee.'

Daar kwam ik niets mee verder. 'Dus… waarom een speekselinjectie?' Ik hijgde inmiddels.

'Het is ons speeksel dat in jullie bloed een xtc-achtige sensatie teweegbrengt. Krinar-speeksel is het afrodisiacum waarover je zo uitgebreid schreef in je artikel.'

Hoorde ik daar een beetje bitterheid? Ha, punt voor mij.

En dit was waardevolle informatie. *Richt je op de informatie.* 'Hoe kan dat? Waarom is jullie speeksel…'

'Jullie bloed heeft dezelfde hemoglobinewaarden als de primaten op Krina die lang geleden onze voornaamste voedingsstoffen boden, totdat we ze miljoenen jaren geleden lieten uitsterven.'

Dat was niet echt de uitleg die ik verwacht had.

Zijn gespierde dijen gingen wat verzitten onder me en duwden mijn benen uit elkaar. Zijn hand gleed verder omhoog onder mijn jurk alsof hij daar alle recht toe had, en er ging een siddering van verlangen rechtstreeks naar mijn onderbuik – een siddering die scherp contrasteerde met de angst waardoor mijn hart een slag oversloeg.

'Er zit een chemische stof in ons speeksel die oorspronkelijk bedoeld was om onze prooi eronder te krijgen, zodat we zonder tegenstrubbelingen van ze konden drinken.'

Dit was serieus fucked up.

'Diezelfde chemische stof heeft nu een effect die jullie seksuele ervaring versterkt als we jullie bijten.'

Ik was officieel een próói.

En ik had mijn benen zojuist nog verder gespreid voor de jager die me vasthield.

'Ongeveer een miljoen jaar geleden is er een synthetisch middel uitgevonden dat het bloed van die primaten vervangt en ons DNA is aangepast zodat we het niet meer nodig hebben om te overleven.'

Dus nu deden ze het gewoon voor de lol?

Het was allemaal zo verwarrend. En toch op de een of andere manier opwindend… op een heel foute en vreselijke manier.

'Maar w-waarom dan injecteren?'

Zijn hand was nu zo dichtbij. De hitte die ervan

afsloeg tussen mijn benen maakte mijn clit helemaal gek.

'Omdat de Krinar-mannen op die manier hun verlangens onder controle houden.' Zijn stem klonk geduldig en zijn knokkels bereikten eindelijk mijn doorweekte ondergoed – het bewijs van mijn instinctieve 'prooireactie'. 'Ze hoeven zich geen zorgen te maken dat ze de mensenvrouw te hard neuken. Te snel. Mensen zijn kwetsbaar. We moeten zuinig zijn op ons voedsel.'

Leuk. Mijn E.T. had humor. *Een verwrongen humor, dat wel.*

'Zo is het makkelijker voor ze om zich helemaal te richten op wat de menselijke klant wil.'

'Klant?'

'Subject, patiënt, cliënt... wat je maar wilt. We zijn ook minder territoriaal als we het bloed van onze prooi niet drinken. Op die manier kunnen we makkelijker delen.'

Patiënt? Delen?

Ik voelde mijn hartslag in mijn vagina terwijl zijn knokkels me zachtjes begonnen te strelen.

'Hoe... Dat is niet... Niet sexy...' Ik hapte naar lucht toen hij meer druk gaf. 'Totaal niet.'

O god, wie probeerde ik voor de gek te houden? Mezelf? Vair? De drie aliens die op hun beurt wachtten bij de soapster en nu allemaal met hongerige blikken naar mij keken terwijl ze zichzelf streelden, ongetwijfeld aangespoord door de geur van mijn angst en opwinding?

'Mmm.' Vair legde zijn neus in mijn nek en snoof diep. 'Niet mee eens, schatje.'

'Jij bent dan ook niet het voedsel,' zei ik, en ik keek een van de K, die het waagde langs zijn lippen te likken terwijl hij me verlekkerd aanstaarde, waarschuwend aan.

'Mensen zijn geobsedeerd door vampiers.' Vairs stem klonk geamuseerd. 'Ze romantiseren hen al eeuwen.' Zijn lippen streelden langs mijn oor. 'Fantaseren erover hun prooi te zijn.'

Shit, dit was waar. 'Niet iedereen.'

'Nee, natuurlijk. Niet jij, Amy.' Hij grinnikte. 'Jij nooit. Mijn beurt om vragen te stellen.'

Ik ging er niet tegenin. Ik bevond me weer in Vairs wereld, waar zijn regels golden en ik in zijn macht was.

'Heb je er ooit over gefantaseerd dat je gedeeld werd?'

Ik schudde mijn hoofd, opgelucht dat hij begon met een makkelijke vraag.

Hij streelde me nog steeds. Nauwelijks. Loom. Net genoeg om me opgewonden te houden.

'Dat is mooi, want ik zou jou nooit delen.'

Ik had het zo heet dat ik smolt.

'Geniet je van de andere mannenogen die nu op je gericht zijn?'

'Nee,' zei ik ademloos. 'Helemaal niet.' Alweer zo'n makkelijke vraag.

'Heel goed. Ik vind het ook maar niks.'

Hij zei iets in zijn K-taal en de lucht glansde en vervormde voor ons alsof het water was. Daarna kreeg alles een zilveren, doorschijnende gloed die de hele kamer bestreek en een soort glazen muur vormde tussen ons en de rest.

Ik kreeg geen kans om dit indrukwekkende fenomeen te overpeinzen, want Vairs vinger haakte zich in mijn ondergoed en hij rukte het kruis er in één beweging uit.

De koele lucht stroomde langs me en ik verlangde naar het gevoel van zijn warme vingers.

En nog zoveel meer.

'Beter zo?' vroeg hij toen hij mijn benen met zijn knieën wijder spreidde en zijn hand over mijn borsten en om mijn nek liet glijden.

Ik gaf geen antwoord. Mijn hart bonsde in mijn borstkas terwijl zijn lippen tegen mijn oor drukten en zijn vingers zich om mijn keel sloten.

'Feit: je wilt dat ik je nu neuk. Je wilt het zo erg dat je hoopt dat ik het doe zonder dat je het hoeft te vragen. Je wilt dat ik je bijt, hè? Dan heb je een excuus om de controle te verliezen en kun je me smeken om je te neuken tot je vergeet dat op safe spelen een goed idee leek. Daarom wrijf je jezelf van voor naar achter over me heen, daarom rijd je op mijn knokkels, daarom duw je je perfecte, ronde kontje tegen mijn pik – toch? Je hoopt dat ik de controle verlies. Je hoopt dat ik verander in een wilde jager die neemt wat hij wil, zodat jij niet hoeft toe te geven dat je het wilt. Nou,' zei hij grinnikend, 'je hebt geluk. Ik ben een heel geduldige wildeman geweest, Amy. Een maand lang heb ik je de tijd gegeven. Tijd om je gedachten op een rijtje te zetten. Tijd om naar mij toe te komen. Maar dat heb je niet gedaan. Nu gebeurt het op mijn manier. Ik ga je neuken.'

Hij zei het langzaam, met zijn warme adem in mijn oor. Mijn hartslag pulseerde tegen zijn vingers. 'Daarna ga ik je bijten.' Zijn stem was kalm en beheerst, wat contrasteerde met de urgentie die hij uitstraalde. 'En daarna ga ik je écht neuken.'

Ik was verlamd door angst en opwinding. Terwijl hij met zijn andere hand het elektronische notitieblok uit mijn glibberige vingers trok, zei ik niets. Ik nam niet de moeite om te kijken wat hij ermee deed.

Daarna zette hij mijn bril af.

Ik stribbelde niet tegen.

'Trek de jurk uit als je hem wilt sparen.'

Ik deed niks.

Mijn lichaam schokte in een reflex toen mijn jurk en ondergoed even later van me af werden gescheurd.

HOOFDSTUK TWEEËNTWINTIG

VAIR STOND OP EN ZETTE ME OP MIJN VOETEN NEER. Mijn naakte lijf viel naar voren en ik probeerde mijn balans terug te vinden op mijn hoge hakken, wat uiteindelijk lukte door mijn handen tegen de vreemde glazen wand te duwen die ons scheidde van de orgie met de soapster.

Heel even was ik in paniek omdat ik zo tentoongespreid stond, naakt op mijn hakken, mijn neus slechts een paar centimeter van het glazen oppervlak dat zo solide voelde en tegelijkertijd zo vloeibaar – als water dat bewoog onder mijn handen – en daarachter een groepssekssessie die met de minuut wilder werd.

Niemand aan de andere kant van het glas keek naar mij. Ik zei tegen mezelf dat ze mij niet konden zien, dat het een soort spiegelwand was zoals in een verhoorruimte. Vair had niet voor niks gezegd dat hij de blikken van die andere mannen maar niks vond. Toch voelde ik me naakt en kwetsbaar.

Ik zette me af van het glas en deed een stap naar achteren, maar ik kwam niet ver, want mijn kont kwam tegen Vairs harde dijen. Plotseling waren zijn handen overal, en zijn lichaam wreef langs de achterkant van het mijne.

En mijn handen zaten… vast.

Letterlijk vast.

Dit alienglas lééfde. Het had zich om mijn polsen gewonden en nu zat ik eraan vast. Ik had mijn handen op borsthoogte en ik zag dat het glas zich tot dikke, doorzichtige handboeien had gevormd.

'Vair?' Ik klonk doodsbang.

Ik wás doodsbang.

Hij legde zijn rechterhand over de mijne op het glas en ging met zijn mond over mijn wang, geruststellende woordjes fluisterend die niet bij me binnenkwamen omdat al mijn energie gericht was op het loskomen.

Meteen begreep ik waarom mensen in SM codewoorden gebruikten.

Ik had er nu een nodig. En ik had er geen.

'Rustig maar, schatje.' Hij vlocht zijn vingers door de mijne tegen het levende glas en zijn linkerhand wrong zich in mijn haar. 'Het komt goed. De muur kan geen kwaad.' Hij trok mijn hoofd naar achteren. 'Ik zal zorgen dat jou nooit meer iets overkomt.'

'Ik hou er niet van om vast te zitten!' Mijn ogen zochten de zijne en zagen twee donkere poelen van lust die naar mij keken, met compassie, merkte ik op, terwijl hij heel even mijn woorden leek te overwegen. Héél even.

Toen streken zijn lippen over de mijne. Het was de eerste echte, bewuste kus sinds we weer bij elkaar waren. 'Je zult het dit keer wel fijn vinden,' beloofde hij zachtjes. Hij knabbelde aan mijn onderlip, trok hem zachtjes tussen zijn tanden en zoog erop. 'Want je bent met mij.' Hij leunde naar me toe en zijn erectie duwde onmiskenbaar tegen mijn kont – zo hard en groot dat er weer een golf van angst door me heen ging. 'Je weet dat ik altijd zal instaan voor jouw veiligheid.'

Dat wist ik helemaal niet.

Hoe kon ik dat in godsnaam weten?

Zijn soort was de vijand van mijn planeet. Hij chanteerde me. Hij ontnam me mijn bewegingsvrijheid tegen een bewegende, doorschijnende muur die regelrecht uit een sciencefictionhorrorfilm leek te komen, en hij was van plan me te neuken terwijl ik moest kijken naar de alienorgie aan de andere kant van die creepy muur.

Ik was nog nooit zo bang en zo opgewonden geweest.

'Je bent om op te vreten, mensenmeisje.'

Nu klonk dat 'mensenmeisje' weer liefkozen en hij kuste me zonder de agressie die ik had verwacht toen hij zei dat hij me zou neuken, bijten en daarna écht neuken – in die volgorde. Zijn tederheid verraste me. Zijn lippen kusten me tot ik ontspande en hem toestond de kus te verdiepen.

'Ik aanbid je,' mompelde hij voordat hij zijn tong in

mijn mond liet glijden voor een langzame, bedwelmende kus die mijn hele lijf zo zwaar liet voelen dat ik bijna blij was dat ik bij mijn polsen overeind werd gehouden. 'Ik zou je nooit iets aandoen.'

Zijn woorden sloegen nergens op. K aanbeden geen mensen. En hij zou me zeker weten pijn doen.

Mijn lichaam kende het verschil niet. Mijn lichaam gaf er niet om dat hij overduidelijk het gevaar was dat zelfs mijn defecte intuïtie had moeten herkennen.

Ik zakte tegen hem aan. Mijn tepels waren pijnlijk hard en verlangden naar aanrakingen toen de koele lucht erlangs streek. Ik werd opgewonden, het droop langs mijn benen, en mijn spieren trokken samen vol verlangen om hem in me te voelen. Ik wilde dat hij zijn alienpik diep in me duwde, op de plek waar hij niet thuishoorde.

Mijn lichaam maalde niet om het feit dat ik me op gevaarlijk terrein begaf. Het wilde de controle verliezen.

Want ondanks het gevaar en de gevolgen moet een vrouw soms gewoon goed geneukt worden.

Ik kuste hem terug zoals je een man kust als je geneukt wilt worden. Ik daagde hem in stilte uit om het te doen. Ik wist dat Vair daar gehoor aan zou geven.

Hij kreunde goedkeurend terwijl zijn handen over mijn huid vol kippenvel gingen. Zijn aanraking van mijn trillende buik en verlangende tepels was echter te kort om mijn behoefte te bevredigen.

Ik spreidde mijn benen en duwde mijn kont tegen zijn kruis om hem ruim baan te geven.

Hij verbrak onze kus en ademde zwaar toen hij zei: 'Zo mooi. Precies wat ik verwachtte.'

Zijn hand ging naar mijn onderbuik en hij ging langs mijn vochtige dijen voordat hij mijn kont vastpakte.

'Ik kan al een maand lang aan niets anders denken dan deze kont,' biechtte hij op. Hij trok een spoor van kusjes over mijn ruggengraat naar beneden terwijl hij op zijn knieën achter me zat. Hij kuste, likte en zoog aan mijn kont en ik wist zeker dat hij sporen zou achterlaten.

Mijn ex-vriendjes waren ook altijd gek geweest op mijn kont, maar ik had er nog nooit een zuigzoen op gekregen. De manier waarop Vair mijn achterste liefkoosde was erotisch, enigszins taboe en haast nederig.

Ik hoorde de geluiden die hij maakte en wist dat hij zo opgewonden werd van het kussen van mijn kont dat ik uiteindelijk besloot ook mijn goede manieren te laten varen. Het kon me niet meer schelen dat ik vastzat aan een levende glazen wand en dat ik op het punt stond achterlangs gebeft te worden door een gevaarlijk dominante alien. Ik ging op mijn tenen staan om mijn kont verder omhoog te duwen terwijl zijn vingers mijn billen uit elkaar duwden om ruimte te maken voor zijn onderzoekende tong.

Toen ik die warme tong voelde, die van mijn clit tot

mijn anus likte, verloor ik mezelf erin. En daarmee bedoel ik dat ik luidruchtig werd.

Vair ging door met knabbelen, zuigen en likken; hij sloeg geen centimeter over, en ik gooide jaren van aangepast, veilig, behoorlijk gedrag overboord en begon geluiden te maken die het konden opnemen tegen die van de soapster aan de andere kant van het glas – die high was van het K-speeksel en werd geneukt door een hele kamer vol hete, grote aliens.

Toen alle orgie-ogen mijn kant op gingen, realiseerde ik me dat ze me misschien niet zagen, maar absoluut wel hoorden. En ze vonden het leuk om te horen. Héél leuk.

Ik zag het aan de manier waarop hun ogen gloeiden van opwinding, aan de manier waarop hun pupillen groter werden en aan de manier waarop hun bewegingen sneller werden – of ze nu hun eigen pik streelden of in de menselijke klant-cliënt-patiënt stootten die ze onder hun hoede hadden. Ik zag dat mijn geluiden ze immens opwonden.

Hun hongerige blikken schoten in mijn richting, maar zagen niets. Ik kon me voorstellen dat ze zich nu voorstelden wat Vair met me aan het doen was.

Ik wilde stiller zijn, maar het lukte me niet.

Het was gewoon te lekker. Zo vunzig en opwindend dat ik het nauwelijks kon geloven.

Maar het gebeurde.

Het was te veel om weerstand aan te bieden: de druk van Vairs tong tegen mijn clit, zijn vingers die in mijn billen knepen en ze uit elkaar hielden, zijn duim die een stukje bij me naar binnen gleed.

En toen begon zijn lange, vochtige vinger druk uit te oefenen op een plek waar nog nooit iemand dat had gedaan, waarmee hij me vloekend en smekend liet klaarkomen, op millimeters afstand van zijn gezicht.

HOOFDSTUK DRIEËNTWINTIG

Er was geen tijd om bij te komen. Mijn orgasme was nog maar net afgelopen toen Vair al achter me stond, zijn grote pik in mijn vochtige opening te duwen ondanks de naschokken die hem tegenwerkten.

Mijn benen trilden zo erg dat ze mijn gewicht niet meer konden dragen. De muur om mijn polsen en Vair hielden me overeind – zijn grote handen om mijn middel, zijn sterke benen tegen de achterkant van de mijne, zijn volle lengte tot aan de limiet bij me naar binnen.

Een geluid dat het midden hield tussen een grom en een kreet van dankbaarheid kwam uit mijn keel toen hij tegen mijn baarmoederhals stootte.

Hij voelde groter dan ik me herinnerde. Enórm, ook al was ik nog zo nat van mijn orgasme en bleef ik nieuw vocht aanmaken om hem toegang te verschaffen.

Maar dit was geen gewone toegang.

Het voelde alsof hij bezit van me nam – alsof hij me diep en verslindend overmeesterde – en zijn vingers klemden zich haast pijnlijk om mijn middel.

Er kwam een vergenoegd geluid diep uit zijn keel. Het trilde door me heen van mijn tenen tot mijn gevangen vingers. En ik wist…

Dat hij me claimde.

Het laatste beetje twijfel vervaagde op het moment dat hij begon te bewegen. Met elke stoot ging hij tot het uiterste. Zijn bewegingen waren gecontroleerd en toch bruut – hij was teder en toch meedogenloos in hoe diep hij ging, tot hij echt niet verder kon, ook al bleven zijn vingers doorgaan met het masseren van mijn opening en moedigde hij me met lovende woorden aan om meer te nemen, om hem helemaal in me te nemen.

Hij begon nonsens uit te kramen. Hij zei dat ik van hem was, dat ik voor hem gemaakt was, en verzekerde me dat ik me naar hem zou vormen – dat mijn lichaam bedoeld was om hem tot in de eeuwigheid te omhullen.

Ik wist dat hij het meende. Instinctief voelde ik aan dat dit geen lieve woordjes waren en dat het geen overdrijving was toen hij zei dat hij me dit keer zou houden – dat hij van plan was me voor ééuwig zo te neuken.

Het was iets wat ik niet met mijn verstand kon beredeneren. Het was een dieper weten. Ik voelde het in het stoten van zijn pik, waarmee hij plekjes in me raakte waar geen man ooit was geweest. Ik voelde het in de warmte in mijn borst bij het besef hoezeer hij me wilde – hoezeer hij me nódig had.

Het was angstaanjagend en geweldig.

Bedwelmend en ontnuchterend.

Maar vooral besefte ik dat ik niet toegerust was om zulke gecompliceerde, tegenstrijdige emoties te verwerken terwijl ik vastgeklemd zat en van achteren werd genomen, en ondertussen ook nog moest kijken naar een alienorgie in de kelder van een X-club.

Dus ik duwde die gedachten weg en schreef ze toe aan mijn beroerde intuïtie. Ik zou hier later wel wat gedachten aan besteden.

Voor nu was het gewoon seks.

Kinky, gloeiendhete, verpletterende chantageseks.

Er was geen enkele reden om nu die onwelkome, verwarrende gevoelens te onderzoeken, om de ware bedoelingen achter Vairs woorden uit te puzzelen of me af te vragen of hij meer met me wilde dan me bewusteloos neuken. Niet nu mijn hele lichaam stijf stond van de spanning, klaar om te exploderen zonder dat ik ook maar iets kon doen om het tegen te houden.

Er kwamen primitieve kreten en hijgende gromgeluiden uit me op hetzelfde ritme als waarmee Vairs ballen tegen mijn kont stootten. Ik kraamde onzin uit. Mijn kutje had nog nooit zo gebruikt en zo geliefd gevoeld.

In de aangrenzende ruimte waren alle K zich met toenemende opwinding bewust van mijn naderende volgende orgasme. Op de een of andere manier slaagde ik erin een audioporno voor ze te creëren waar ze allemaal bloedgeil van werden.

Aan de geluiden die ik maakte konden ze precies

horen hoe goed ik aan de andere kant van de spiegelwand werd geneukt door Vair, die duidelijk heel wat in te halen had na een maand zonder mij. Die wetenschap was geiler dan had gemoeten.

Sowieso genoot ik hier meer van dan zo moeten. *Maar niet genoeg om te voorkomen dat ik klaarkwam.*

'Goed zo, schatje. Laat maar lekker komen. Laat me zien wie je echt bent.'

Ik spatte uiteen.

Met de kracht van een bulldozer.

Mijn spieren spanden zich aan om de grootste pik die ik ooit in me had gehad. Het orgasme was ook veel heftiger dan ik ooit had meegemaakt. Golf na golf na golf melkte ik Vair en claimde hem net zoals hij mij had gedaan – ik eiste zijn overgave.

Vastgebonden aan een enge, levende wand in de krochten van een alienseksclub, waar ik voorovergebogen stond en harder werd geneukt dan ooit tevoren, voelde ik me helemaal geen slachtoffer. Vairs bewegingen werden korter en harder, zijn ademhaling ging hortend, zijn Krinar-vloeken klonken luid door de ruimte.

Plotseling voelde het alsof ík de wilde jager was – de dominante, veroverende soort die Vair en alle andere K in de ruimte gevangenhield en ervoor zorgde dat ze aan mij overgeleverd waren. Mijn orgasme zorgde ervoor dat Vair ook kwam, genadeloos. Ik zoog zijn zaad tot aan de laatste druppel uit zijn Krinar-lijf en nam het diep in me… precies waar ik het wilde.

HOOFDSTUK VIERENTWINTIG

HIJ VIEL TEGEN ME AAN.

Of misschien was ik degene die omviel?

Heel even dacht ik dat ik een black-out kreeg, maar toen realiseerde ik me dat de glazen wand gewoon donker was geworden – compleet ondoorzichtig. De grommende geluiden en het geklets van vlees op vlees waren ook niet meer te horen. Mijn eigen zware ademhaling klonk ineens heel hard in de veel te stille ruimte waar nu alleen Vair en ik ons bevonden.

Ik hoorde ook zijn ademhaling. Voelde hem over mijn hoofd gaan.

De wand had mijn polsen losgelaten. Ik stond ingeklemd tussen de wand en Vair, die zijn arm om mijn middel had geslagen en me rechtovereind tegen hem aan hield, zijn halfharde pik nog steeds diep in me.

Zijn lippen gingen langs de zijkant van mijn bezwete gezicht, hij drukte er kusjes op en mompelde: 'Gaat het?'

Daar had ik geen antwoord op.

Ik wist niet of het ging.

Ik wist niet precies wat er zojuist met me gebeurd was, en of het ooit nog zou gaan.

'Het is belangrijk voor me,' zei hij toen ik geen antwoord gaf. 'Want we zijn nog niet klaar, schatje.'

Mijn spieren spanden zich om hem heen aan als reactie op die mededeling.

'Zo zie ik het graag,' spinde hij in mijn oor. Ik voelde hem harder en dikker worden. 'Altijd klaar voor me.'

Ik kermde toen hij zich terugtrok; ik was niet bepaald ongeschonden uit de strijd gekomen. Maar het was vooral het feit dat ik hem nu niet meer voelde dat schrijnde, ook al duurde het maar even.

Hij draaide me om zodat ik hem aankeek. Met zijn handen pakte hij me vast onder mijn kont en mijn voeten kwamen los van de vloer toen hij mijn benen om zijn middel sloeg. De wand voelde koud tegen mijn klamme rug toen hij me ertegenaan duwde.

'Ik heb je gemist,' zei hij en hij drukte zijn lippen op de mijne. Proevend. *Verslindend.*

De eikel van zijn harde pik duwde tegen de zachte lippen tussen mijn dijen en ik pakte zijn schouders beet om hem dichterbij te trekken. Mijn lichaam smolt tegen hem aan terwijl de zachte, erotische bewegingen van zijn tong hetzelfde ritme aannamen als de enorme erectie die hij weer in me duwde.

Ik kromde mijn rug tegen de muur voor wat tegendruk en duwde mijn heupen naar voren om hem aan te moedigen me weer te nemen, ook al voelde ik me beurs en gezwollen vanbinnen.

Mijn verlangen naar hem was groter dan mijn ongemak.

Het voelde raar dat ik hem zó erg wilde. Nog raarder dan het vooruitzicht dat er een einde zou komen aan deze nacht.

Maar dat einde zou er komen. Dat was eigenlijk de enige zekerheid die ik had op dit moment.

Toch wilde ik dat het moment voortduurde. Ik wilde dat deze gevoelens en deze verbintenis tussen ons echt waren. Ik wilde dat ze betekenisvol waren. Blijvend.

Hij stootte dieper, weer zo diep als mogelijk was, en ik hapte naar adem. Hij stopte even om me de kans te geven te wennen.

Onze voorhoofden raakten elkaar en we neusden en ademden samen.

'Heb je me gemist?'

Ik wist niet precies wat hij nu bedoelde. Bedoelde of ik hem had gemist sinds we elkaar eerder vanavond hadden gezien, of dat ik hem de afgelopen maand had gemist?

Hoe dan ook kon ik die vraag niet beantwoorden. Ik kon het me niet veroorloven om Vair te missen.

'Herinner je je deze ruimte van je vorige bezoek?'

Ik schudde mijn hoofd. Was ik de vorige keer in de kelder van zijn X-club geweest? Dat wist ik niet. Maar het kon waar zijn, want er waren veel details uit mijn geheugen in een waas verdwenen nadat hij me had gebeten.

Wat ik me wel herinnerde, was hoe het voelde als hij me aanraakte. De geur van zijn huid, de smaak van zijn mond en zijn pik, de geluiden die hij maakte. Ik herinnerde me ook de vele standjes waarin hij me had genomen. Maar dat waren slechts kleurrijke snapshots in mijn herinnering, gekleurd door de golven van lust die door me heen sloegen, keer op keer op keer.

Ik voelde hem glimlachen tegen mijn lippen. 'Zou je mijn dierbaarste herinneringen willen zien?'

Dit was een van die Vair-vragen die geen antwoord behoefde. Hij zou het me toch wel laten zien, wat het ook was.

Ik hoorde Vairs 'herinneringen' voordat ik ze zag op de 3D-beelden die om ons heen verschenen in de net nog zo stille ruimte.

Er borrelde een nerveuze giechel op in mijn borstkas – eerder lichtzinnig dan zenuwachtig – terwijl er helemaal niets grappigs was aan de erotische beelden van ons die ik zag toen ik mijn hoofd omdraaide om deze opnames van mijn eerste X-clubbezoek te zien.

Tot mijn verbazing zag ik dat ik al eerder seks had gehad met Vair terwijl ik vastgebonden zat.

En ik had er overduidelijk van genoten.

Er was te zien hoe Vair me van achteren nam terwijl ik voorovergebogen stond vastgebonden aan een soort schragentafel. Daarna zag ik hoe hij mijn mond neukte terwijl mijn hoofd achterover hing omdat ik achterwaarts over een bankje heen was gebogen, uiteraard ook weer vastgebonden.

Een heerlijk gevoel trok door me heen en via mij om hem heen terwijl deze choquerende beelden zich afspeelden.

Hij begon in me te bewegen. Langzaam en rustig, maar hij zat zó diep dat mijn dijen in een reflex tegen elkaar duwden en mijn enkels zich om zijn taille heen aanspanden.

'Zie je hoe goed we samengaan?' Hij knabbelde met zijn tanden aan mijn oorlel. 'Hoe perfect we samen zijn?' Zijn vragen leken niet echt vragen maar feitelijke constateringen.

Wat ik zag, was dat mijn E.T. behoorlijk kinky was – dit ging veel verder dan wat ik met mijn bescheiden sekservaring ooit had kunnen bedenken.

We pasten absoluut niet bij elkaar.

Op een ander hologram stond ik vastgebonden aan zo'n X-vormig Sint-Andreaskruis. Ik schreeuwde en kermde dat het een aard had toen Vair voor me op zijn knieën ging en met zijn mond en handen genadeloos mijn kutje bewerkte.

Ik spande me weer strak aan om Vair heen toen ik dit zag, en ik duwde mijn heupen naar hem toe.

Het konden weleens de meest opwindende beelden zijn die ik ooit had gezien. Ik wist zeker dat ik dit nooit zou vergeten. Ik kon het niet en wílde het niet.

Natuurlijk gingen wij niet samen.

'Zie je nu waarom ik je terug moest hebben in mijn

club?' Zijn mond bevond zich nu bij mijn keel en zijn vingers trokken aan mijn tepels.

Ik zag het inderdaad.

En toch ook niet.

'Gaat het, schatje?'

Ik knikte. Ik voelde me overweldigd. Ik wilde meer. Ik wilde minder. Ik verlangde naar alles wat mijn gevaarlijke alienminnaar kon geven.

'Is dit oké?' Hij bewoog zich naar binnen en naar buiten.

Hij rekte me op.

Hij stelde me gerust.

Hij pookte het vuur op dat binnen in me woedde en zorgde dat ik alleen maar meer wilde.

Ik kon niks uitbrengen. Ik knikte weer.

'Ik ga je bijten, Amy.'

Dat was een mededeling. De manier waarop hij het zei, maakte desondanks duidelijk dat ik een keus had. Als ik het niet wilde, kon ik hem dat vertellen.

Maar daardoor wilde ik het alleen maar méér.

Ik knikte en strekte mijn nek zodat hij er goed bij kon. Mijn vingers gleden door het zijdezachte haar op zijn achterhoofd en trokken hem dichterbij terwijl mijn heupen tegen hem aan reden en duwden om hem aan te sporen de te langzame, te lieve bewegingen met zijn pik op te voeren.

'Ja… goed zo, liefje. Laat het me maar voelen. Ik zal je alles geven wat je wilt.'

Hij versnelde zijn tempo en zijn heupen stootten met hernieuwde urgentie tussen mijn benen terwijl zijn mond zich vastzoog aan mijn nek en zijn hand tussen onze lichamen gleed om mijn gonzende clitoris te vingeren.

Ik voelde zijn stekende beet en schreeuwde het uit. Een spoortje angst schoot door me heen en de snijdende pijn van zijn scherpe tanden reet mijn fragiele lichaam voor mijn gevoel uiteen. Het deed pijn, het brandde op een perverse manier, en voor ik het wist zorgde de erotische zuigkracht van zijn lippen en tong ervoor dat er een gigantisch orgasme uit me werd getrokken waardoor mijn zicht wazig werd, mijn huid brandde en mijn hartslag op hol ging.

Daarna kreeg ik niets meer mee behalve gedachteloos genot. Mijn lichaam pulseerde keer op keer van de overweldigende climaxen en ik verloor me in een wereld waar alleen Vair bestond, waar alleen wij bestonden, en waarin ik opging in een extase die alleen hemels te noemen was.

Ik was me er vaag van bewust dat Vair me een eeuwigheid later waste – het konden uren zijn, maar ook dagen. Vairs collega Shalee onderzocht me daarna met medische instrumenten die ik niet kende, en zij en Vair praatten op fluistertoon met elkaar.

Ik was meer dan uitgeput geweest, herinnerde ik me; doodvermoeid, maar toch had ik me verzet tegen de slaap. Ik wilde niet dat mijn nacht met Vair ten einde kwam. Ik herinnerde me dat ik mezelf voor schut had gezet tegenover Vair door dat te zeggen, dat ik niet weer in slaap wilde vallen en dan in mijn eentje wakker worden in mijn eigen appartement, zoals de eerste keer dat ik naar zijn club ging was gebeurd. Toen probeerde ik mijn woorden half en half terug te nemen door te zeggen dat ik ontoerekeningsvatbaar was vanwege zijn K-speeksel.

Hij kuste me en beloofde dat hij er zou zijn als ik wakker werd, en toen legde hij me in het meest comfortabele bed waar ik ooit in had gelegen. Kort daarna viel ik in slaap bij het geluid van zijn diepe stem die in het Krinar tegen me sprak, terwijl hij met zijn vingers loom door mijn haar streek.

HOOFDSTUK VIJFENTWINTIG

MIJN NIEUWE BEDDENGOED STREELDE OP DE LEKKERST MOGELIJKE MANIER LANGS MIJN LIJF. Het liefkoosde mijn blote benen en sloot zich eromheen op een manier die ik nooit eerder had meegemaakt. En god, het was zo zacht. Ik moest hier een extra set van kopen, als ik me maar kon herinneren waar ik het vandaan had.

Wacht... had ik nieuw beddengoed gekocht?

Ik merkte op dat de kamer achter mijn gesloten ogen te helder was. Mijn slaapkamer kreeg nooit zoveel zonlicht in de ochtend. En toen herinnerde ik me dat ik bij Jay had gelogeerd. Ik had op zijn bank geslapen zodat we konden plannen wat we zouden doen met betrekking tot Vairs X-club...

Shit!

Ik schoot overeind.

Met bonzend hart keek ik om me heen naar de onbekende omgeving. Ik was niet bij Jay. Ik lag in een enorme slaapkamer met muurhoge ramen waarachter ik een prachtige wolkenlucht zag. Heel even vroeg ik me verschrikt af of Vair me had ontvoerd naar zijn ruimteschip.

Toen sprong ik uit bed en zag ik onder me gelukkig de wolkenkrabbers van New York City, die ik kende.

Onder me?

Jezus, ik zat hier hoog. In een of ander penthouse.

'Goedemorgen.'

Bij het horen van Vairs stem draaide ik me zo snel om dat ik bijna omviel.

'Hoi,' zei ik automatisch. Ik bloosde en keek hem behoedzaam aan. Hij leunde tegen een muur bij de deur en ik realiseerde me dat dit zijn slaapkamer moest zijn.

Fuck. Had ik echt de nacht doorgebracht bij Vair thuis?

Ik keek naar beneden en zag tot mijn opluchting dat ik niet naakt was. Ik droeg een heel zacht, heel groot mannenshirt. Van Vair, ongetwijfeld.

Vair had zich al aangekleed en leek klaar voor de dag, helemaal opgefrist en goedgekleed – en ongelofelijk aantrekkelijk. Hij stond me aan te staren met zijn donkere, taxerende blik.

'Goedemorgen,' zei ik. Ik klonk als een idioot. Ik was in de war, ik wist niet wat ik moest zeggen of doen.

Hij glimlachte. 'De badkamer is die kant op, als je hem nodig hebt.' Hij wees naar mijn rechterkant. 'Handdoeken en toiletspullen liggen daar allemaal klaar.'

'Super!' Ik schreeuwde het zowat en ik spurtte in de richting die hij had gewezen. Ik moest mijn best doen om niet te rennen, en trouwens ook om te verbergen dat mijn mond openviel toen ik zag dat het bed en de nachtkastjes boven de grond zweefden net als het meubilair in de kelder van zijn X-club.

'O, en Amy?' riep hij vlak voor ik de doorgang naar zijn grote badkamer door stapte.

'Ja?' Ik draaide me om en slaakte een geschrokken kreetje toen ik zag dat hij vlak achter me stond.

Hij pakte mijn schouders en bracht me weer in balans. Zijn wenkbrauwen waren gefronst. Het zag eruit alsof hij weer eens wilde vragen of het goed met me ging, zoals hij zo vaak deed, dus ik kapte hem af.

'Ik moet echt nodig plassen.'

'Natuurlijk.' Hij liet mijn schouders los. 'Ik wilde alleen maar even zeggen dat de badkamer, net als de rest van het appartement, is voorzien van intelligente Krinar-technologie die reageert op mijn stem, gebaren en mentale commando's. Ik heb hem nog niet geprogrammeerd om op jou te reageren, dus het kan zijn dat je wat hulp nodig hebt om de douche zo in te stellen als je wilt.'

Ik nam wat hij zei al niet meer serieus vanaf het moment dat hij zijn penthouse een 'appartement' noemde, maar hij was me al helemaal kwijt toen hij voorstelde dat hij de douche zou inregelen zodat die zou gaan reageren op mijn commando's – alsof ik hier zo vaak zou gaan komen dat dat nodig was.

Ik schudde mijn hoofd en glimlachte waterig naar

hem. 'Ik ga gewoon even naar de wc en dan ga ik ervandoor, goed? Ik eh… douche thuis wel weer.'

Voor hij weer iets kon zeggen, sloot ik mezelf op in de badkamer. Ik ademde een paar keer kalmerend in en telde tot tien.

Vairs badkamer was in één woord krankzinnig. Mijn ogen gingen over het zwart-witte marmer, een enorme verzonken badkuip en een inloopdouche voor wel twintig mensen met een glazen wand met uitzicht over de stad.

Ik kon dit niet aan. En ik moest serieus plassen.

Er was geen normale wc, maar er was een staande, holle cilinder met afgeronde bovenkant op de plek waar je een wc zou verwachten. Wel ontbraken er enkele belangrijke elementen van een wc – water en een doorspoelmechanisme.

Ach, wat zou het ook. Ik ging erop zitten en liet mijn blaas leeglopen. Pas toen ik daarmee klaar was, realiseerde ik me dat er ook geen wc-papier was. Ik rolde met mijn ogen. Typische vrijgezellen-appartementen bestonden kennelijk ook bij aliens.

Ik overwoog net mijn opties toen er plotseling een warm briesje langs mijn billen streek. Met een kreetje sprong ik van de cilinder af.

Ik keek naar het witte porselein en zag geen spoortje urine, ook al stond er nog steeds geen water in de cilinder en had ik geen doorspoelgeluid gehoord. Zelf voelde ik me ook schoon en droog.

Oké, het was anders, maar ik moest toegeven dat het behoorlijk handig was.

De wastafel zag er iets normaler uit, maar er waren geen knoppen op de kranen. Ik ging ervan uit dat er bewegingssensoren waren en zwaaide mijn handen eronder. Er kwam een zeepachtige substantie uit en een paar seconden later kwam het water.

Niet gek.

Nadat ik mijn gezicht had gewassen bekeek ik mezelf in de spiegel en ik zag dat ik er veel beter uitzag dan ik me voelde. Mijn huid was helder en oogde gezond en ik had geen vreselijke donkere kringen onder mijn ogen, zoals ik wel had verwacht.

Er stond een gloednieuwe tandenborstel op het wastafelplankje en een kleine tube tandpasta die ik gebruikte. Het leek alsof ze daar speciaal voor mij waren neergezet, en daardoor vroeg ik me af wat de Krinar gebruikten om hun tanden schoon te maken.

Ondanks al het zweten van de nacht hiervoor viel het me op dat ik niet stonk. Mijn haar en lichaam voelden frisgewassen. Er kwamen wat vage herinneringen boven van Vair die me waste.

En van Shalee die allerlei testjes bij me deed.

Het waas van Vairs beet was nog niet helemaal opgetrokken toen ze dat deed, maar ik wist wel dat ik toen al gedacht had dat haar medische methoden nogal onorthodox waren.

Mijn hartslag schoot even omhoog toen ik me herinnerde dat ze een smal apparaatje ter grootte van een tampon bij me had ingebracht. Ik ging op een marmeren bankje zitten bij de ingang van de douche, trok mijn voeten omhoog en spreidde mijn benen.

Na de hoeveelheid intense, ruige seks die ik had gehad met Vair – die onomstotelijk enorm geschapen was – had het nu alleen al pijn moeten doen om te plassen. Maar ik voelde er niks van. En ik zag ook niks geks. Net als de eerste keer nadat ik het met Vair had gedaan in zijn club. Ook die keer had me dat verbaasd, en ik had me daardoor zelfs in het begin afgevraagd of ik de gebeurtenissen had verzonnen.

Het werd algemeen aangenomen dat de Krinar geavanceerde medische wetenschap hadden, gezien hun lange levensduur. Kon het zijn dat Vair en Shalee hun Krinar-geneeskunde op me hadden gebruikt? Alleen maar om mijn vagina sneller te laten herstellen?

Hoe gek dat ook klonk, het leek me de beste verklaring voor hoe ik zonder kleerscheuren door deze nachten was gekomen. Maar waarom zouden ze dat hebben gedaan? En zonder mijn instemming?

Hadden ze nog meer met me gedaan?

Ik trok Vairs shirt uit, stond op en inspecteerde de rest van mijn lichaam in de spiegel aan de muur. Het viel me op dat ik geen enkele striem of blauwe plek had overgehouden aan hoe Vair me had vastgehouden, en dat terwijl hij me beetgreep en kneep alsof hij er geen genoeg van kreeg. Er was ook geen wond te zien in mijn nek.

En geen zuigzoen op mijn kont.

Terwijl ik mezelf nauwlettend opnam, drong tot me door hoe goed ik elk detail kon zien, tot aan de kleinste porie van mijn gave huid.

Mijn zicht!

Ik droeg mijn bril niet. Ik had geen idee waar die gebleven was; Vair had hem ergens gelaten met de rest van mijn kleren.

Holy shit, hadden ze ook iets gedaan aan mijn levenslange oogafwijking? Was dat de reden waarom ik de afgelopen weken beter zag zonder bril?

Maar wederom: waarom? En waarom ik?

Ik ging weer op het marmeren bankje zitten, zette mijn ellebogen op mijn knieën en legde mijn hoofd in mijn handen. Tauce' vreselijke woorden over Vairs bezit kwamen omhoog. Hij had gezegd dat K nemen wat ze willen en houden wat ze zich toe-eigenen.

O god. Dit was precies wat Vair ook had gezegd terwijl hij achterlangs in me stootte in de kelder van de X-club. Hij zei dat ik hem toebehoorde en dat hij me dit keer zou houden, en dat hij van plan was me tot in lengte van dagen te neuken.

'Amy?'

Ik sprong op bij het horen van Vairs stem en zijn zachte klopje op de badkamerdeuur.

'Heb je alles wat je nodig hebt daar binnen?'

'Ja!' riep ik. 'Alles in orde. Ik... ik kom er zo aan.'

Ik trok zijn shirt weer aan en kwam uit de badkamer. Hij stond buiten op me te wachten. Zijn blik was zacht en er lag een lichte glimlach om zijn lippen. Het leek haast alsof hij heel hard zijn best deed om er ongevaarlijk uit te zien.

Alsof de jager die hij was mijn angst en paniek had geroken.

Hij stak me zijn hand toe. 'Kom mee, dan geef ik je een rondleiding.'

Ik legde mijn hand in de zijne en deed mijn best om kalm te blijven terwijl hij me rondleidde tussen deze kast van een woning die hij zijn 'appartement' noemde.

Het was echt enorm. Het moest wel drie verdiepingen van het gebouw beslaan.

Strak en modern, elegant en minimalistisch, met allemaal van die muurhoge ramen maar dan dus drie verdiepingen hoog. Dit penthouse was een en al strakke lijnen en symmetrie. Vairs futuristische meubilair en technologisch vooruitstrevende apparaten pasten op de een of andere manier perfect bij de klassieke marmeren oppervlakken en visgraatparketvloeren die je van oudsher zag in woningen aan Park Avenue.

Hoe verbijsterend mooi het hier ook was ingericht, het uitzicht was pas echt om steil van achterover te slaan. We waren niet meer in het Meatpacking District, zoveel was zeker. Het uitzicht vanuit het grote raam zat aan de noordzijde en we waren hier zo hoog dat ik over Central Park heen kon kijken naar de George Washington Bridge.

Hier waren geen woorden voor. Maar toch vond ik er een.

'Wow,' zei ik. Mijn zachte stem vervloog in de gigantische ruimte.

Net als ik.

'Vind je het mooi?' Vairs duim streek over de gevoelige huid van mijn pols.

Ik knikte. 'Het is… adembenemend.'

Het was een architectonisch hoogstandje. *Op Park Avenue.* Zo'n optrekje in New York City moest wel tegen de honderd miljoen dollar lopen. En ik stond hier uit te kijken over Central Park, hand in hand met de alienseksclubeigenaar die hier woonde.

Ik moest weg.

Hij gaf een zacht kneepje in mijn hand. 'Dank je wel.'

Bij die woorden wendde ik me af van het uitzicht en keek ik naar hem. Hij glimlachte naar me alsof hij oprecht blij was met mijn reactie.

'Ik vind het fijn dat je het mooi vindt.'

Hij klonk niet sarcastisch.

Ik slikte en moest een paniekerig stemmetje onderdrukken dat riep: *Vlucht nu het nog kan!*

'Je hebt mijn goedkeuring niet nodig,' zei ik met een nerveus lachje. Ik voelde me zo klein nu ik hier stond in Vairs oversized shirt en mega-oversized penthouse.

Zijn hand verschoof wat en hij vlocht zijn vingers door de mijne.

'Je hoeft niet nerveus te zijn, Amy.' Zijn duim hervatte het strelen.

Mijn hartslag schoot omhoog. Bloed gonsde in mijn oren en mijn gezicht liep rood aan. Mijn maag begon te kolken en ik kreeg zwarte vlekken voor mijn ogen. Plotseling voelde ik me nog angstiger om hier te staan met mijn hand in die van Vair dan in de kelder van zijn X-club, omringd door geile K-mannen en vastgehouden door een levende glazen wand.

Deze angst was onzinnig – maar ook heel echt.

Ik wist dat Vair het ook voelde. Ik hoorde de bezorgdheid in zijn stem, die ver weg klonk door het bloed dat in mijn oren gonsde, toen hij me vroeg of het wel ging.

Op pure wilskracht en vanwege de angst om mezelf voor schut te zitten lukte het me om niet flauw te vallen. Ik sloot mijn ogen en knikte.

'Ik heb hoogtevrees,' mompelde ik, want ik moest toch iets zeggen. 'Ik had niet zo dicht bij het raam moeten gaan staan.'

Voor ik het wist, had hij me opgetild in zijn armen en droeg hij me door de kamer. Hij zette me op een witte, zwevende bank en zei dat hij zo terugkwam. Even later gaf hij me een glas met een roze vloeistof en ik dronk die op zonder te vragen wat het was.

Op dat moment drong de waarheid tot me door.

Ik was niet meer bang voor Vair.

Het was niet de gevaarlijke Krinar die me van slag maakte.

Het was mijn gevaarlijke reactie op hem.

Ik moest mezelf bij elkaar rapen en hier als de bliksem weggaan.

Ik voelde het gewicht van zijn warme handen op mijn knieën toen hij voor me ging zitten. Ik keek in zijn donkere ogen… en had daar meteen spijt van.

Het was niet de bezorgdheid die me rusteloos maakte, en ook niet de oprechtheid. Het was het begrip. Zonder dat hij iets zei, zag ik dat hij doorhad dat ik hem een onzinverhaal op de mouw speldde. *En hij vond het oké.*

'Ik weet dat je veel angsten hebt, Amy.' Zijn stem klonk laag en vriendelijk. 'Maar ik denk niet dat hoogtevrees er daar een van is.'

Geen van ons durfde iets te zeggen. Je kon een speld horen vallen.

Maar ik hoorde geen speld, ik hoorde in de verte heel zacht het intromuziekje van *The X-Files.*

Mijn telefoon.

HOOFDSTUK ZESENTWINTIG

Jay had gerommeld met mijn beltoon toen ik gisteren bij hem thuis was geweest. Hij had hem veranderd in het introliedje van *The X-Files* in een poging de stemming erin te krijgen.

Nu ging mijn telefoon over in mijn tas. *Ergens.*

'Ah, dat is mijn tas,' zei ik en ik zette mijn lege glas op de zwevende salontafel. 'Ik bedoel mijn telefoon in mijn tas. Mag ik hem? Ik geloof dat ik hem hoor overgaan.'

Mijn telefoon zat in mijn kleine uitgaanstas toen ik naar Vairs club ging. Tauce had hem in een verborgen compartiment in de bar boven weggestopt, en ik had er niet aan gedacht hem mee te nemen naar beneden toen we daarheen gingen.

'Natuurlijk.' Vair stond op, met die katachtige elegantie van hem, en liep de kamer uit. Mijn telefoon was al gestopt met overgaan tegen de tijd dat ik de tas van hem kreeg.

De eerste schok toen ik mijn telefoon uit mijn tas haalde, was het tijdstip.

'Is het echt al na elven?' vroeg ik, meer aan mezelf dan aan Vair. 'Ongelofelijk hoelang ik heb geslapen.'

'Je sliep pas toen het al bijna vier uur 's morgens was. Je kunt alsnog wel wat extra slaap gebruiken.'

'Met mij gaat het wel. Hoeveel slaap heb jij gehad?' kwam ik defensief terug. Ik klonk als een overgevoelig kind – en ik voelde me gekleineerd. 'Je kunt niet veel meer hebben geslapen dan ik.'

'Drie uur. Krinar hebben niet zoveel slaap nodig als mensen.'

O nee? O. Nou, dat was dan handig voor ze. De mens had zich vast ook veel verder ontwikkeld als we niet zoveel slaap nodig hadden.

Ik stond op en liep naar de raampartij. Ik had even genoeg van Vairs starende blikken. Ik had ruimte nodig om te denken.

IJsberend door de ruimte ging ik door de recente activiteit op mijn telefoon. Er waren twee gemiste oproepen van Jay, negenentwintig van mijn ouders en acht nieuwe voicemailberichten.

Shit. Het was zondag. Ik had tegen mijn ouders gezegd dat ik ze zou bellen, en dat deed ik altijd voor tien uur 's ochtends. Ze hadden onderhand waarschijnlijk de politie, de FBI en het leger al gebeld. Het was niet voor het eerst dat ik stilstond bij de zegening dat een persoon vierentwintig uur vermist moest zijn voordat er wettelijk sprake was van vermissing, tenzij er bewijs was van geweld of ongebruikelijke omstandigheden. Hoe vaak dit mijn moeder ook door officiële instanties was verteld, ze bleef proberen me als vermist op te geven wanneer ik haar niet op het afgesproken tijdstip belde.

Jay had me een berichtje gestuurd dat ik zijn voicemail mocht negeren omdat hij al met Vair had gesproken, dus dat betekende dat de overige zeven voicemails van mijn moeder waren.

Ik rolde met mijn ogen. Ik wist niet of dat nu was vanwege het feit dat mijn moeder zeven keer mijn voicemail had ingesproken of vanwege het feit dat Jay contact had gehad met Vair terwijl ik lag te slapen.

Terwijl ik broedde op een plausibele verklaring – oftewel een leugen – voor mijn ouders, klonk weer het introliedje van *The X-Files*.

Shit. Het was mijn moeder. Ik wilde niet opnemen terwijl Vair kon meeluisteren, maar ik wist dat ze gewoon zou blijven bellen en zou flippen als ik het niet deed. *En iedereen die ze kende in New York City zou optrommelen voor een zoekactie.*

'Hoi mam.'

'Amy, ben je daar?' Haar hysterische stem kwam op zo'n hoog volume door de telefoon dat ik hem van mijn oor wegtrok.

'Ja mam, wie anders?'

'Het is bijna halftwaalf,' krijste ze. 'Waar heb je uitgehangen?'

'O, ja, sorry dat ik je telefoontje gemist heb. Ik eh… ben naar een vroege sessie bikramyoga geweest. Het was te gek, maar superintensief. En toen was ik daarna zo moe dat ik in slaap ben gevallen op de bank. Ik heb mijn telefoon niet eens gehoord, totdat ik nu net wakker werd.'

Ik zei tegen mezelf dat dit tenminste gedeeltelijk waar was, maar ik wist dat ik klonk als een compulsieve leugenaar. Ik keek vluchtig naar Vair. Zijn gezichtsuitdrukking was koppig blanco. Hij keek naar mijn geijsbeer en streek afwezig met zijn wijsvinger over zijn onderlip.

'Bikramyoga?' Mijn moeder klonk verbaasd. Of beangstigd. Ik wist niet precies welke van de twee. 'Bikramyoga? Je doet nu aan bikramyoga?'

'Ja, sinds kort heb ik het helemaal ontdekt. Hé mam, eigenlijk komt het nu niet zo goed uit. Ik moet nog van alles doen en ik heb ook nog een deadline aankomende dinsdag. Ik bel jullie vanavond wel, oké?'

'Amy, weet je wel hoeveel mensen er zijn overleden door het beoefenen van bikramyoga. Heb je de artikelen niet gelezen over die bikramgoeroe die een gevangenisstraf heeft gekregen?'

O god. Waarom had ik geen verhaal bedacht over een buurttuinproject of zoiets? Ik hoorde haar schreeuwen naar mijn vader en ik kon dit nu gewoon niet aan.

'Ik moet nu ophangen, mam. Ik bel je later.' Ik voegde de daad bij het woord en zette meteen ook maar mijn telefoon uit. Toen draaide ik me om naar Vair. 'Wat?'

Zijn gezichtsuitdrukking was nog steeds zo irritant blanco. 'Ik zei niks.'

'Maar je veroordeelt me.'

'Als jij het zegt, schatje.'

'Je begrijpt het niet. Je kent mijn ouders niet, oké? Soms moet ik een leugentje om bestwil vertellen.' Waarom verdedigde ik mezelf? Ik was hem geen verklaring schuldig.

Hij lachte. 'Integendeel. Ik begrijp je ouders heel goed en ik moet toegeven dat je moeder me de stuipen op het lijf jaat.'

'Ha! Ja hoor.' Het idee dat Vair bang was voor mijn moeder, was lachwekkend.

'Ik meen het. Die mails die ze je constant stuurt...' Hij schudde zijn hoofd en trok een wenkbrauw op. 'Het is verontrustend gedrag, zelfs voor een mens.'

Mijn adem stokte. Het voelde alsof ik een stomp in mijn maag had gekregen. Hij had mijn persoonlijke mailaccount gehackt? Jezus, waarom verbaasde me dit überhaupt nog? Die man – *alien* – had me gefilmd zonder mijn medeweten of instemming. Ik had moeten weten dat hij alle grenzen zou overschrijden. Maar toch... 'Heb je mijn privémail gelezen?'

'Natuurlijk, schatje.' Geen spoortje berouw.

'Ik ben je schatje niet. En mijn familie gaat jou niks aan.' Hoe durfde hij mijn moeder te veroordelen?

Zijn glimlach stierf weg en zijn strakke kaak spande zich aan. 'Daar denk ik anders over. Alles wat jou aangaat, gaat mij aan. Iedereen die jou raakt, gaat mij aan.'

Mijn maag maakte een vrije val. Hij meende het serieus.

'Nogal hooghartig, vind je niet? Of ja, je bent een Krinar. De privacy van een simpel mensje schenden is geen enkel probleem – past volledig in het gebruikelijke gedrag van de Krinar.'

Nog los van de gevoelens dat ik mijn ouders wilde verdedigen, vond ik zijn opmerking over 'verontrustend gedrag, zelfs voor een mens' op een andere manier kwetsend, want het toonde aan hoe minachtend hij dacht over mijn soort – en dus ook over mij. Maar ja, hoe kon iemand die niet eens het meest basale respect voor iemands privacy kon opbrengen me ook zien als volwaardig? Het sprak voor zich dat hij me een inferieur wezen vond.

Zijn ogen stonden bedachtzaam, maar zijn toon was direct. 'Ik hoop alleen dat je begrijpt dat elke keer dat je ouders zeggen: "Wees voorzichtig", ze in feite zeggen: "Ik hou van je." Dat weet je wel, toch?'

Dit gesprek was niet echt.

'Nogmaals, Vair, wat ik begrijp is dat wat mijn ouders tegen me zeggen, mijn zaak is en niet de jouwe.' Ik hoorde mijn woorden echoën in de enorme ruimte en realiseerde me dat ik met stemverheffing had gesproken.

Ik moest kalmeren.

'Het is de enige manier die ze kennen om hun liefde voor jou uit te spreken – door je constant te waarschuwen voor gevaren en hun bezorgdheid om jou keer op keer te laten blijken.'

Ik slikte een brok in mijn keel door en deed mijn best om te glimlachen. 'Dat weet ik heus wel. Dat is basispsychologie. Je zou het beter kunnen houden bij superieure muuroplossende krachten en andere indrukwekkende K-technologie en het emotionele aspect aan therapeuten overlaten.'

Hij grijnsde zijn perfect witte tanden bloot. 'Geloof me, ik zou willen dat ik het kon. Maar er zijn nog veel meer andere Krinar die muren kunnen oplossen, en maar heel weinig die zich willen toeleggen op het bestuderen van menselijke gedragingen.'

Ik had het gevoel dat me een grapje ontging.

'Je ouders hebben je geprogrammeerd om op angst te reageren. Ze hebben je gedrild met dreigingen van gevaar en intimidatie. Nu ben je als volwassene net zo bang voor risico's als dat je erdoor gefascineerd bent.' Hij schudde zijn hoofd en deed een stap in mijn richting. 'Je wilt altijd de onderste steen boven, en toch ben je constant aan het liegen – vooral tegen jezelf. Dat maakt je een interessante, heerlijke paradox, Amy.'

Hij was weer met me aan het fucken.

Of toch niet?

Hij zette nog een stap dichterbij. De ruimte tussen ons leek plotseling geladen met seksuele energie. Ik wist dat ik iets moest doen om dat te verdrijven.

'Goed dan.' Ik stak mijn handen verslagen omhoog. 'Je hebt gelijk. Ik heb geen hoogtevrees. Maakt dat me een slechte leugenaar? Wat wil je in godsnaam van me?'

Hij reageerde niet, dus ik vulde de stilte op. 'Luister, ik ben gewoon een enig kind met overbeschermende, paranoïde ouders. Ik had waarschijnlijk de beurs moeten aannemen die me was toegekend en naar de universiteit moeten gaan in Syracuse, vlak bij mijn ouderlijk huis, zoals mijn ouders graag wilden.' Ik ratelde door terwijl hij dichterbij kwam. 'Maar ik wilde op mezelf gaan. Daarom heb ik veel te veel geld uitgegeven om te studeren aan NYU. Nu ben ik vierentwintig en probeer ik mijn leven op te bouwen en mijn schulden af te lossen.'

Hij bleef maar met vloeiende bewegingen dichterbij komen. Ik deed een stap achteruit en stopte toen.

'Ik ben niet eens echt een goede journalist. Nog niet,' voegde ik eraan toe. 'En toen mijn baas me maar van die simpele shitopdrachten bleef geven, werd ik wanhopig.'

Hij was nu dichtbij genoeg om me aan te raken. Ik wist dat ik moest stoppen met excuses aandragen, maar zijn zachte, zwarte ogen moedigden me aan om door te gaan.

'Dus ging ik naar je X-club. Het was niet mijn bedoeling om de Raad van de Krinar tegen de haren in te strijken. Ik was gewoon op zoek naar een doorbraak. Ik wilde een spraakmakend artikel schrijven dat mensen meer informatie zou verschaffen over de K dan we in de twee jaar sinds de invasie hebben gekregen. Kun je dat niet proberen te begrijpen en stoppen me te straffen voor het schrijven van dat stuk?'

Er streek een zucht langs mijn voorhoofd. 'Amy, ik heb al gezegd dat ik je stuk briljant vond. Ik wil je er niet voor straffen en ik zal niemand anders toestaan dat te doen.'

'Waarom doe je dit dan allemaal?' Ik knipperde de

tranen weg die in mijn ogen prikten. 'Waarom chanteer je me?'

'Dat heb ik ook al uitgelegd, liefje. Je bent niet teruggekomen naar mijn club, terwijl ik je daar nodig had.'

'Maar waarom?'

'Omdat...' Hij glimlachte en streek een haarlok van mijn voorhoofd. 'Ik ben een 847 jaar oud enig kind van Krina dat naar de aarde is gekomen om te helpen bij het leven op aarde. Maar toen ik jou had gezien, verloor ik alles uit het oog. Ik wilde alleen nog maar leven met jou.'

Ik hoorde het bloed weer gonzen in mijn oren. Ik wist wel dat de Krinar oud werden, maar ik had er nog nooit in meetbare getallen over nagedacht.

Hij was 847 jaar oud?

En hij wilde met mij leven?

Geen van ons zei iets toen zijn vingers over mijn kaaklijn streken en langs mijn hals. Zijn vederlichte aanrakingen gaven me een heerlijk gevoel. Er gingen zoveel vragen om in mijn hoofd. Ik stelde de minst belangwekkende.

'Ben je ook enig kind?'

Hij knikte en zijn mond trok bij de hoeken in een glimlach. 'Ja.' Hij leunde naar me over en liet zijn lippen zacht over mijn wenkbrauw gaan. 'Als gevolg daarvan ben ik het helaas gewend om altijd mijn zin te krijgen, en ik hou niet van delen.' Zijn toon, die licht en speels was, veranderde in star en serieus toen hij zei: 'O ja, dat doet me eraan denken dat ik ook niet meer wil dat je de nacht bij Jay doorbrengt.'

Mijn ruggengraat verstijfde. Ik trok me van hem weg. 'Sorry, maar… wat heb jij daarover te zeggen? En trouwens, hoe weet je dit überhaupt? Bespioneer je me?'

Wat een domme vraag. We wisten allebei dat het antwoord ja was. We wisten dat hij naar me toe was gekomen toen ik bij Jay sliep. Toch moest ik het vragen.

'Jay vertelde me toen hij gisteren appte dat je bij hem had geslapen.'

O.

'Maar goed, ik heb je inderdaad bespioneerd,' ging hij op feitelijke toon verder. 'En niet een klein beetje ook. Het is mijn op een na favoriete tijdverdrijf.'

Mijn maag draaide zich om bij die bekentenis. En het gekste was nog dat ik niet wist of het misselijkheid was wat ik voelde, of vlinders.

Ik had gelijk. Vair had me constant gevolgd.

En hij leek er geen spoortje spijt van te hebben.

HOOFDSTUK ZEVENENTWINTIG

'Dus… zijn er ook verborgen camera's in mijn appartement? Net als op kantoor?' Alweer zo'n domme vraag, maar ik moest het gewoon van hem horen.

Hij staarde me strak aan terwijl hij zonder verontschuldiging antwoordde: 'Ja. Meerdere.'

'Waarom?'

'Ik vind het fijn om naar je te kijken, Amy.' Zijn knokkels streken langs mijn jukbeen. 'Heerlijk zelfs.'

Ik slikte. 'In elke kamer?'

'Alle kamers die ertoe doen.'

Wat betekende dat? 'Ik begrijp het niet.'

Maar ik begreep het wel. Ik wilde het alleen niet.

'Heel simpel, Amy.' Zijn lippen streken langs mijn voorhoofd en ik voelde het gewicht van zijn woorden steeds zwaarder. 'Ik vind het fijn om naar je te kijken. Ik maak er graag opnames van.' Hij kuste mijn oogleden en mijn neus. 'Vooral als je jezelf aanraakt. In bed. In de douche. Die keer in de woonkamer…'

O god.

'Ik stel me dan voor waar je misschien aan denkt. Aan mij.'

Dit was niet opwindend.

'De stoute dingen waarover je fantaseert.'

Echt niet opwindend.

Mijn tepels waren het daarmee oneens. Mijn vagina ook.

Alles aan Vair waar ik niet opgewonden van had moeten raken, deed dat op de een of andere manier toch met me. En ik kon dat niet rationeel goedpraten.

Hij sloeg zijn arm om mijn middel en zijn andere hand verdween onder mijn oversized shirt, tussen mijn billen, om mijn ontblote onderlijf te bevoelen. Ik drukte mijn beide handen tegen zijn borst om hem weg te duwen. 'We moeten hiermee stoppen,' protesteerde ik. 'We hebben niets gemeen.'

'Je zei het net zelf al: we zijn allebei enig kind. Prima basis voor een relatie.'

Ik kreunde. Dit sloeg nergens op.

'Het gaat niet werken.'

'Liefje, het werkt al.' Zijn mond ging naar mijn nek, waar hij de gevoelige huid kuste en er licht aan zoog. 'Je bent druipnat.'

'Maar we… passen niet bij elkaar.' Ik kreunde toen zijn vingers door dat vocht gleden.

Ik verplaatste mijn handen naar zijn schouders, maar ik duwde hem niet meer weg.

Ik trok hem dichterbij.

'Ik ben geen seksclubtype,' probeerde ik te zeggen door het waas van lust heen dat hand over hand toenam. 'Ik hou niet van al die… kinky dingen.'

Ik hoorde zijn zachte lach diep in zijn borst, voelde zijn schouders schudden. 'Natuurlijk niet, liefje. Maar je doorstaat het als geen ander.'

Voor ik het wist, had hij me in zijn armen genomen. We waren allebei uitgekleed door wat wel K-technologie moest zijn en mijn benen waren om Vairs middel geslagen. Zijn tong verkende mijn mond en zijn eikel duwde tegen me aan.

Hij hield me zo, met zijn pik nauwelijks in me, en fluisterde vunzige beloften in mijn oor. Zijn vingers speelden met me van mijn kontgaatje tot de plek waar onze geslachtsdelen elkaar aanraakten, net zolang tot ik wanhopig tegen hem aan kronkelde en me heel erg moest inhouden om niet toe te geven en mezelf te bevredigen.

Maar hij gaf nog steeds niet toe.

Ik begon te smeken toen zijn vingers tussen ons in gleden en hij mijn clitoris plaagde totdat ik vanbinnen verstrakte en mijn opwinding uit me stroomde op de koppige, harde pik die ik zo graag in me wilde.

Maar smeken werkte niet.

Pas toen ik begon toe te geven dat ik heel veel dingen fijn vond in zijn club en mijn smerigste masturbatiefantasieën opbiechtte, bewoog hij langzaam zijn dikke schacht dieper in me.

Ik was nu zover dat ik bij elke centimeter wel kon

janken van geluk. Ik kreunde en duwde mijn heupen tegen hem aan terwijl hij me optilde en naar beneden liet zakken, elke keer een centimeter verder. Mijn lichaam verwelkomde en aanbad de enorme pik die me oprekte totdat hij eindelijk helemaal in me zat.

Toen ging hij met me zitten op een van de zwevende stoelen en zei dat ik van hem mocht nemen wat ik wilde.

En dat deed ik.

Met mijn benen om zijn heupen gevouwen duwden mijn knieën in het zachte maar stevige oppervlak onder ons en ik begon op hem te rijden. Mijn heupen draaiden rondjes, bewogen op en neer. Hij kreunde toen ik zijn tong naar binnen zoog en hem kuste met een baldadigheid die overeenkwam met de bewegingen van mijn lichaam.

Zijn vingers drukten in mijn billen. Zijn heupen gingen omhoog om nog dieper te penetreren terwijl ik mezelf keer op keer op hem liet zakken. 'Zo strak.' Hij gromde. 'Zo perfect.'

Zijn handen werden ruw en hij pakte mijn borsten stevig vast terwijl ik mijn lichaam op en neer liet gaan, verloren in het gevoel van zijn pik die zo diep in me ging, en genietend van de vrijheid en de controle die ik nu had.

Zijn vingers duwden tegen mijn clitoris en ik smoorde mijn kreten in zijn nek, waar ik mijn mond aan vastzoog om de geur en smaak van zijn huid zo veel mogelijk in me op te nemen.

'Goed zo...' zei hij met hese stem. 'Goed zo, schatje. Brandmerk me.'

Mijn binnenste spieren spanden zich strakker aan toen hij dat zei en ik pakte hem bezitterig vast toen ik klaarkwam.

'Fuck. Je bent van mij. Voor altijd,' gromde hij.

Mijn vagina klemde zich om hem heen en mijn tanden beten in zijn nek terwijl mijn lichaam schokte en pulseerde.

Toen nam hij de controle over. Hij ramde zijn pik in me, met zijn grote handen op mijn kont schoof hij me op en neer in een razend tempo waarbij hij vloekte en gromde, totdat alles wat hij had diep in me kwam.

NA HET WEGEBBEN VAN DAT ONGELOFELIJKE ORGASME was mijn brein weer in staat om iets anders te verwerken dan pure lust, en had ik weer spijt. Dat had vast iets te maken met Vairs uitspraak dat ik 'voor altijd van hem was'. Het deed me denken aan wat Zyrnase en Tauce hadden gezegd over dat ik 'Vairs mens' was.

Krinar-bezit.

Ik zei niets terwijl Vair en ik samen douchten. Daarna wilde hij een vreemd, gloeiend rood licht op me schijnen uit een smal zilverkleurig medisch instrument. Overal waar ik blauwe plekken of schrammen had, moest dat gebeuren. Hij legde uit dat het een geneeskrachtig instrument was dat gebruikmaakte van nanocyten.

Ik stond het toe. Maar toen hij het tamponachtige dingetje wilde inbrengen dat Shalee had gebruikt om mogelijke interne verwondingen te helen, viel ik tegen hem uit en zei ik min of meer tegen hem dat hij het dak op kon. Ik zei dat mijn kutje en ik nou ook weer niet zó fragiel waren en dat ik het echt niet erg vond om de komende dagen door een rauw, beurs gevoel aan hem herinnerd te worden.

Waarschijnlijk had ik het daarbij moeten laten toen hij terugkrabbelde en niet doordramde, maar in plaats daarvan begon ik over het mysterie van mijn verbeterde zicht en vroeg ik hem op de man af of hij iets had gedaan wat dat kon verklaren.

Zijn antwoord was ja, en zo werd bevestigd wat ik eigenlijk al wist.

Alweer viel ik stil. Ik wist niet of ik boos moest zijn of dankbaar.

Met een afstandelijke fascinatie keek ik toe hoe hij uit het niets kleding voor me maakte – een simpele lichtblauwe jurk met lange mouwen, gemaakt van een lichtgewicht stof, en een paar crèmekleurige schoenen met een kleine hak. Dit verklaarde wel hoe het kon dat ik hem zich zo snel had zien omkleden. Of eigenlijk: dat ik hem zich zo snel had zien uitkleden.

Het was allemaal zo onwerkelijk. Zo buitenaards en overweldigend. Ik merkte dat ik mezelf loskoppelde van de hele situatie om te voorkomen dat ik de pan uit flipte. Want ergens in mijn achterhoofd werd ik steeds banger dat hij niet zou toestaan dat ik wegging.

'Dus… wat gebeurt er nu?' Ik had eindelijk de moed om dat te vragen toen ik de schoenen aanhad.

'Nou, we zouden kunnen brunchen,' zei hij met een lieve glimlach. 'Een wandelingetje maken. Of we kunnen hier blijven,' zei hij met een ondeugende twinkeling in zijn ogen. *Die alien was onverzadigbaar.* 'Wat zou jij graag willen, Amy?'

Zijn mooie glimlach en de vriendelijke manier waarop hij dat had gevraagd, maakten dat ik bijna met hem wilde gaan wandelen.

Maar ik moest weten waar we stonden.

Ik slikte. 'Eh… ik wil graag naar huis. Naar mijn appartement. Alleen?'

Hij staarde me even aan, perste zijn lippen op elkaar en knikte langzaam. 'Goed. Zyrnase kan je daarheen brengen. Of Robert. Maar ik zou wel wat met je willen eten voor je weggaat, als je wilt.'

Hij liet me gaan? Zomaar?

En er was een Krinar die Robert heette?

'En dan kan ik gaan? Als… als ik eerst wat heb gegeten?'

Zijn donkere ogen versteenden. 'Amy, je kunt ook nu meteen gaan als je wilt. Maar ik denk dat je je beter voelt als je wat gegeten hebt. Het was een lange nacht. En ochtend.'

Hij liet me echt gaan?

'Maar wat je net zei over eh… dat ik je bezit ben… Ik bedoel, dat ik van jou ben.'

'Je bent geen gevangene, Amy.' Zijn stem klonk vlak en vermoeid. 'Ik laat Robert wel voor je komen.'

Daarmee verliet hij de slaapkamer.

En hij kwam niet terug. Zelfs niet om doei te zeggen.

Uiteindelijk kwam Zyrnase me oppikken omdat mijn chauffeur beneden op me wachtte.

De Krinar die Robert heette was geen Krinar. Het was een mensenman van middelbare leeftijd uit Queens. Hij bracht me terug naar mijn appartement.

Alleen.

HOOFDSTUK ACHTENTWINTIG

NADAT ROBERT ME HAD AFGEZET, LIEP IK NAAR JAYS appartement om de spullen op te halen die daar nog lagen. Vervolgens moest ik een urenlange monoloog aanhoren over Shalee, Vairs beeldschone en briljante Krinar-medicus.

Jay was helemaal gek op haar, ook al bleef hij maar benadrukken dat het niet serieus was en dat ze alleen maar wat plezier wilden hebben samen.

'Weet je, het is gewoon dat zij bi is en ik ook, en we zijn allebei geïnteresseerd in wetenschap en geneeskunde en alles...'

'Ben jij geïnteresseerd in wetenschap? Sinds wanneer? En... geneeskunde? Jay, het feit dat je een hoop pillen in je badkamerkastje hebt, telt niet.'

'Wraawr!' Hij lachte en maakte een geluid als van een boze kat, waarbij hij met een klauw naar me uithaalde. 'Iemand is gisteravond in de club niet hard genoeg gebeten.'

Hij ging weer door over Shalee en bood toen aan dat ik weer bij hem mocht slapen, maar ik zei nee. Niet omdat ik bang was dat Vair het er niet mee eens zou zijn, maar omdat ik echt even alleen wilde zijn.

Doodvermoeid liep ik terug naar huis. Nadat ik mijn ouders had gebeld en veertig minuten lang had geluisterd naar mijn moeders preek over de gevaren van bikramyoga, ging ik lekker vroeg naar bed.

Daar lag ik vervolgens het grootste deel van de nacht klaarwakker naar het plafond te staren.

IK KWAM DE MAANDAG DOOR IN EEN CONSTANTE STAAT VAN OVERVERMOEIDE PANIEK. Ik verwachtte dat Vair elk moment zou opduiken, dat ik in zijn limousine zou worden gezet en teruggereden naar zijn club. Ik stelde me Tauce' boze, gele ogen voor die me overal volgden, hoorde zijn nare stem in mijn hoofd die zei dat ik Vairs 'bezit' was.

Ik kon niet eten. Ik sliep alweer een nacht heel beroerd. En ik schreef geen letter.

Toen het dinsdag was, had ik mijn artikel over het veganistische dieet dat de K ons oplegden niet af. In plaats daarvan leverde ik het stuk in dat ik weken geleden had geschreven over de Siamese puppytweeling – een maand later dan mijn redacteur Gable had gevraagd, en elk ander nieuwsmedium in de stad had er allang aandacht aan besteed.

Ik zou waarschijnlijk ontslagen worden.

Ondertussen verraste Jay iedereen bij *The Herald* met een goedgeschreven opiniestuk over de overeenkomsten tussen Krinar en mensen. Hij beschreef eigenschappen van emotionele intelligentie die beide soorten met elkaar deelden. Er zat zelfs wat anekdotisch bewijs in van kleinzielig Krinar-gedrag. Hij had de namen en beschrijvingen van de K veranderd, uiteraard, om 'ze te beschermen' – en hemzelf ook. Jays K-artikel was waarschijnlijk ook de reden waarom ík deze week zonder ontslagen te worden doorkwam.

Tegen de tijd dat het woensdag was, maakte ik me zorgen dat Vair níét zou komen opdagen met die limousine. Op donderdag was ik bang dat ik hem nooit meer zou zien.

Maar toen stuurde hij me die avond een berichtje. Een filmpje. Van óns. Hij zei erbij dat hij wilde dat ik ernaar keek en aan hem dacht... omdat hij aan mij dacht.

Ik stuurde niks terug.

Maar ik bekeek het filmpje wel. En ik vingerde mezelf op de bank in de woonkamer. Ik wist dat Vair keek, en het hoogstwaarschijnlijk opnam.

Ik was verloren.

Op vrijdag had ik een knoop in mijn maag in afwachting van Vairs volgende zet. Ik hoopte stilletjes dat hij zou bellen of appen, en het liefst wilde ik dat hij me zou chanteren om dit weekend weer naar zijn club te komen.

Ik moest mezelf eraan herinneren om mijn

therapeut te bellen en te bespreken of ze nog steeds vond dat ik me op een hellend vlak bevond.

Even na drieën op vrijdagmiddag stak Jay zijn hoofd om de hoek van mijn kantoor en zei dat ik mijn tas moest pakken en hem over tien minuten moest treffen bij het trappenhuis. Dertien minuten later hadden we een afspraak met Jays studievriend die nu bij de CIA zat. We gingen naar een klein, aftands koffietentje aan de rand van het Financial District.

'Goed je te zien, man,' zei Jay met een glimlach, en hij draaide zich naar mij om. 'Amy, dit is Stephen, de studievriend over wie ik je verteld heb. Stephen, dit is Amy.'

We schudden elkaar de hand, haalden koffie en gingen zitten aan een rustig tafeltje in de hoek. Jays CIA-vriend Stephen was lang, met blond haar en blauwe ogen. Zo'n stralend, jongensachtig Amerikaans type dat er eerder uitzag alsof hij audities moest afstruinen dan dat hij bij de CIA werkte. Maar toen begon hij te praten en begreep ik het helemaal.

'Zoals u vast wel weet, mevrouw Myers, hebben regeringsleiders van over de hele wereld twee jaar geleden een Co-existentieverdrag gesloten met de Krinar. Derhalve hebben ze toestemming om over de hele wereld nederzettingen te bouwen. We hebben sindsdien alles op alles gezet om zo goed mogelijk samen te werken met de Raad van de Krinar. Ze kiezen merendeels warme landen en geïsoleerde, dunbevolkte gebieden voor hun grote K-Centers." Stephen laste een pauze in zijn langzame, monotone relaas om een slok zwarte koffie te nemen, en ik keek Jay zijdelings aan.

'Ze hebben nederzettingen gebouwd in Costa Rica, Thailand en de Filipijnen. Maar er zijn ook enkele K-Centers hier in de Verenigde Staten. Er is er een in New Mexico, in Arizona…'

'Stephen, man,' onderbrak Jay hem. 'Deze informatie kunnen we ook wel vinden op Wikipedia. Kun je ons vertellen waarom Amy's naam op een lijst staat?'

Goddank.

'Ja. Daar kwam ik bijna op. Zoals jullie wel weten, zijn er naast de mensen die de K verachten en bang voor hen zijn, ook mensen die hen zien als goden en als zodanig aanbidden.' Zijn manier van spreken en houding deden denken aan een belegen vijftiger. Het was moeilijk te geloven dat Stephen net zo oud was als wij. 'Xenoclubs, of X-clubs, schoten in de buurt van K-Centers als paddenstoelen uit de grond. Dit zijn plekken waar K en K-minnende mensen elkaar kunnen… ontmoeten.' Hij maakte aanhalingstekens in de lucht bij het woord 'ontmoeten' en er kwamen herinneringen opzetten aan het vier uur lange gesprek toen ik volwassen werd met mijn moeder, waarin ze constant eufemismen had gebruikt om de geslachtsdaad aan me uit te leggen.

Toen pauzeerde hij weer. Hij keek me aan. 'Mevrouw Myers, ik begrijp dat u bekend bent met deze X-clubs. Klopt dat?'

'Stephen, je weet best dat ze ermee bekend is. Zij is

de Amy Myers die het artikel heeft geschreven over de X-club hier in New York City. Kun je alsjeblieft doorgaan met je verhaal? We moeten ook nog terug naar kantoor.'

'Natuurlijk. Natuurlijk. De afgelopen twee jaar zijn er steeds meer gevallen bekend geworden van Krinar en mensen die wat te ver gingen met deze... ontmoetingen in X-clubs.'

Alweer maakte hij aanhalingstekens in de lucht bij het woord 'ontmoetingen' en ik was bijna opgestaan om weg te gaan. In plaats daarvan checkte ik mijn telefoon of ik nog nieuwe berichten had van Vair.

Fuck dit. Nog steeds niet.

Ik blies in mijn koffie en nam een slok.

'In het begin waren er vooral zorgen over het verslavende aspect en de mogelijke langetermijneffecten van deze interacties met de K. Maar toen werd het enkelen fataal.'

De koffie die ik zojuist had doorgeslikt kwam als maagzuur omhoog. 'Eh, sorry... wát?'

'Fataal?' Jay keek me bezorgd aan. 'Bedoel je... door het bijten? Zijn er mensen doodgegaan? In X-clubs?'

'Er zijn K-verslaafden doodgegaan,' corrigeerde Stephen hem. 'Xenofielen.'

Ik kon me niet aan de indruk onttrekken dat hij het hun verdiende loon vond.

'Hoe dan?' vroeg Jay. Zijn gezicht trok wit weg en hij wreef afwezig over de zijkant van zijn keel. 'Zijn ze doodgebloed?'

'We weten het niet precies.'

'Kom het door ontwenningsverschijnselen?' Ik moest het vragen. Mijn wangen werden rood toen Stephen me geschokt aankeek.

'We weten het niet precies.' Ik moest het hem nageven, hij wist wel kalm te blijven. 'De Raad van de Krinar heeft onze overheid heel weinig informatie gegeven. Maar ze hebben ons verzekerd dat de Krinar-onderzoeker die werd aangewezen het grondig zou onderzoeken en dat er strikte regels zouden worden ingesteld waaraan alle X-clubs vanaf dat moment moesten voldoen. Onze overheid heeft toegezegd dat ze alles zouden doen wat nodig was om de K-onderzoeker en zijn team te helpen om in deze stad een ondergrondse X-club op te zetten, en om menselijke bemoeienis met het natuurlijke selectieproces dat noodzakelijk was voor het onderzoek te voorkomen. Het idee was dat de grote bevolking van New York City een grotere genetische diversiteit bood die Vair kon onderzoeken dan de afgelegen gebieden rondom de K-Centers waar deze doden waren gevallen.'

'Vair?' Ik was zo geschokt dat ik het fluisterde. Maar tegelijkertijd had Jay het bijna geschreeuwd.

'Ja, zo heet de Krinar-onderzoeker die door de Raad werd aangewezen.' Stephen wendde zich tot mij. 'Ik geloof dat u hem kent, mevrouw Myers.' Zijn toon en gezichtsuitdrukking veranderden niet, maar ik wist dat ik in die blauwe ogen een veroordelende blik zag. 'Zover wij weten is hij gedragswetenschapper. Klopt dat?'

Mijn longen werden samengeknepen. Ik schudde mijn hoofd en moest mijn best doen om adem te krijgen terwijl ik stotterend uitbracht: 'Ik... Ik weet niks... over hem. Gedrags...?'

'We weten niet of dit de exacte titel is die hij draagt in de Krinar-samenleving,' zei Stephen, 'maar we hebben begrepen dat hij zo ongeveer de Krinar-versie is van een psycholoog of therapeut, met veel wetenschappelijke kennis.'

'Wacht even,' onderbrak Jay hem. 'Wil je zeggen dat Vair op Krina een sekstherapeut is?'

'Nee. Ik wil zeggen dat hij de hoofdonderzoeker is die door de Raad van de Krinar is aangewezen om empirisch onderzoek te doen naar de korte- en langetermijneffecten van het delen van bloed en speeksel tussen K en mensen.'

'Empirisch onderzoek?' vroeg Jay op ongelovige toon. 'In een seksclub?'

Stephen nam een irritant langzame slok van zijn koffie voor hij antwoord gaf. 'Ja. Om de bijeffecten van Krinar-speeksel op mensen te onderzoeken. Hij meet ontwenningsverschijnselen en houdt bij hoe snel mensen verslaafd raken. Hij onderzoekt ook hoe snel K verslaafd raken, test mogelijke geneesmiddelen, enzovoort.'

O mijn god. Was ik een proefkonijn?

Een alienseks-labrat?

De puzzelstukjes begonnen op hun plek te vallen en het resultaat was nogal beangstigend. Ik herinnerde me dat Vair zondag had gezegd dat maar weinig K zich interesseerden voor menselijke gedragingen en ik herinnerde me nu ook dat hij de menselijke clubgangers had beschreven als subjecten en patiënten.

'Wat is het nou voor lijst waar Amy's naam op staat?' vroeg Jay, terug naar de hamvraag.

'Het heet de charl-lijst,' zei Stephen.

'Charl?' Jays ogen lichtten op. 'Amy, weet je nog dat Zyrnase en Tauce...'

'Wat houdt dat in?' brak ik in.

'Charls zijn mensen die onder Krinar-bescherming staan. Onze overheid heeft over hen geen jurisdictie meer. En de Raad van de Krinar ook niet, zo lijkt het, tenzij de Krinar aan wie de mens in kwestie toebehoort daar expliciet toestemming voor geeft.'

'Aan wie ze toebehoort?' Jay gaapte zijn studievriend aan. 'Pardon?'

'Onze divisie wilde Amy's artikel tegenhouden omdat we dachten dat het Vairs testlocatie zou schaden – we waren bang dat het hele X-clubonderzoeksprogramma zou worden onthuld. Het is toch al ongebruikelijk dat er een X-club zit in een stad zo ver van een K-Center. Als ik mijn bronnen mag geloven, was de Raad het hiermee eens en vonden ze het niet fijn dat er aandacht gevestigd werd op Vairs onderzoekslocatie. Maar Vair claimde Amy als zijn charl en verbood zowel de Raad als onze overheid om haar onthullende X-clubartikel tegen te houden.'

Dus Vair had mijn stuk goedgekeurd? Hij had zich verzet tegen de overheid van de VS én de Raad van de Krinar om dit voor elkaar te krijgen? En nog belangrijker: hij had mij geclaimd als zijn bezit en mijn naam op een lijst laten zetten van mensen over wie de overheid niets meer te zeggen had?

'Hoeveel mensen staan er op die charl-lijst?' vroeg Jay.

'Het is mij niet toegestaan om dergelijke informatie te verstrekken.'

'Hoe kan een K zomaar een mens claimen?' ging Jay door. 'En hoe bestaat het in godsnaam dat onze overheid daarmee akkoord gaat?'

Ik vond het lief dat Jay dit vroeg, maar ik vreesde dat het antwoord voor de hand lag: omdat de K boven onze menselijke wet stonden. De overheid moest wel meegaan in wat ze ook wilden.

'We hebben geen keus,' bevestigde Stephen. 'Zoals ik al zei doen we ons best om samen te werken met de Raad en zo vreedzaam mogelijk samen te leven met de K.' Stephens blik ging door het grotendeels lege koffietentje en hij voegde eraan toe: 'Een afdeling van de FBI hier in de stad heeft kort na K-Day een heleboel problemen gekregen omdat ze zich hadden bemoeid met een charl.'

Bij dat laatste woord wierp hij me een afkeurende blik toe.

Jay merkte het op. 'Zij is geen charl, Stephen. Ze is een mens, een burger van de VS, en een verdomd goede journalist. Wat kun je doen om haar te helpen?'

Stephen schudde zijn hoofd. 'Zoals ik net al zei, kan ik niets doen.'

'En de FBI? Of... weet ik veel, de Verenigde Naties?

Iemand? Kom op, er moet toch wel een ondergrondse anti-K-organisatie zijn die ons kan helpen? Een blijf-van-mijn-lijf-huis voor charls?'

'Nee. Zoiets bestaat niet, en het zou ook niks uithalen. K kunnen hun charl altijd opsporen. Het zou onmogelijk zijn om haar te verbergen.'

'Dit is toch niet waar! Je hebt me teruggebeld en wilde Amy ontmoeten, alleen maar om haar te vertellen dat ze dieper in de shit zit dan je voor mogelijk houdt? Dat ze geregistreerd staat als bezit van een K en dat onze overheid, noch enige andere organisatie er iets aan kan doen?'

'Nee, ik wilde Amy ontmoeten om haar te zeggen dat ze moet stoppen met stukken schrijven over de X-club.' Stephens blik richtte zich tot mij. 'Wat Vair ook heeft besloten, je artikel heeft het onderzoek wél verstoord. Of je het nou zo bedoelde of niet, door jouw publicatie is Vairs X-club veel populairder geworden. Hij is onder de aandacht gekomen van onschuldige, naïeve mensen die er anders nooit naar op zoek zouden zijn gegaan. Als je iets geeft om je land en je eigen soort, dan hou je op met schrijven over de "xtc-achtige" ervaring die het uitwisselen van bloed en speeksel tussen K en mensen geeft. Je moet ophouden met het ophemelen van een gevaarlijke en misschien zelfs fatale alienverslaving.'

HOOFDSTUK NEGENENTWINTIG

Tijdens de korte taxirit terug naar kantoor was Jay aan een stuk door aan het razen, ratelen en zich aan het verontschuldigen. Ik kon zijn woorden niet in me opnemen en staarde nietsziend uit het raam.

Toen we terug waren bij *The Herald*, deed ik de rest van de dag heel erg mijn best om het te laten lijken alsof ik werkte.

Om halfzes ontsnapte ik eindelijk uit mijn angstige, verwarde, comateuze toestand. Ik kreeg een berichtje van Vair met de langverwachte maar nu niet meer gewenste uitnodiging om weer naar zijn club te komen. Ik appte hem terug dat ik niet zijn bezit was en in hoofdletters schreef ik erbij dat ik nooit van mijn leven zijn charl zou worden.

Hij reageerde niet.

Ik wachtte tien minuten en stuurde toen een tweede boos berichtje waarin ik zei dat ik ook geen interesse had om als een sekslabrat door hem gebeten en doodgeneukt te worden.

Hij reageerde opnieuw niet.

Ik wilde hem een charlatan en een leugenaar noemen, maar ik besefte dat Vair grotendeels de waarheid had gesproken, zij het dan in Vair-taal. Dat maakte me eigenlijk alleen nog maar kwader.

Dus stuurde ik weer een berichtje, en dit keer schreef ik dat als hij zich ooit nog binnen honderd meter afstand van me zou wagen, ik een rechtszaak tegen hem zou aanspannen bij die Raad van ze – ook al wist ik heus wel dat hij geen ene mallemoer gaf om mijn rechten.

Het hele weekend hoorde ik niks van Vair.

Ik bleef hem boze berichtjes sturen. Ik sliep haast niet en checkte neurotisch mijn telefoon.

's Nachts, als ik wakker lag in bed, fantaseerde ik erover hoe lekker het zou voelen om naar zijn club te gaan en hem recht in zijn gezicht te zeggen dat hij naar de Krinar-hel kon lopen. Maar die fantasieën namen altijd een verkeerde afslag, waarin ik vastzat aan een Sint-Andreaskruis of een levende glazen wand en om heel andere redenen Vairs naam schreeuwde.

Dus dat eerste weekend ging ik niet naar de club.

Jay ging wel, hij wilde Shalee zien.

Hij zei dat hij van plan was haar te vragen naar de xenododen waarover Stephen ons had verteld. Ook wilde hij weten hoe het werkte met dat Krinar-speeksel als afrodisiacum, om erachter te komen of de meest intense seksuele ervaring van zijn leven te maken had met Shalee, of alleen met haar spuug.

Toen hij op maandagmorgen op kantoor naar me toe kwam om te vertellen hoe het was geweest, was ik net klaar met een gesprekje met onze baas Richard Gable. Hij had me een artikel over de mogelijke gevolgen van het veganistische dieet dat de K ons opdrongen teruggegeven met een zeldzaam 'goed werk!' erop.

'Uitstekend, Myers! Ik kan echt niet zonder bacon.' Hij gaf Jay een klapje op de schouder toen ze elkaar passeerden. 'Goedemiddag, Jay.'

Jay glimlachte hem stralend toe en zei zoals hij altijd deed: 'Goedemiddag, Dick.' En zoals altijd herinnerde Gable hem eraan dat zijn vader Dick heette en dat hij Gable of Richard genoemd wilde worden.

Het was een dom en kinderachtig geintje, maar de manier waarop Jay het elke keer weer bracht, hield het toch leuk. Ik schudde mijn hoofd en moest mijn best doen om niet te lachen totdat Jay de deur van mijn kantoor had dichtgedaan.

Hij had me zondagavond al geappt om te laten weten dat het goed met hem ging. Hij was te moe om te praten, maar hij zou me de dag erna op het werk bijpraten. Afgaand op zijn verzadigde, relaxte gezichtsuitdrukking nam ik aan dat hij het naar zijn zin had gehad.

Ik drukte de gedachten aan Vair en mijn gekrenkte emoties weg en vroeg: 'Dus, hoe was het met Shalee?'

'Super. En voor je het vraagt, mám, het antwoord is nee: ze heeft me niet gebeten.'

Dat was een opluchting. Ik had Jay laten beloven dat niet meer te doen, met wat we nu wisten.

'Maar we hebben wel andere dingen gedaan.' Jays glimlach verbreedde zich en er kwam een aandoenlijke blos op zijn wangen. 'En ik denk nu dat… onze chemie gebaseerd is op meer dan alleen speeksel.'

Nadat hij tien minuten lang Shalee de hemel in had geprezen, kwam hij eindelijk op wat ze had verteld over de doden die waren gevallen in X-clubs nabij de K-Centers. Shalee had uitgelegd dat er op Krina maar weinig stellen waren van K en mens, en dat er daarom weinig bekend was over het effect van het delen van bloed en speeksel. Jammer genoeg was er aanvankelijk ook te weinig onderzoek naar gedaan.

Ze had Jay verteld dat als een Krinar en een mens een liefdesrelatie aangingen, de K vanuit liefde voor de charl niet te ver zou gaan. Maar bij de casual contacten in de X-club werd er minder gedacht aan de veiligheid omdat de K handelden uit pure lust, een probleem dat nog versterkt werd door de high die het bijten teweegbracht.

De mensen die naar de clubs gingen deden het bovendien soms met meerdere K per nacht, waardoor er te veel bloed van ze werd afgenomen. Dat verklaarde de noodzaak van iemand zoals Tauce – een angstaanjagende uitsmijter die zulke mensen tegen zichzelf in bescherming nam.

Toen had Shalee verteld dat er meer onderzoek

nodig was en dat er strengere regels moesten komen, precies zoals Stephen al zei.

'Weet je, schattebout, ik weet dat je ondersteboven bent van dit nieuws en dat je je verraden voelt. En geloof me, ik wilde Vair maar wat graag een pak rammel geven toen Stephen ons vertelde over dat bezitterige "charl". Maar nu ik er met Shalee over heb gepraat, geloof ik dat die charl-lijst niet zo erg is als het lijkt.'

'Jay, hij heeft me geclaimd als zijn bezít.'

'Ja, om jou te beschermen tegen zowel zijn overheid als de onze én om je een journalistieke carrière te gunnen die je anders nooit zou hebben gehad omdat zowel de Raad als onze overheid van plan was je X-clubartikel te dwarsbomen.'

'Hoor je wel wat je zegt? Alsof ik ook maar ene moer geef om journalistiek succes als het me mijn vrije wil en mensenrechten kost.'

Hij rolde met zijn ogen. 'Goed. Maar Amy, kijk eens om je heen. Je zit in je kantoor, je hebt zojuist weer een K-artikel geschreven voor *The Herald* en je gaat straks naar je appartement, zoals je de afgelopen week ook hebt gedaan – wat zeg ik, meer dan een maand al – zonder tussenkomst van Vair en zonder dat hij contact met je opneemt, behalve dan die keer dat hij je vroeg om naar zijn X-club te komen.'

Dit was allemaal waar en het had me een beter gevoel moeten geven. Maar om de een of andere reden voelde ik me nog nietiger.

'Hij heeft zonder het te overleggen mijn ogen beter gemaakt.'

'O, wat een gruweldaad.' Jay trok een wenkbrauw op. 'Geef toe: je wordt niet bepaald behandeld als een gevangene. Trouwens...' Hij huiverde en zoog zijn adem naar binnen door zijn tanden. 'Hij heeft je een maand met rust gelaten, zelfs nadat hij je zijn charl had genoemd. Ieks.' Hij schudde zijn hoofd en keek me gespeeld meelijdend aan. 'Als ik jou was, zou ik me eerder zorgen maken dat hij gewoon iets aardigs wilde doen en dat hij eigenlijk helemaal niet zo hard op je valt.'

Ik deed maar geen moeite om Jay terecht te wijzen terwijl hij in lachen uitbarstte. Ik zei dat ik blij was voor hem en Shalee, maar dat hij moest maken dat hij wegkwam uit mijn kantoor voordat ik hem te lijf zou gaan met mijn monsterperforator.

Hij was wel zo slim om daar gehoor aan te geven.

HOOFDSTUK DERTIG

NA HET GESPREKJE MET JAY WAS IK WAT MINDER BOOS. Op woensdag had ik nog altijd niks gehoord van Vair en realiseerde ik me dat ik in een depressie begon weg te zinken.

De radiostilte duurde voort tot vrijdagavond. Omdat Jay helemaal werd opgeslokt door Shalee, voelde ik me eenzaam – al kon ik dat pas aan mezelf toegeven toen ik in mijn eentje in mijn appartement twee glazen rode wijn achter elkaar had weggeklokt.

In mijn aangeschoten staat overwoog ik om mijn lelijke pyjama uit te trekken, iets leuks aan te trekken en een taxi te nemen naar Vairs club. Maar in plaats daarvan zette ik de wijnfles weg en schakelde ik over op chocolade-ijs. De rest van de avond was ik bezig met het opstellen en weer wissen van talloze berichtjes aan Vair.

De zaterdag verstreek zonder contact. Op zondag

was het twee weken geleden dat ik Vair voor het laatst had gezien.

Op dat punt begon ik bang te worden dat hij weer een maand zou wachten. Ik begon me zelfs af te vragen of Jays plagerige opmerking klopte en Vair gewoon niet echt op me viel.

Maar toen herinnerde ik me dat hij me kon zien… als hij keek tenminste.

Dus ik besloot hem iets te geven om naar te kijken. Ik had tenslotte een berichtje van hem gekregen waarin hij me uitnodigde om terug te komen naar zijn club na die keer dat ik mezelf had gevingerd in de woonkamer.

Ik begon als opwarmertje met een kleine masturbatieshow in de keuken, al wist ik niet zeker of dat een ruimte was die ertoe deed voor Vair en of hij me daar dus kon zien. Daarna had ik wat moed verzameld, trok een nieuw lingeriesetje aan en verwende mezelf in de slaapkamer.

De volgende ochtend werd ik verblijd met een berichtje van Vair: een opname. Ik keek ernaar en het inspireerde me om een showtje weg te geven op de salontafel in de woonkamer, waarbij ik mijn meest sexy blouse en een kokerrok aanhad omdat ik daarna naar mijn werk moest.

Rond lunchtijd op maandag was ik zo opgewonden dat ik overwoog mijn deur op slot te doen en in mijn kantoor weer iets te doen voor Vair om naar te kijken. Gelukkig won mijn gezond verstand het en ging ik in plaats daarvan naar de lunchroom beneden om een koffie en een salade te halen.

Het liep tegen het eind van de werkdag en mijn vingers vlogen over het toetsenbord toen een lange, donkere, supersexy Krinar mijn kantoor binnenliep met een air alsof hij de tent hier runde.

Hij had de deur al dichtgedaan en leunde er losjes tegenaan terwijl ik moeite moest doen om adem te krijgen en me afvroeg of ik helemaal doordraaide en een fata morgana zag.

Ik stond op, liep naar hem toe en staarde hem ongelovig aan.

'Ik heb je gemist, Amy.'

Zoals hij daar in mijn piepkleine kantoortje stond leek hij enorm. Hij blokkeerde zowat de hele deur. En hij keek me aan met die intense, verslindende zwartbruine ogen.

'Heb je mij gemist?'

Mijn tepels reageerden voordat mijn stem het kon. De spieren in mijn binnenste deden al snel mee.

'Ik... ik ben aan het werk, Vair,' zei ik, zowel voor mijn bestwil als voor de zijne.

Hij glimlachte. 'Weet ik. En ik wil je zien nemen wat je nodig hebt. Nu. Hier op je werk.' Zijn ogen werden donkerder, net als zijn stem. 'Buig je over je bureau heen.'

Er ging een rilling door me heen, maar god, ik aarzelde geen seconde. Ik draaide me gewoon om en deed het, met mijn handen op het koude fineer van het bureau, terwijl Vair mijn kokerrok optrok tot aan mijn middel.

Ik kon niet meer denken. Ik hijgde al en mijn hele lichaam was vol vuur en verlangen.

'Spreid je benen, liefje.'

Dus dat deed ik.

Hij maakte een goedkeurend geluid en zijn hand ging over mijn blote billen naar de vochtige string tussen mijn benen.

'Helemaal.'

Zijn andere hand duwde zachtjes tegen mijn onderrug zodat ik plat op het bureau kwam te liggen. Hij trok mijn string opzij en liet twee vingers helemaal in me glijden. Ik was zo nat dat het moeiteloos ging.

Fuck, ik had hem echt gemist.

'Heerlijk,' zei hij. Hij liet zijn vingers erin en eruit glijden, draaide ermee rond en vouwde ze open en weer dicht.

Met mijn wang tegen het koele oppervlak van mijn bureau keek ik naar de deur van mijn kantoor... *die niet op slot zat.*

Ik voelde nog meer lichaamswarmte achter me en wist dat hij stilletjes zijn kleren had uitgedaan op die magische manier van hem.

Dit gebeurde echt. Hij ging me neuken in mijn kantoor bij *The New York Herald*.

En ik ging het toestaan.

Niets van dit alles was verstandig. Niets van dit alles was veilig.

Veiligheid was overrated.

Hij trok zijn vingers terug en ik voelde zijn zachte eikel tegen me aan duwen. Ik was meer dan bereid om hem toe te laten. Ik duwde mijn heupen naar achteren om hem aan te moedigen.

'Goed zo, liefje. Ik wil dat je me diep in je laat.'

Ik pakte de zijkanten van mijn bureau beet en duwde me tegen hem aan totdat zijn dikke eikel langzaam bij me naar binnen gleed.

'Zo prachtig.' Hij ademde uit, en het was de meest lustvolle zucht die ik ooit had gehoord. 'Kijk dan hoe je om me heen uitrekt.'

Ik beet op mijn lip en onderdrukte een kreun terwijl zijn vingers zich een weg zochten naar voren, om me te strelen tussen mijn schaamlippen op de plek waar we samenkwamen.

'Zo nat voor me.' Zijn duim omcirkelde mijn clitoris. 'Neem me helemaal, schatje.'

Dit was waanzin.

Ik had mezelf echt niet meer in de hand.

Vair staarde naar mijn ontblote lichaam, in het volle licht dat door het raam van mijn kantoor viel. Hij keek naar me terwijl ik me langzaam over zijn enorme alienerectie liet glijden.

Onder werktijd.

Zonder dat de deur op slot was.

Ik moest me laten onderzoeken.

'Nog meer, schatje.' Zijn duim duwde en speelde met mijn gezwollen, gonzende clit. 'Het is allemaal voor jou.'

Ik liet een zacht kreuntje ontsnappen en gleed

helemaal naar achteren. Ik rekte op om het dikste deel van zijn pik totdat ik zijn ballen tegen me aan voelde.

Hij gromde. 'Wat een heerlijk mensje.'

Dat kleinerende koosnaampje had me niet blij moeten maken, en het had er al helemaal niet voor moeten zorgen dat ik nog strakker om hem heen aanspande.

Ik was verloren.

Een schaamteloze K-verslaafde als het om Vair ging.

'Beweeg op me.'

Dat was een bevel.

Ik deed het zonder tegenstribbelen.

Ik ging op mijn tenen staan en dan weer terug op mijn hakken om naar voren en achteren te glijden. Zijn vingers streelden mijn clit en knepen er zachtjes in. Met zijn andere hand omvatte hij mijn billen en dijen.

'Goed zo. Sneller, liefje. Ik wil dat je neemt wat je verlangt. Wees niet bang.'

Met mijn handen strak om de zijkanten van mijn bureau liet ik me gaan. Ik ging sneller en sneller en ik genoot van het gevoel van elke centimeter van zijn dikke, zware pik die in en uit me schoof.

Ik zweette. Mijn goedkope bureau maakte krakende geluiden. Mijn computerschermen wiebelden.

Toch versnelde ik nog meer toen hij dat van me vroeg.

Ik wist dat iemand ons kon horen. Dat we gepakt konden worden.

Want ik kon niet stoppen.

'Nog harder.' Zijn vingers dreven in mijn bil.

'Dieper. Ik wil je voelen komen op mijn pik.' Zijn stem klonk minder gecontroleerd, urgenter.

Toen begon hij een laag, aanhoudend grommend geluid te maken vanuit diep in zijn borst. Zijn vingers werden minder voorzichtig met mijn clit. Zijn grote handpalm hield mijn bil in een greep waar ik blauwe plekken van zou krijgen.

Ik wist dat hij zich inhield. Hij onderdrukte zijn instinct om me keihard te penetreren, omdat hij wilde dat ík nam wat ik verlangde.

Dat maakte me alleen nog maar geiler terwijl ik naar voren en naar achteren ging en mijn lichaam zijn harde, dikke pik helemaal nam.

'Neuk me alsof je er nooit genoeg van krijgt, Amy,' zei hij.

Iets in me brak bij die woorden en ik schreeuwde het uit omdat ik ineens klaarkwam. Mijn bewegingen werden onelegant en schokkend, mijn orgasme overviel me compleet.

Vair sloeg zijn hand over mijn mond en duwde zijn heupen hard tegen me aan. Zijn pik leek nóg groter te zijn geworden, haast onmogelijk, en zijn bewegingen waren ruw en diep terwijl ik me om hem heen spande in het laatste stukje van mijn climax.

Mijn benen trilden van vermoeidheid en mijn hele lichaam voelde als een lappenpop toen hij zich terugtrok en me op mijn knieën voor hem neerzette. Hij duwde zijn pik langs mijn hijgende lippen tot in mijn keel, zonder waarschuwing, en spoot zijn warme zaad erin terwijl ik in een reflex alles doorslikte.

Het Krinar-sperma dat mijn keel en mijn maag verwarmde bracht ook een realisatie met zich mee van wat ik zojuist had gedaan.

Maar voordat ik me kon verliezen in spijtgevoelens, gromde Vair en zei hij de woorden die al het andere wisten te verjagen.

'Fuck. Ik hou van je, kleine mens.'

Ik had een lange geschiedenis van ongemakkelijke, foute reacties op die woorden. Het was nooit bij me opgekomen dat ik ze te horen kon krijgen van Vair – een Krinar, een lid van de vijandige, heersende aliensoort.

Ik was in shock toen Vair zich terugtrok uit mijn mond, me overeind hielp van de vloer en mijn kleren rechtstreek en mijn haar fatsoeneerde.

Toen zette hij me op mijn bureau.

'Gaat het?'

Ik reageerde niet. Mijn hoofd was nog te druk bezig met zijn bekentenis.

Hij nam mijn hand tussen zijn handen en kantelde het naar hem omhoog. 'Amy, ik heb al weken geleden je kantoor geïsoleerd. Zyrnase staat op wacht aan de andere kant van de deur. Het is in orde. Niemand heeft ons gezien of gehoord.'

Ik onderdrukte een nerveuze giechel. Het was zowel geruststellend als verontrustend dat hij die voorzorgsmaatregelen had genomen.

Maar ja, wat had ik dan kunnen verwachten? Hij had al van alles gedaan, er hingen hier zelfs camera's die hij had geïnstalleerd.

Ik schudde mijn hoofd. Slikte. 'We kunnen... We kunnen dit niet doen. Niet meer.'

Zijn ogen veranderden van begripvol naar iets koelers. Donkerders. 'En waarom niet?'

Ik trok zijn handen van mijn gezicht. 'Het is niet goed. Dit is niet normaal. Niet gezond.'

'Wat is dan wel normaal, Amy? Wat is gezond?' Hij deed een stap achteruit en sloeg zijn armen over elkaar. 'Kun je me dat alsjeblieft uitleggen? Ik zou graag horen wat jij beschouwt als een "normale" en "gezonde" relatie, en waarom die van ons dat niet is.'

'Wij hebben geen... relatie. Je chanteert me om seks met je te hebben. Alles wat er tussen ons is, is gebaseerd op manipulatie en dwang.'

Zijn ogen glommen. 'Vond je het dan zo vreselijk? Heb je alle orgasmes die ik je heb gegeven onder dwang doorstaan?'

Ik keek weg. 'Je weet best dat het niet zo zit. Het is ingewikkeld.'

'Je ontwijkt mijn vraag. Leg me eens uit wat gezond is. Leg uit hoe een normale relatie werkt.'

'Dat hoef ik niet te doen.'

'Nee. Je weet niet hóé je het moet doen,' zei hij. 'Dus je gooit liever weg wat wij hebben, ook al wil je het, omdat je denkt dat het niet is wat je zou moeten willen.'

Wat hij zei duizelde me. 'Je hoeft geen psychoanalyse op mij los te laten,' viel ik uit. 'Ik ben geen "patiënt" en ik ben geen xeno die verslaafd aan je is.'

Maar dat was ik wel. Ik was volledig verslaafd.

En hij hield van me.

Nee, niet aan denken.

Zijn mond vormde een strakke streep. 'Wat als ik je elke dag mails stuurde waarin ik je waarschuwde voor alle gevaren die overal op de loer liggen? Zou je onze relatie dan wat normaler vinden? Zou dat gezond zijn? Als ik elke mail en elk telefoongesprek afsloot met de woorden "doe voorzichtig", zou je je dan geliefd voelen?'

'Je chanteert me,' herhaalde ik. 'Je kunt geen relatie baseren op chantage.'

Er glinsterde iets zachters in zijn blik. 'Ik dacht dat onze relatie gebaseerd was op het feit dat we allebei enige kind zijn.'

'Vair, dit is niet meer grappig.'

'Je hebt gelijk.' Zijn inktzwarte ogen stonden geïrriteerd, maar ik zag er ook een emotie in waartoe ik de Krinar niet in staat had geacht: hij was gekrenkt. 'Het feit dat je nog steeds gelooft dat ik je chanteerde, dat ik werkelijk zou overwegen een privéopname openbaar te maken, vind ik verre van grappig.'

'Meen je dat dan niet?' Ik vernauwde mijn ogen tot spleetjes.

'Amy, ik heb je al eerder uitgelegd dat je ouders je hebben geprogrammeerd om te reageren op angst, op dreigingen van gevaar en intimidatie.' Hij verhief zijn stem, klonk scherp en boos, in tegenspraak met zijn nonchalante schouderophalen. 'Natuurlijk heb ik daar gebruik van gemaakt, want ik wist dat het de beste kans gaf om jou terug te krijgen naar mijn club.'

Mijn mond viel open. 'Gebruik van gemaakt?'

'Ja. En weet je wat? Je vond het heerlijk. Je genoot ervan dat ík de verantwoordelijkheid op me nam en de schuldige was aan ons contact, zodat jij je zonder gewetensbezwaren kon overgeven aan wat je beschouwde als onfatsoenlijk gedrag. Wat we ook deden, je wist dat je de schuld op mij kon afschuiven, en dat maakte het voor jou makkelijker om erin mee te gaan.'

'Dit is niet waar!'

'Amy.' Hij keek me streng aan.

O, goed dan. 'Wat jij wilt. Misschien vond ik iets eraan wel leuk. Het doet er niet toe. Dit verandert niks aan het feit dat we niet samengaan. Onze soorten kunnen zich niet eens voortplanten. Shalee heeft Jay verteld dat Krinar en mensen geen kinderen kunnen krijgen.'

Vair hield zijn hoofd schuin en zijn lippen vormden een glimlach waarvan mijn hartslag omhoogschoot. 'Nee. Nog niet.' Zijn warme, donkere blik ging naar mijn borsten. 'Interessant dat je daar zoveel over hebt nagedacht terwijl je niks te maken wilt hebben met mij, mijn manipulatie en mijn dwang.'

Hij leunde naar voren, kwam in mijn persoonlijke ruimte en legde zijn handen op mijn heupen.

'Dus nu heb je bezwaren tegen ons als stel omdat Krinar en mensen nog niet bewezen hebben dat ze zich samen kunnen voortplanten?' Zijn stem kwam laag uit zijn keel en zijn blik haakte zich in de mijne toen hij vroeg: 'Betekent dit dat je kinderen met mij wilt?'

Mijn wangen werden rood. 'Nee, dat is niet wat ik zeg.'

'Er zijn talloze mensenkoppels die zich niet kunnen voortplanten. Gaan ze dan niet samen?'

'Natuurlijk wel. Hou op mijn woorden te verdraaien. Ik bedoel gewoon te zeggen dat we niet dezelfde soort zijn – we komen letterlijk van andere planeten.'

'Ja, maar we zijn niet het eerste stel dat er toch voor gaat, Amy. En we zullen ook het laatste niet zijn.'

Ik legde een hand tegen zijn borst terwijl zijn hoofd dichterbij kwam, tot zijn neus bijna de mijne raakte. Mijn stem klonk kortademig toen ik het laatste bezwaar dat ik kon bedenken erin gooide. 'En mijn ouders dan, Vair? Ik kan dit nooit aan ze uitleggen.'

Hij nam mijn gezicht weer in zijn handen en kantelde het omhoog. 'Daar heb ik al aan gedacht, liefje.' Hij neusde me. 'We zullen ze vertellen dat ik je nog steeds chanteer. Wat vind je daarvan?' Ik voelde hem glimlachen toen zijn lippen zachtjes de mijne aanraakten.

'Je bent ziek,' fluisterde ik, en ik kuste hem terug. Toen ik mijn lippen van hem losmaakte om adem te halen, zei ik: 'Ze zullen je helemaal niks vinden.'

Hij knikte. 'Nou, ik ben bereid om ook hen te chanteren als het nodig is. Denk je dat dreigen met een kamp in Costa Rica ze zal overhalen om een 847 jaar oude Krinar te accepteren als hun schoonzoon?'

Ik grinnikte hysterisch en schudde mijn hoofd, ook al maakte ik me serieus zorgen over wat mijn ouders zouden vinden van een alienschoonzoon.

'Je kent mijn moeder niet.' Ik beet op mijn lip. 'Ik ben bang dat het een shitload aan YouTube-filmpjes over de K-voorliefde voor het eten van mensenhersenen gaat kosten om haar te chanteren.'

'O, en ík ben de zieke geest?'

Ik haalde mijn schouders op.

'Goed, schatje… Voor jou kan ik dat wel regelen.'

Deel Drie

DE ONTHULLING

HOOFDSTUK EENENDERTIG

Gebeurde dit echt?

Ik kneep mezelf. Omzichtig, natuurlijk, maar Vair – die serieus álles aan me opmerkte – zag het toch. Een boosaardige glimlach verscheen om zijn volle, gevaarlijk sexy lippen.

'Ja, dit is echt, mensenmeisje,' fluisterde hij. 'En ik beloof je dat ik ze niet ga opeten. Alleen jou, oké?'

Er kroop een blos omhoog in mijn nek. 'Stil,' siste ik, en ik pakte zijn hand en kneep er met al mijn menselijke kippenkracht in. 'Ze kunnen ons anders nog horen.'

We stonden voor het huis van mijn ouders in Skaneatles, waar Vair en ik zo meteen zouden gaan eten met mijn familie. Als ik die Krinar-nanocyten niet in mijn lijf had gehad, zou ik op dit punt waarschijnlijk een hartaanval hebben gekregen.

Maar volgens Vair kon dat niet meer. Ik kon geen menselijke ziektes meer krijgen, en ook kon ik niet meer verouderen. Nu ik officieel Vairs charl was, met nanocyten en al, was ik immuun voor alles, inclusief ouderdom.

Ik had het nog steeds niet helemaal verwerkt en ik wist niet of dat binnenkort zou gebeuren. Het was al erg genoeg dat ik nu sinds twee maanden datete met Vair, sinds hij bij mij op kantoor was verschenen en me over mijn bureau had gebogen om me net zolang te neuken tot ik bereid was mee te gaan in zjin gekte.

Niet dat Vair wat wij hadden beschouwden als 'daten'. In zijn ogen waren we gewoon samen. Voor altijd. Hij was niet mijn 'vriend'. Dat was veel te simpel en gelijkwaardig. Hij was mijn *cheren* – en als ik het goed begreep, betekende dat zoveel als dat ik zijn eigendom was.

Maar dan wel op een liefhebbende, koesterende, verantwoordelijke manier.

Dat stukje ervan had ik ook nog niet echt verwerkt, en ik had er geen haast mee. Vair gedroeg zich als mijn vriend – al was het een stalkende, obsessieve, ongelofelijk bezitterige vriend – en dat was voor nu voldoende. Ik bleef werken bij *The Herald*, waar ik eindelijk sappige stukken mocht schrijven, en de rest van de tijd brachten we samen door. We dineerden bij de beste restaurants van de stad, gingen naar parken en musea, en spraken geregeld af met Jay en zijn Krinar-vriendin Shalee (zij had geen enkele moeite met die benaming). Daarnaast hadden we ongezond veel heerlijke, kinky seks, ofwel in Vairs obsceen luxueuze penthouse, ofwel in zijn 'onderzoeksfaciliteit', de X-club.

'Wat heeft je doen besluiten gedragswetenschapper te worden voor mensen?' had ik hem een paar weken geleden bij het ontbijt gevraagd nadat ik moe wakker was geworden als gevolg van een nacht doorhalen in de X-club. 'Ik bedoel dit niet vervelend, maar je komt niet over als een wetenschapper.'

'O?' Hij trok zijn wenkbrauwen op. 'Als wat kom ik dan wel over?'

'Ik weet niet...' Als dit de victoriaanse tijd was geweest, had ik hem aangezien voor een losbol uit de hogere klasse, maar dat klonk te dom om te zeggen. 'Een echte seksclubeigenaar?'

Hij lachte zijn tanden bloot en pakte een aardbei. 'Ik ben ook een echte seksclubeigenaar. De club is niet nep. En zoals je weet...' Zijn tanden zonken verleidelijk in de aardbei, '... geniet ik heel erg van het onderzoek dat we daar doen.'

Ik negeerde mijn lichamelijke reactie op die mededeling, evenals mijn behoefte om het sap van die aardbei van Vairs heerlijke onderlip te likken, om het gesprek te kunnen vervolgen. 'Ik meen het, Vair. Waarom heb je dit vakgebied gekozen? Toen we elkaar net ontmoet hadden, zei je dat je het leven op Krina saai vond. Was dat een geintje? Speelde je een rol, de Krinar-playboy die doodgaat van verveling?'

Daar moest hij om grinniken, maar toen keek hij me serieus aan. 'Nee, liefste. Ik heb me bij jou nooit anders voorgedaan. Ik verveelde me echt daar op

Krina. Niets kon me lang boeien. Het grootste deel van mijn leven had ik het ene baantje na het andere, maar er was niets waarvan ik echt het gevoel had dat ik ermee verder wilde, dat ik een bijdrage kon leveren. Pas toen onze Raad besloot naar de aarde te gaan, ontdekte ik het weinig onderzochte veld van de menselijke gedragingen. Dat werd mijn passie. Het raakte pas een beetje naar de achtergrond toen jij mijn passie werd, irrationeel mensje van me.'

Ik gooide een aardbei naar hem toen hij dat zei, meer omdat ik me geneerde toen hij weer over zijn gevoelens begon dan omdat hij me irrationeel noemde.

Want dat was ik ook.

Ik was bizar irrationeel als het om hem ging.

Alhoewel Vair vaak zei dat hij van me hield – of een variatie daarop – had ik nog steeds niet de moed opgebracht om hem míjn gevoelens toe te vertrouwen. Zelfs midden in de meest kinky, smerige seks was ik me heel erg bewust van de liefde die tussen ons groeide. Een verbintenis die zo diep ging dat het leek alsof hij tot in mijn beenmerg zat. Waarom wist ik niet, maar ik vertelde hem niet dat ik hem miste als ik op mijn werk was, zelfs als ik hem die ochtend nog had gezien, en dat ik mijn telefoon elke minuut checkte als we niet bij elkaar waren, hopend op een berichtje van hem.

Een vreselijk ongepast berichtje dat me aan het blozen maakte, waardoor ik door de grond wilde zakken en wilde klaarkomen tegelijkertijd.

Ik was een lafaard, ongetwijfeld, maar het was

zoveel makkelijker geweest toen ik Vair had gezien als een schurk. *Toen hij me chanteerde om te doen wat ikzelf wilde.*

Ja, dat kon ik inmiddels wel toegeven. Vair wist genoeg van menselijke gedragingen om de juiste aanpak te kiezen naar mij toe. Ik had zijn dreigementen nodig om mijn angsten te overwinnen, angsten die mijn ouders me hadden aangeleerd om alles te schuwen wat anders en potentieel gevaarlijk was.

Met die neiging worstelde ik nog steeds wel een beetje, en daarom lukte het me nog niet om toe te geven hoe erg ik hem nodig had.

Hoe erg ik voor hem viel, ondanks mijn angst voor het onbekende.

'Ben je er klaar voor?' vroeg Vair, waarmee hij me uit mijn angstige gedachten rukte. Hij glimlachte en gaf een kneepje in mijn hand – zachtjes om mijn fragiele mensenbotten niet te breken. Ik zag er waarschijnlijk nog steeds uit alsof ik elk moment kon overgeven, want hij trok mijn hand naar zijn lippen en gaf een kusje op mijn knokkels. 'Het komt goed, schatje, ik beloof het. Ze zullen me geweldig vinden. En zo niet, dan zijn er altijd nog die YouTube-video's...'

Ik knikte, niet overtuigd, maar het was toch al te laat.

Vair drukte op de deurbel.

HOOFDSTUK TWEEËNDERTIG

HET WAS VRESELIJK.

Ik had al geweten dat het zo zou gaan, natuurlijk, maar Vair had hierop aangedrongen. Dus hier zat ik dan, slap gekookte broccoli over mijn bord te schuiven terwijl mijn moeder me aankeek met beschuldigende, rood omrande ogen, en mijn vader stotterend vragen stelde over hoelang we al aan het daten waren en ondertussen veel te veel wijn dronk.

Het was ook wel een beetje mijn fout. Ik had mijn ouders geen tijd gegeven om aan Vair te wennen. Hoewel ik open was geweest over het feit dat ik een nieuwe vriend had, had ik ze pas gisteravond verteld wie hij was.

Om tien over halftien, toen mijn moeder had gebeld om te dubbelchecken hoe laat we zouden komen, had ik opgebiecht dat Vair een K was.

De hysterie die volgde was de ergste die ik ooit had meegemaakt, en dat wilde wat zeggen.

'Hij gaat je vermoorden! Hij gaat je vermoorden in je slaap!' Mijn moeder had gejankt en mijn vader had me plat gemaild met links naar alle negatieve publiciteit over de K – waaronder een paar van mijn eigen stukken. 'Hij gaat je hersenen inslaan en je bloed drinken en…'

'Dat zal ik niet doen, ik beloof het,' onderbrak Vair haar en hij nam de telefoon van me over, en dat had een alarm in werking gezet dat tot in Alabama te horen moest zijn geweest.

Ik had de telefoon van hem teruggepakt en de daaropvolgende twee uur mijn best gedaan om mijn ouders te kalmeren door ze te vertellen hoe goed Vair me behandelde en dat hij nooit, echt nooit mensenbreinen at, zelfs niet als hij verging van de honger. Toen ik eindelijk had opgehangen, hield ik mijn telefoon naast me omdat ik mijn moeder kende. En ja hoor, ze had me gedurende de nacht nog zes keer gebeld, huilend en smekend om hulp te gaan zoeken, en waarom, waarom wilde de FBI niet luisteren toen ze had gemeld dat ik ontvoerd was en een team sturen om me te bevrijden?

Dus ja, het was een geweldige nacht geweest.

En hier zaten we nu, in het huis van mijn ouders, waar mijn moeder de meest smakeloze maaltijd had geserveerd die ik ooit van haar voorgeschoteld had gekregen. Ik nam aan dat het haar manier was om een middelvinger naar hem op te steken. Misschien hoopte ze dat Vair de overgare broccoli zou zien als een dreigement voor wat er met hem zou gebeuren als hij me ooit pijn deed?

Ik wist het niet precies, maar het was hoe dan ook beschamend.

Sorry, mimede ik naar hem toen mijn ouders naar de keuken gingen om nog meer wijn en water te halen – om het afgrijselijke eten mee weg te spoelen. 'Ik weet niet waarom ze dit hebben gedaan.'

Ik gebaarde hulpeloos naar de tafel, waar, naast de overgare broccoli en half rauwe aardappels, ook nog beschimmelde druiven op stonden – dat moest waarschijnlijk een toetje voorstellen.

Vairs donkere ogen glinsterden geamuseerd. 'Maak je geen zorgen, liefje. Ik word niet afgeschrikt door een slechte maaltijd.'

Dus hij had mijn moeders diner net zo geïnterpreteerd als ik, ook al wist hij niet dat ze goed kon koken en dat ze het veganistische dieet heel smaakvol wist te maken.

Tenzij…

Ik kneep mijn ogen tot spleetjes. 'Hangen er in het huis van mijn ouders ook camera's?' vroeg ik half sissend en half fluisterend, en ik leunde wat dichterbij. 'Heb je hen ook bekeken?'

Wist hij daarom dat dit eten bewust mislukt was?

De schittering in zijn ogen werd nog sterker. 'Wat denk je?'

Bah. Natuurlijk. Ik werd boos omwille van mijn ouders, maar ik kreeg geen kans om hem erom te berispen omdat mijn moeder terugkwam met twee glazen water, die ze zo hard voor ons op tafel zette dat er wat over de rand ging.

Mijn vader volgde haar op de hielen met een geopende fles wijn en een verbrande brownie.

Dus dát was het toetje, niet die schimmeldruiven.

'Dank je, mam,' zei ik en ik pakte mijn waterglas om een slok te nemen. Te laat dacht ik eraan dat ze weleens in Vairs glas had kunnen spugen – of iets in zijn eten had kunnen stoppen – maar ik drukte die gedachte weg.

Als ze zoiets had gedaan, zou hij er toch niet ziek van worden.

'Dus, Vair...' zei mijn vader nadat hij alweer een glas wijn in één teug naar binnen had gegoten. 'Wat zijn je intenties met onze dochter?'

Ik deed mijn ogen dicht en bad om een van Vairs muur- of vloeroplossende trucjes, zodat ik door dat gat kon verdwijnen.

'Nou,' zei Vair kalm, 'ik hou van uw dochter, meneer Myers, dus ik wil graag een duurzame relatie met haar.'

Ik deed mijn ogen een klein stukje open om het te checken.

Inderdaad. Geen spoortje ongemakkelijkheid of schaamte op dat perfect gevormde gezicht van hem, en ook niets van zijn gebruikelijke spot.

Hij keek oprecht. *Eerlijk.* Als een jongetje dat op scouting indruk wilde maken op de leiding.

En mijn vader vrat het op, knikkend alsof hij er helemaal achter stond.

Ik deed mijn ogen wat verder open toen mijn moeder voor het eerst iets tegen Vair zei. Haar stem klonk maar heel ietsje hoger dan anders. 'Hoe zou zoiets eigenlijk moeten? Jullie zijn een andere sóórt.' Ze legde nadruk op dat laatste woord en ineens klonk het eng en smerig.

'Ja, dat klopt, maar dat doet er niet toe,' zei Vair met een voorzichtige glimlach die als doel had haar te kalmeren en ontwapenen. 'Jullie herinneren je vast nog wel dat er in de menselijke geschiedenis ook een tijd is geweest dat werd gedacht dat verschillende rassen niet samengingen.'

Mijn moeders wangen kleurden rood. Hoewel ze in een overwegend witte omgeving woonde, zei ze graag dat ze 'kleurenblind' was. 'Dat is n-niet...' stotterde ze. 'Ik bedoel, dat is echt niet hetzelfde.'

'Waarom?' vroeg Vair vriendelijk. 'Als ik van jullie dochter houd en zij houdt van mij, wat is er dan voor bezwaar tegen een relatie?'

Mijn moeder staarde hem aan, zeldzaam sprakeloos, en ik wist dat ik hetzelfde keek – een met stomheid geslagen 'konijn in de koplampen'-blik vol irrationele angst tegenover onomstotelijke logica. Mijn hart bonsde met doffe slagen in mijn borstkas en mijn hand balde zich onder de tafel tot een vuist toen zijn woorden tot me doordrongen, langs alle lagen onzin die ik mezelf aanpraatte heen.

Een Krinar en een mens die van elkaar hielden. Inderdaad, wat kon daar mis mee zijn?

Waarom verzette ik me hier zo hevig tegen?

Was ik dan echt zo bang om toe te geven wat ik voelde?

Een paar lange momenten zei niemand iets. De stilte strekte zich uit totdat het voelde alsof hij elk moment kon knappen.

Toen schraapte mijn vader zijn keel. 'Eh... iemand nog wijn?'

'Graag,' zei Vair doodgemoedereerd, alsof we hier allemaal vrienden onder elkaar waren, en terwijl mijn moeder met een trillende hand haar glas wijn naar hem uitstak, naast dat van Vair, keek ik naar mijn Krinar en wist ik... nee, vóélde ik de waarheid.

We mochten dan wel niet van dezelfde soort zijn, maar hij had mijn ouders ingepalmd.

TEGEN DE TIJD DAT WE THUISKWAMEN, WAS HET LAAT, maar ik voelde me energiek in plaats van moe. Ik barstte bijna van de nerveuze energie.

'We hebben het geflikt. Kun je dat geloven?' zei ik terwijl Vair me voorging zijn penthouse in. Ik had er de hele rit naar huis niet over kunnen ophouden. 'O mijn god, die uitdrukking op mijn moeders gezicht toen je vroeg of ze met Thanksgiving naar New York wilden komen... Ik durf te wedden dat ze dacht dat je ging vragen of ze naar Krina wilden komen. En toen mijn vader die smerige brownie proefde en hem letterlijk uitspuugde... Denk je dat mijn moeder echt expres zout heeft gebruikt in plaats van suiker, en niet per ongeluk zoals ze beweerde? Als in: zoveel zout als dat er suiker in had gemoeten? Ik bedoel, zo smaakte het wel, maar dat is extreem, zelfs voor haar doen. En toen...'

'Amy.' Vairs donkere ogen zagen er vagelijk woest uit terwijl hij een zachte vinger tegen mijn lippen duwen zodat ik zou stoppen met praten. 'Stil, liefje.'

Mijn ogen gingen wijd open toen hij vervolgde met zijn kledingverdwijntruc – zowel bij mij als bij hem – en mijn mond werd droog toen ik de masculiene perfectie zag die naakt tegenover me stond.

Zou ik ooit aan hem gewend raken?

Was het mogelijk om gewend te raken aan iemand die zo prachtig was?

Hij was al hard. Zijn magnifieke pik stond omhoog tot aan zijn navel. Elke spier op zijn grote lijf leek gebeeldhouwd. Maar het was de blik in zijn ogen die me de adem benam – een mix van duistere lust en onomwonden tederheid, van honger en pure adoratie.

Hij legde zijn handen op mijn wangen en ik kneep vanbinnen vol verwachting samen toen zijn lippen langs de mijne streken... een keer, twee keer, en toen nog een keer. Zijn warme adem smaakte nog in de verte naar wijn, zijn zachte en gladde tong verkende mijn mond, proefde me, plaagde me. Mijn handen omklemden zijn stevige polsen en mijn hart bonkte tegen mijn ribbenkast terwijl ik het bloedheet kreeg en mijn binnenste verlangend gonsde van de leegte.

Hij moest me neuken.

Nu.

Maar eerst moest ik hem iets belangrijks vertellen –

iets wat ik al de hele rit naar huis op mijn hart had, waardoor ik nerveus en babbelziek werd.

Iets wat ik hem al lang geleden had moeten vertellen, maar waarvoor ik te laf was.

Ik ademde oppervlakkig in, verbrak de kus en trok me terug. 'Vair...' Ondanks mijn vaste voornemen brak mijn stem even toen ik naar hem keek, met zijn polsen nog steeds in mijn handen. 'Vair, ik...'

Hij hield mijn blik vast en de tederheid in zijn ogen werd nog groter. 'Ja, schatje?'

Hij wist het. Natuurlijk wist hij het.

Vanaf het eerste begin had hij me begrepen – nog beter dan ik mezelf begreep.

'Ik hou van je,' zei ik, met een vastere stem nu mijn zenuwen verdampten en vervangen werden door een puur, waar gevoel. 'Ik hou volledig van je, Vair, en ik wil het serieus met je proberen – wat mijn ouders of wie dan ook ervan mogen denken.'

'Echt waar?' mompelde hij en er verscheen langzaam een warme glimlach op zijn gezicht. Toen hij zich weer naar me toe boog om me te verslinden met een kus, wist ik dat dit het was.

In een X-club in New York had ik mijn wederhelft gevonden.

Een Krinar van wie ik met heel mijn hart hield.

EPILOOG

Zes jaar later

'BEN JE ER KLAAR VOOR?' VROEG VAIR EN HIJ KNEEP IN MIJN hand. Ik knikte, ademde diep in en checkte mezelf snel.

Stond ik op het punt om over te geven? *Nee.*

Om flauw te vallen? *Onwaarschijnlijk.*

Gillen als een bakvis die haar idool ontmoette? *Zou kunnen.*

Maar ik kon het niet helpen. We stonden op het punt om in een virtuele omgeving het Krinar-mensstel te ontmoeten wier liefdesverhaal de populatie van twee planeten met elkaar had verbonden.

Korum en Mia.

De meest invloedrijke K in de Raad en het mensenmeisje waarmee hij was getróúwd.

'Ze zullen je geweldig vinden,' verzekerde Vair me. 'Ze waren enorm onder de indruk van je manuscript en ze weten dat er niemand is die hun verhaal beter kan opschrijven.'

Ik slikte en probeerde mijn hartslag onder controle te krijgen, maar voorlopig ramde die nog als een specht in mijn keel.

Ik kon dit. Absoluut, ongetwijfeld. Wat deed het ertoe dat ze de grootste celebrity's waren van twee planeten bij elkaar? En wat maakte het uit dat Korum het brein was geweest achter de invasie van de aarde?

Vair geloofde in me. Hij geloofde zo erg in me dat hij alle goodwill die hij binnen de Raad van de Krinar had vergaard door zijn onderzoek, had aangewend om deze vergadering te beleggen. En ik was geen nieuwkomer meer in de journalistiek. In de afgelopen zes jaar had ik andere hooggeplaatste Krinar geïnterviewd, evenals menselijke overheidsfunctionarissen en leden van het Verzet. Mijn artikelen, korte verhalen en achtergrondstukken werden breed gewaardeerd omdat ze goed onderzocht waren en nieuwe inzichten boden, en mijn eerste non-fictieboek – het bijzondere verhaal van Emily Ross en haar cheren Zaron – stond op het punt van verschijnen.

Ik was een behoorlijke professional, en ik had geen reden om nerveus te zijn.

Behalve dan dat dit de grootste journalistieke coup ooit was.

Goed dan. 'Laten we het doen,' zei ik vol overtuiging, en toen Vair naar me glimlachte, werd de rest van de wereld een waas.

Vechtend tegen de duizeligheid deed ik mijn ogen

dicht. Toen ik ze weer opendeed, waren we niet meer in Vairs penthouse in New York.

'Amy Myers en Vair, neem ik aan?' vroeg een lange, intimiderend knappe Krinar met opvallende gouden ogen die tegen me zat aan een lange, zwevende tafel.

Mijn zenuwen namen wat af toen ik mijn journalistieke pet opzette. Met een geoefende blik nam ik het fragiel gebouwde meisje naast hem in me op en ik keek om me heen in de ivoorkleurige kamer waarin we zaten.

Een kamer in Korums huis op Krina.

'Klopt,' antwoordde ik, en ik neeg mijn hoofd om mijn respect te betonen. Ik wist wel beter dan te proberen de mannelijke K een hand te geven. Dat zou Vair ertoe aanzetten hem in koelen bloede te vermoorden. 'En jullie zijn Korum en Mia?'

'Jazeker,' zei hij meisje. Haar ogen staken helderblauw af bij haar donkere krullen, en haar glimlach was niet minder dan stralend op haar fijn gevormde gezicht. 'We vinden het zo leuk om je te ontmoeten, Amy. En Vair natuurlijk.'

Er gleed een zware arm om mijn middel en ik keek op naar Vair, die naar hen knikte en zei: 'Het is ons een genoegen.'

Ik kon mezelf er maar net van weerhouden met mijn ogen te rollen. *De K en hun ongelofelijke bezitterigheid.* Korum hield Mia dicht tegen hem aan, alsof ze anders zou wegrennen, en dus pakte Vair mij op een vergelijkbare manier vast. Dit was een serieus interview en beide K wisten echt wel dat de ander geen vinger zou uitsteken naar hun charl. Bovendien was dit een virtuele vergadering en bevonden onze lichamen zich op verschillende planeten.

Maar daar trokken hun territoriale instincten zich niks van aan.

'Dus, Korum,' zei ik, me richtend op de vraag die voor ons lag, 'laten we bij het begin beginnen. Hoe hebben jij en Mia elkaar ontmoet?'

Hij keek haar aan en ik zag zijn ongewoon mooie gezicht verzachten. Niet heel veel, maar genoeg om over te brengen wat iedereen die hun bruiloft had gezien al wist.

Voor haar zou hij hele melkwegstelsels vernietigen.

'Wil jij het woord doen, liefste?' vroeg hij zachtjes en ze glimlachte stralend naar hem.

'Als je erop staat.' Nog altijd glimlachend wendde ze zich tot mij. 'Het is nogal een lang verhaal. Ik weet niet of het in één boek past.'

'Zo niet, dan maak ik er wel drie van,' verzekerde ik haar. 'Hoeveel er maar nodig zijn.'

En toen het meisje haar verhaal begon te vertellen, schreef ik op: *De lucht was fris en helder terwijl Mia met flinke passen over een kronkelpad door Central Park liep...*

Bedankt voor het lezen van het verhaal van Amy en Vair! We hopen dat je ervan hebt genoten en dat je een recensie wilt schrijven. Ik zou het heel erg waarderen als je een review achterlaat, want reviews stimuleren mij bij het schrijven en helpen andere lezers om mijn boeken te ontdekken.

Nog meer Krinar-honger?

- *De Krinar-kronieken* - drie romans over Mia en Korum, enkele jaren na de invasie
- *De Krinar-gevangene* – een volledige roman over Emily en Zaron, die zich afspeelt in de tijd vlak voor de invasie

Hou je van de donkere kant van romance? Dan zijn deze heerlijke boeken van Anna Zaires iets voor jou:

- *Verwrongen*– het verhaal van Julian en Nora, dark romance
- *Gevangen*– het verhaal van Lucas en Yulia, dark romance
- *Mijn Kwelling* - het verhaal van Peter en Sara, dark romance

Als je wilt weten wanneer er een nieuw boek uitkomt, schrijf je dan in voor de mailnieuwsbrief op www. annazaires.com/book-series/nederlands.

Als je nu de pagina omslaat, vind je een voorproefje van *Mijn Kwelling.*

EEN FRAGMENT UIT MIJN KWELLING

Bericht van de auteur: *Mijn Kwelling* is het eerste boek in de dark romance-serie over Peter. Het volgende fragment wordt beschreven vanuit Peter.

Hij kwam me 's nachts halen, een wrede, aantrekkelijke vreemdeling uit een van Ruslands gevaarlijkste gebieden. Hij martelde me, vernietigde me en verwoestte mijn wereld tijdens zijn zucht naar wraak.

Nu is hij terug, maar het zijn niet mijn geheimen die hij wil.

De man uit mijn nachtmerries wil mij.

'Ga je me doden?'

Ze probeert haar stem kalm te houden, maar dat lukt niet. Toch bewonder ik haar poging om beheerst over te komen. Ik heb haar in een openbare locatie benaderd om haar zich veiliger te laten voelen, maar ze is te intelligent om daarin te trappen. Als ze haar iets over mijn achtergrond verteld hebben, dan weet ze dat ik haar nek sneller kan breken dan dat zij om hulp kan schreeuwen. 'Nee,' antwoord ik. Ik leun naar haar toe als de muziek weer aanzwelt. 'Ik ga je niet doden.'

'Wat wil je dan van me?'

Ze beeft en dat intrigeert me, hoewel ik het tegelijkertijd niet fijn vind. Ik wil niet dat ze me vreest, maar tegelijkertijd vind ik het fijn als ze aan me overgeleverd is. Haar angst bevalt het roofdier in mij wel en wakkert een duister verlangen in me aan. Ze is een gevangen prooi: zacht, zoet en de mijne om te verscheuren. Ik verberg mijn neus in haar lekker ruikende haren en fluister in haar oor: 'Kom morgen om 12.00 uur naar de Starbucks die het dichtst bij jouw huis zit, dan praten we daar. Ik zal je vertellen wat je maar wilt weten.'

Ik kijk weer op en haar ogen staan groot in haar hartvormige gezicht als ze me aanstaart. Ik weet wat ze denkt, dus buig ik me nogmaals naar haar toe. 'Als je contact opneemt met de FBI, zullen ze proberen je voor me te verbergen, net zoals ze geprobeerd hebben je man en de anderen op mijn lijst voor me te verbergen. Ze zullen je dwingen te verhuizen, weg van je ouders en je werk... en het zal allemaal voor niets zijn. Waar je ook bent, ik zal je vinden, Sara.... wat ze ook doen om jou voor mij te verbergen.' Als mijn lippen het randje van haar oorschelp raken, stokt haar adem. 'Ze zouden je ook als lokaas kunnen gebruiken. Als dat zo is, als ze een val zetten, dan zal ik het weten. En dan praten we niet onder het genot van een kopje koffie.' Ze rilt en ik haal diep adem om haar delicate geur nog even op te snuiven voor ik haar loslaat.

Dan stap ik achteruit en verdwijn in de menigte. Intussen laat ik Anton weten dat hij het team in positie moet brengen. Ik wil dat ze veilig thuiskomt; niemand zal haar iets aandoen, alleen ik.

Ga naar mijn website www.annazaires.com/book-series/nederlands voor meer informatie en om je in te schrijven voor mijn releasemailing.

OVER DE AUTEURS

Anna Zaires in een *New York Times*, *USA Today* en internationale bestsellerauteur van sciencefiction-romance en dark romance. Op haar vijfde werd ze verliefd op boeken toen haar oma haar leerde lezen. Sinds die tijd heeft ze constant gedeeltelijk in een fantasiewereld geleefd, waar de enige beperking was wat ze zelf kon verzinnen. Momenteel woont Anna in Florida met haar man Dima Zales (een sciencefiction- en fantasyauteur), met wie ze nauw samenwerkt aan alle boeken.

Wil je meer weten? Ga dan naar www.annazaires.com/book-series/nederlands.

Hettie Ivers schrijft romance-boeken naast haar werk. Het schrijven van een lekker fout boek – het liefst met de nodige humor – is de perfecte escape van haar werkstress, al houdt ze niet veel tijd over. Toch schrijft ze in de avonduren en weekends heel graag en ze streeft ernaar om een of twee boeken per jaar te publiceren.

Als je meer wilt weten over Hettie en de boeken die ze heeft geschreven, ga dan naar haar website www.hettieivers.com, schrijf je in voor haar nieuwsbrief, word vrienden met haar op Facebook of word lid van haar Facebook-groep om op de hoogte te blijven.

www.ingramcontent.com/pod-product-compliance
Lightning Source LLC
Chambersburg PA
CBHW070624100726
47907CB00007B/1854